SINN UND FORM

BEITRÄGE ZUR LITERATUR

HERAUSGEGEBEN VON DER
AKADEMIE DER KÜNSTE

75. JAHR / 2023 / 4. HEFT

Juli / August

SINN UND FORM

Redaktion: Postfach 21 02 50, 10502 Berlin, Akademie der Künste, Hanseatenweg 10, 10557 Berlin, Tel. 030/20057-2220, -2221 oder -2222, Fax 030/20057-2223, E-Mail sinnform@adk.de, www.sinn-und-form.de. ISBN 978-3-943297-72-0. ISSN 0037-5756. Satz: Dörlemann Satz, Lemförde. Anzeigenverwaltung: Agentur Hanne Knickmann, Theaterstraße 7, 69117 Heidelberg, Tel. 06221/67342-50, www.kulturzeitschriften.net. Druck: Thiele & Schwarz GmbH, Kassel. Printed in Germany. Der Chefredakteur ist v.i.S.d.P. Bei unverlangt eingesandten Manuskripten ohne beiliegendes Porto keine Rücksendung. Beurteilungen werden nicht gegeben. Auf den Textseiten erscheinen in der Regel keine Literaturangaben und Anmerkungen. Nachdruck eines Beitrages während der gesetzlichen Schutzfrist nur mit Genehmigung der Redaktion. Die Zeitschrift erscheint zweimonatlich. Jahresbezugspreis einschließlich Versand 45,00 € (Inland) und 60,00 € (Ausland). Einzelheft 11,00 €. Vorzugsabonnement für Schüler und Studenten 34,00 € (Inland) und 45,00 € (Ausland).

Bestellungen von Abonnements und Einzelheften: tableau, Neumagener Straße 27, 13088 Berlin, Tel. 030/4236606, Fax 030/42850078, E-Mail tableau@t-online.de. Zuschriften, die den Inhalt betreffen, sind an die Redaktion, solche, die den Bezug angehen, an die Firma tableau zu richten. Das Abonnement kann spätestens sechs Wochen vor Ablauf des Bezugsjahres gekündigt werden. Die Mindestbezugsdauer beträgt ein Jahr. Die Kundennummer ist unbedingt anzugeben.

INHALTSVERZEICHNIS

JÓZEF CZAPSKI / Tumult und Gespenster 437

ANDRIJ LUBKA / Das erloschene Europa. Gedichte 451

RON MIECZKOWSKI / Adam Zagajewski, Meister meines Nichtwissens 454

MARZANNA KIELAR / Masurische Gedichte 462

SUSANNE RÖCKEL / Drei Bilder aus Vilnius 466

ERHARD WEINHOLZ / Einfache Rezepte. Vom Kochen und Essen im Osten 478

MÁTYÁS DUNAJCSIK / Das Flüsternde. Gedicht 486

WOLFGANG HILBIG / »Das Schicksal der Wahrheit dieses Landes«. Vier Briefe an Stephan Hermlin. Mit einer Vorbemerkung von Michael Opitz 488

ULRICH KOCH / Friedhofsbesucher. Gedichte 499

VOLKER HAGE / Olgas Heimkehr 503

CHRIS LAUER / Lied unserer Zeit. Gedichte 511

GUSTAV REGLER / Paris bei Nacht 515

EUGENIO MONTALE / Flieh nicht. Gedichte 522

ALBRECHT BETZ / Ein humanistischer Rebell. Über Jacques Decour 525

GABRIELE HELEN KILLERT, RICHARD SCHROETTER / Alle Arten von Wundern. Alberto Savinio, Multitalent und engagierter Freigeist 532

RÜDIGER GÖRNER / Im Worthafen. Triest als literarische Lebensform 545

GISELA VON WYSOCKI / Das kostbare Geschenk der Ferne. Über Italo Svevo 553

JÜRGEN ENGLER / Die emblematische Qualle 557

CORNELIA JENTZSCH / Beobachtend, wie alles näherkommt. Laudatio auf Ulrich Koch 559

HANS JOAS / Die Wolke über der Autobahn. Über die Unausweichlichkeit mystischer Erfahrungen 563

GYÖRGY LIGETI / »Neue Wege, die mit Sicherheit alle in den Abgrund führen«. Ein Brief an Theodor W. Adorno. Mit einer Vorbemerkung von Jörn Peter Hiekel 567

ANMERKUNGEN 574

JÓZEF CZAPSKI

TUMULT UND GESPENSTER

Bei meiner Abreise aus Paris hatte ich mir einen Artikel aus dem Figaro in mein Tagebuch geklebt: »Le Tumulte« von André George. Darin findet sich dieser Satz: »Ich weiß nicht mehr, welcher *abbé* aus der Zeit Ludwigs XIII. die Befürchtung äußerte, der Komfort des Reisens in der Kutsche würde infolge zunehmender ›Zerfahrenheit des Geistes‹ unweigerlich den ›Niedergang der Literatur‹ befördern.« Meine eigene Furcht vor, mehr noch, meine Einsicht in den Zusammenhang zwischen dem Gefühl der Zerfahrenheit (meines Geistes) und übermäßiger Mobilität hatte vor dreihundert Jahren also schon ein namenloser Pfaffe gehegt. Ich tröste mich: Es hat (vom Heiligen Paulus bis St. Exupéry) auch Menschen gegeben, die es verstanden, die enorme Zahl zurückgelegter Kilometer – zu Fuß, zu Schiff, mit dem Zug oder dem Flugzeug – in ein Werkzeug zu verwandeln, dieser »Zerfahrenheit« *zu trotzen.* »Die Innerlichkeit wird robuster, wenn sie sich aus dem Widerstand gegen das speist, was sie bedroht«, lese ich in eben diesem Artikel.
Zu verreisen ist auch ein Versuch, den Gespenstern zu entfliehen. Sie benutzen keine modernen Verkehrsmittel, holen uns immer erst mit Verspätung ein und schenken uns, die wir längst an einem neuen Ort sind, damit eine kleine Atempause.

8. Mai 1955 – Abfahrt aus Paris in der Abenddämmerung. Vor den Fensterscheiben des Waggons, im blauen, dann immer graueren Nebel, fliegen Vorstadthäuser und Büschel frischen, zu dieser Stunde schon dunklen Grüns vorüber; plötzlich wächst inmitten dieses Gewimmels ein gewaltiger Klumpen aus wundersamen, dicken und flachen Schornsteintürmen kurz empor und verschwindet wieder, mit schrägen Dächern und Jochen (Zugbrücken?) – eine Industriefestung. Im Hintergrund die rote Kugel der Sonne auf einem blutig-orangen, gelben, grünen Himmel, zerschnitten durch Wolkenstreifen von beklemmendem Violett.

9. Mai – Morgen. Avignon – Marseille. Gefangen in Erinnerungen. Vielverästelte, graue Olivenbäume und stilles, blaues Meer vor einem blassen Himmel. Vor einem Jahr habe ich diese Landschaft, nach fast dreißig Jahren, wiedererkannt, sie hatte sich zwar verändert, aber es war doch dieselbe. Die Olivenbäume in der Ebene hinter Avignon, hin und wieder Zypressen und der ferne Gebirgsstreifen, danach L'Estaque (»Was haben Sie 1870 gemacht, während des Kriegs?« – »Landschaften in L'Estaque gemalt«, antwortete Cézanne). Diese Landschaft hat sich mir für immer eingeprägt, von dem Zeitpunkt an, als ich sie das erste Mal mit den Kapisten sah. Wir alle waren glühende Anhänger von Cézanne und van Gogh – das war ihre Gegend.

Die Riviera: eine mit Hotels gespickte Köstlichkeit. Die Berge rosa und zartlila, sie fließen ab ins türkisfarbene Meer, das so unbewegt ruht, als wäre es aus Öl, darauf kleine weiße Segel und Boote. Wie lange konnte ich keinen Frieden schließen mit dieser Landschaft, die so glückselig scheint, als wäre sie nicht für Menschen gemacht. Ein Postkartenidyll. Jahrelang war ich außerstande, diese Landschaft wirklich »zu sehen«, aller Geneigtheit zum Trotz konnte ich sie nicht malen, und wenn ich in dieser Gegend doch einmal vor der Leinwand stand – dann drehte ich dem Meer den Rücken zu. Ich malte häßliche Häuser mit gigantischen Plakaten auf den Fassaden, Holzschuppen, in verwahrlosten Winkeln angelegte Gemüsegärten. Vor einem Jahr habe ich diese Welt mit einem Mal wirklich gesehen, aber in diesem Augenblick verlor sie zugleich ihre unwirkliche Köstlichkeit, wurde herrlich, roh, bisweilen tragisch oder auch strahlend triumphal. Meine Gemälde von dort haben bei nicht wenigen sogar Empörung ausgelöst, weil sie diese Gegenden nur in der Form im Gedächtnis aufbewahrt hatten, die allgemein verfügbar ist: als Postkartenmotiv, als in alle Welt verschicktes Glück von scheinbar stets glücklichen Touristen.

Cannes. Das Schiff ist gerade erst aus Genua eingelaufen. Auf den Wellen schaukelt eine riesige, weiße Schmuckschatulle mit einem roten Streifen am Schornstein und einem grünen dort, wo es die Wellen berührt: »Giulio Cesare«. Schiffsreisen liegen mir überhaupt nicht. Ich kann Schiffe nicht leiden, nicht einmal die schönsten. Die überlangen Flure und Treppen, überall ein eigenartiger Geruch (Lack? Schmiere?), die Enge der Kabinen – auch der ärmste Schlucker wohnt auf Erden geräumiger –, das sanfte Schaukeln, auch wenn der Kreuzer stillsteht – mir wird schon aus bloßer Angst, seekrank zu werden, leicht übel. Nervosität, das normale Reisefieber. Wo sind die Kisten? Wo steht welcher Koffer? Hektisches Suchen, um die »beste« Liege auszuwählen, obwohl alle gleich sind, den besten Tisch im Speisesaal, obwohl alle gleich bequem sind. Die Stimmung in der Menge ist beinahe festlich, triumphierend, für manchen ist es die Erfüllung eines Traums, das ganze Leben wird auf den Kopf gestellt. Die meisten aber sind Geschäftsreisende, so eine Überfahrt ist für sie ganz alltäglich. Nur eine Frau sehe ich weinen.

Gegen Abend legen wir ab. Bis zum Einbruch völliger Dunkelheit fahren wir die Kette der Alpes Maritimes entlang, sanfte Hügel in oliv, zartlila oder, die entferntesten unter ihnen, blau vor dem weichen, zitronengelben Himmel.

Das erste Mittagessen. Zahllose Gerichte, das Menü auf einer enormen Karte aus Glanzpapier, die Bedienung eifrig. Ein einziger Luxus. Ich sitze bei einem schon alten Paar: Sie sind argentinische Staatsbürger, Juden aus Żółkiew, und sprechen noch polnisch. Die Frau freut sich, einem Landsmann zu begegnen. Sie sind auf der Rückfahrt, hinter ihnen liegt die erste große Urlaubsreise nach vierundzwanzig Jahren schwerster Arbeit in Buenos Aires. Sie erzählen mir von Italien, der Schweiz, Frankreich, wie sich dort die Preise unterscheiden, sie erfreuen sich an jeder Kleinigkeit, ohne auch nur einen Schatten von Groll oder Prahlerei. Ich bin froh, daß ich diesen ersten Abend unter Fremden mit ihnen verbringen kann. Die Menge auf dem Schiff ist laut und aufgeregt, in den vollen Salons bilden sich Grüppchen, man hört Spanisch, Portugiesisch, Italienisch und Englisch. Nur einmal höre ich einige Worte Französisch. Diese Masse empfinde ich vom ersten Moment an als abstoßend und unerträglich fremd. Es überwiegen Herren fortgeschrittenen Alters und mal vertrocknete, mal etwas zu dicke Damen mit üppig verkleidetem Rumpf und extravaganten Ringen und Behängen an ihren Quadratgesichtern.

9. Mai – Ich teile mir die Kabine mit einem Italiener. Er ist gleichmäßig gebräunt, noch recht ansehnlich und hat, obgleich nicht mehr jung und trotz seiner wie eine Billardkugel blitzenden Glatze, eine sportliche Figur; er erweist sich als typischer *homme moderne*, der sich schon eingerichtet hat (nichts geht übers Tempo). Er bittet mich darum, zwischen sieben und acht Uhr die Kabine zu meiden. Voller Begeisterung, daß ich ihn verstanden habe, bietet er mir in gebrochenem Französisch klitzekleine italienische Shampootübchen an – vielleicht ist er Handelsvertreter des Herstellers, oder er will mich bestechen, mich für meine vorausgesetzte Diskretion einfach mit einem Produkt belohnen, das ihm bei seiner Kahlköpfigkeit ohnehin nichts nutzt. Dazu verkündet er noch, er sei Vorsitzender eines höchst erlesenen Clubs an einem Strand in Argentinien, und bietet mir an, eine Ausstellung für mich einzufädeln. Ich erfahre, daß er in Stalingrad war, als Soldat während des Krieges, aber er läßt sich in keine Unterhaltung über diese Zeit verwickeln, schneidet den Gesprächsfaden augenblicklich ab, die traurigen Erinnerungen hat er aus dem Gedächtnis getilgt und ist jetzt voller Lebensfreude. Sogar Falten hat er nur wenige. (»Ausgezeichnet sehen Sie aus«, sagte einmal jemand zur keineswegs mehr jungen, aber immer noch bezaubernden Fürstin T., die seit je in Florenz lebte. »Das liegt daran, daß ich mein Lebtag keine Sorgen hatte!«, antwortete sie mit spontaner Ehrlichkeit. Diese Fürstin hatte auf dem Florentiner Friedhof sechs ihrer Kinder begraben.)
Das Schiff machte einige Stunden halt in Barcelona. Drei Stunden in einer heißen und staubigen Stadt. Quietschende Straßenbahnen, eine Menschenmenge, die auf den ersten Blick der von Marseille so ähnlich sieht …

In Barcelona. Ich betrete eine Kirche im massigen Herrera-Stil. An den Altären – es ist ein Werktag – drängen sich die Betenden. Auf den Wänden einige Fresken im schrecklich heuchlerischen Stil der Moderne. An einem der Seitenaltäre steht eine Madonna aus dem achtzehnten Jahrhundert, vor Gold triefend, mit einer gewaltigen goldenen Krone und einem aufgemalten, kleinen, beinahe erschrockenen Gesichtchen. In ihren Armen hält sie Jesus, auch er mit einer goldenen Krone und in goldenen Gewändern, er trägt ein gemeißeltes Kreuz, so wuchtig wie eine Keule. Blumen stapeln sich auf dem Altar und dem Boden. Der Charakter der betenden Menge ist ein ganz anderer als in französischen Kirchen, die Menschen hier scheinen sich geradezu heimisch zu fühlen, es herrscht eine ehrliche Atmosphäre lebendigen, täglichen Gebets.
Ein Linienbus fährt mich bergauf, dorthin, wo sich ein großes Museum für katalonische Kunst befindet. Im Bus läßt sich noch eine ältere Amerikanerin durchschütteln. Sie ist mit dem Flugzeug gekommen, mit dem Flugzeug fliegt sie wieder zurück. Ob sie es rechtzeitig zum Flughafen schafft? Auf das Museum will sie nicht verzichten und riskiert es. Ich denke an den Pfaffen von Ludwig XIII.: Was diese Frau nur in solcher Zerfahrenheit wirklich *sehen* wird? Ich besuche das Museum eigentlich genauso hastig, dabei muß ich mich noch überwinden, denn der Zauber des Neuen wirkt auf mich nicht mehr. Wozu in Barcelona ins Museum gehen, wenn ich mich noch nicht einmal im Louvre richtig auskenne?
Ich stoße gleich auf die katalonische Bildhauerei aus dem 12., 13. und 14. Jahrhundert und auch auf die Malerei dieser Zeit. Schattierungen von Bordeauxrot, Töne von Graublau oder Hellcreme, tiefstem Schwarz oder chinesischem Orange. Auf einer großen Tafel eine Reihe von Szenen aus dem Leben des heiligen Vinzenz von Saragossa. Er soll sich in der Marter durch einen solchen Heroismus ausgezeichnet haben, daß er seine Peiniger bekehrte. Ein blasser, grünlicher Körper mit roten Blutflecken, zu Tode gequält. Der Heilige liegt neben Raben, einem Wolf und anderem Getier inmitten von leicht dahingeworfenen grauen Felsen. Das ganze Bild ist bedeckt von großen weißen Schneeflocken, die auf den Leib des Heiligen rieseln. Mir gibt es immer wieder Rätsel auf, woher die Maler diese Klarheit des Ausdrucks und die absolute Musikalität der Farben nahmen, wie ihnen mit ihren fast kindlichen Vorstellungen derart bezwingende Kompositionen gelangen. Denn das waren seinerzeit doch religiöse »Comics«, drastisch vom Thematischen inspirierte Gemälde von Menschen, deren theoretisches Wissen von der Malerei, von Kompositionslehre kaum der Rede wert war. Woher also diese geradezu chinesische, künstlerische Präzision in der Tafelmalerei, die in jener Zeit nicht einmal nur Ausnahmetalenten vorbehalten war? Gleich daneben: katalonische Bildhauerei, vollkommen in Ausdruck und Form. Kruzifixe mit einem geschnitzten Christus in einer Polychromie aus Blau-,

Rosa- und Brauntönen. Was haben diese riesigen, vorstehenden Augen, Augen wie Pflaumen, der Madonna mit dem Kinde zu bedeuten, oder jener Christus am Kreuz in blauem Gewand? – Hier *erzählt* die Form. Das ist weder Abstraktion noch Realismus, sondern Narration, in der schließlich das ganze Verhältnis des Menschen zur Gottheit, zum Sakralen oder zum Martyrium gebannt wurde, wo die Form sowohl *erzählt* als auch weiter ganz *Form* ist.

Mir scheinen nicht nur Saint-Sulpice in Paris, sondern auch Matisse von dieser Kunst hier wie durch eine Kluft getrennt, die so tief ist wie der Abgrund zwischen einer authentischen Geste und einer oberflächlichen, mechanischen oder manierierten.

Eine bekrönte Madonna mit dem Kinde, in gedeckten Gold- und Rottönen, Schmerzensmadonnen ohne Krone, mit gesenkten Häuptern und gelöstem Haar, in den schlichtesten Landfrauenposen. Ein Fresko vom Sarkophag von Burgos aus dem 14. Jahrhundert: mit markantem Strich von einem Menschengewühl abgesetzte Figuren – würde man es präzise nachzeichnen, müßte man wohl glauben, es mit deutschem Expressionismus aus dem 20. Jahrhundert zu tun zu haben. Vor einer Leinwand sehe ich tatsächlich einen untersetzten Deutschen, der gerade dieses Fresko sorgfältig kopiert.

Nach dem Saal mit den Skulpturen und Fresken blieb mir keine Zeit mehr für den Rest des Museums, aber es gelang mir noch, ein wunderschönes Gemälde von Meléndez zu erspähen – des Malers, der sich als einziger mit seinen rohen und strengen, noch ganz aus dem 17. Jahrhundert stammenden Stilleben, sogenannten *bodegones* in der Tradition von Cotán und Zurbarán, ins Spanien des 18. Jahrhunderts herübergerettet hat – und eine spanische, äußerst realistische Marmorskulptur von Christus als Schmerzensmann.

In der Stadt wieder Hitze. Anstelle des Mittagessens bestelle ich in einem Hafenrestaurant Spargel, zum Gedenken an meine einzige Spanienreise vor fünfundzwanzig Jahren, als ich mich mit Spargel vollgefressen habe. Das war noch im Spanien vor der Revolution. In einer kleinen Stadt vor Madrid – in Arenas de San Pedro, ich hatte ein kleines Zimmer mit Blick auf die Burg mit ihren Hunderten von Storchennestern und Aberhunderten über der Burg fliegenden Störchen – lernte ich einen lebensfrohen Greis kennen, einen Dorfpfarrer und Monarchisten, der mich auf seine weiten Spaziergänge mitnahm, und seinen Freund, einen sympathischen Weinhändler und leidenschaftlichen Republikaner. Die Freunde beschimpften sich ganz ungeniert: Der Händler nannte den Pfarrer »Rasputini«, der wiederum den Händler »Lenino«. Eine Idylle. Einige Jahre später hatte Arenas de San Pedro seinen ständigen Platz in den Zeitungsspalten sicher: Es trugen sich dort blutige Revolutionsschlachten zu, ein gegenseitiges Morden, unsagbare Grausamkeiten. Ob »Rasputini« und »Lenino« wohl noch leben?

Auf dem Schiff mache ich Bekanntschaft mit einem Deutschen. Professor S. fährt nach Brasilien, wo er auf einen Lehrstuhl berufen wurde. Er reist allein, und allein mit seinen Büchern bringt er lange Stunden auf der Liege zu.
Ich versuche mich an Federskizzen und Aquarellen. Wie leicht es einem doch bei einer gewissen, wenn nicht Könnerschaft, so doch immerhin Gewohnheit fällt, schablonenhaft sich selbst zu imitieren und immerzu die gleichen Aquarelle zu malen, die immer müheloser und stimmiger, und dabei immer schlechter, weil mechanischer werden.

10. Mai – Ich lese »Das Tal der Issa« von Miłosz und aus der Bibliothek habe ich Abellios »Heureux les Pacifiques« mitgenommen. Träume wie vor circa fünfundzwanzig Jahren in Arenas. Nach der ziemlich turbulenten und vielbesuchten ersten Ausstellung der Kapisten in Genf hatte ich einige Wochen ganz allein in dieser gottverlassenen Provinz verbracht. Und da überkamen mich plötzlich solch intensive Träume, als hätte sich mein ganzes Leben in sie verlagert. Jetzt ist es genauso: düstere, zumeist völlig sinnlose Träume, wiederkehrend mein eigenes Begräbnis, dessen völlig gleichgültiger Zaungast ich bin. Vielleicht läßt sich das am ehesten als eine Art Reminiszenz an den Tod der Frau Dilbin aus dem »Tal der Issa« erklären, aber S., mein neuer deutscher Bekannter, dem ich davon erzähle und der mir mit aufrichtigem Interesse zuhört, sagt mir, ich solle Jung lesen, und kommentiert meine Träume damit, daß der Tod stets eine Art *Ende* bedeute und ein Zeichen dafür sei, daß man das Leben von neuem, auf eine neue Weise beginnen solle.
Wir passieren Gibraltar. Erstmals ist die Küste Afrikas zu sehen. Ich werfe einige Entwürfe in Aquarell hin: Gibraltar aus mehreren Perspektiven, völlig belanglose Zeichnungen, irgendwie *leer*, danach die afrikanische Küste, eine kolorierte Zeichnung – mit Schattenspiel und einem Schimmer echten Erlebens, eines unwesentlichen jedoch. Ich sehe die ersten Delphine, die dem Schiff hinterherjagen, wundere mich über meine absolute Gleichgültigkeit. Delphine? Gibraltar? Na und?

14. Mai – Samstag. Messe in der Kapelle der zweiten Klasse. Es drängen sich hier Ordensschwestern, die ich zum ersten Mal sehe, offenbar verlassen die meisten von ihnen nie ihre Kabinen. Die Kapelle ist voll, viele Italienerinnen und Spanierinnen. Die gleiche Atmosphäre innigen, tief mit der Lebensart verwachsenen Gebets wie in Barcelona. Die Menge singt »La più bella stella …« wie bei uns »Serdeczna Matko«. In der Kapelle ein großes Bild: Christus, ein Dutzend Engel, die Gottesmutter, der Heilige Franziskus. Alle Gesichter haben den gleichen Ausdruck, halb Kaninchen, halb Reh. Wo habe ich diese Gesichter schon einmal gesehen? Ach ja, im Lesesaal. Dort umlaufend an den Wänden ein Mädchen mit roten Haaren, in dunkelblauer Bluse, mit Brüsten wie Mandarinen, ein Jüngling in orangem Pullover mit blauen Streifen. Beide schreiben mit Gänsekielen: Sie sind Teil eines fidelen, wirklich geschmackvollen Wandzierbilds, außerdem ein gemaltes Schiffchen, Seesterne etc. Die Figuren auf den religiösen und profanen Bildern haben buchstäblich den gleichen Gesichtsausdruck, die Nagelwunde an Christi rechter Hand ist genauso »geschmackvoll« geraten wie die Seesterne auf dem profanen Zierbild, der rote geometrische Stern auf Christi Hand ist von exakt der gleichen Farbe wie die Haare der Mademoiselle mit den Mandarinenbrüsten.

Was hat das mit *religiöser* Malerei zu tun? Ist dieser Auferstandene Christus, eine kleine Altarskulptur im allertrivialsten Saint-Sulpice-Stil, nicht näher an der religiösen Erfahrung als dieses »geschmackvolle« Zierwerk? Die Christusfigur aus dem 16. Jahrhundert im Museum in Barcelona, die im blauen Gewand, oder sogar die barocke, goldtriefende Madonna mit dem erschrockenen Gesicht aus dem 18. Jahrhundert in der Herrera-Kirche – drei Welten, drei verschiedene Epochen, aber es sind zweifellos Welten religiösen Erlebens, während dieser *moderne* Christus mit dem adretten Stern anstelle einer Wunde nichts weiter zu bedeuten hat.

Abgesehen von Rouault und, ich glaube, Zeichnungen zur Passion Christi von Buffet kenne ich keine wirkliche zeitgenössische Sakralkunst. Noch nicht einmal Matisse.

15. Mai – Sonntag. Graues, schwüles Wetter, lange Stunden auf der Liege, wieder Abellio, sein Buch scheint mir zunehmend feindselig wegen seiner grausamen »Astronomie«, doch zugleich auch vertrauter, oder nicht vertrauter, sondern reizvoller durch sein Bewußtsein für, mehr noch: seinen Glauben an die grenzenlosen Möglichkeiten, die schiere Größe des Menschen. Kann man sich für die Geistesströmungen interessieren, die die Jugend in Europa vor 1939 erfaßten, und dabei Abellio übergehen? Dieses behende Verschieben von Kontinenten auf dem Reißbrett, die Freundschaften zwischen Kommunisten und Faschisten, zwischen der Hochfinanz und der Revolution, sie alle verband eines miteinander: ihr Haß auf die ohnmächtige Demokratie. Verbrecher galten ihnen als die besseren Menschen, denn die hatten Visionen. Dieses Herbeirufen von Katastrophen, das Ersehnen eines neuen Menschen, der »aus den Blutlachen« erstehen sollte. Bei Abellio wird von der deutsch-sowjetischen Allianz von 1939 wie von etwas ganz und gar Nachvollziehbarem gesprochen, fast, als sei es ein vorzüglicher Witz gewesen. Das Lachen, das Lachen der Verachtung für die Naivlinge, die darin Verrat oder Heimtücke sehen mögen …

Im ganzen dicken Buch ist von Polen nicht ein einziges Mal die Rede. (Wie bei Abellio ist mir übrigens auch bei Simone Weil Polen nicht mit einem Wort begegnet.) Vielleicht bin ich heute deshalb immun gegen diesen »prophetischen Nebel«, weil ich einer jener dummen Polen war, die von den Deutschen ermordet, von den Bolschewiken deportiert und gleichfalls ermordet wurden, während die Franzosen ihre *drôle de guerre* führten und die intelligentesten unter ihnen, so wie Abellio oder Drieu la Rochelle, Pläne von Weltrang schmiedeten und zum Bund mit dem Teufel bereit waren.

Ich kannte sie ja, ihre Welt. Drieu war in den dreißiger Jahren reizend und aufmerksam, sein Freund B. seinerzeit ein fanatischer Kommunist. Drieu hatte sich in diesen Jahren schon weit vom Kommunismus entfernt, schrieb »Genève ou Moscou«, war mit einer Polin, einer Sienkiewicz, verheiratet, machte sich seine Gedanken über dieses Europa, interessierte sich für Zentraleuropa, also auch für Polen. In dieser Zeit schrieb er ein herrliches Vorwort für das Mickiewicz-Buch meiner Schwester. Im dunklen, großen Bürosalon, dessen Fenster auf die schmale Rue Saint-Louis-en-l'Île gingen, las er mir einen radikal-pazifistischen Text vor, in dem er gelobte, nie wieder einen Karabiner in die Hand zu nehmen, aber zugleich kehrte er ununterbrochen zu seinen Überlegungen zurück, wie Europa zu gestalten wäre. In jenen Jahren traf ich ihn einmal in diesem Büro an, gleich nach seiner Rückkehr aus Rom. Plötzlich geriet er außer sich, sagte, daß er dieses eingesargte Leben satt habe, das Leben auf Ruinen wie in Rom oder in den Häusern auf der Île Saint-Louis, die ganz morsch sind und andauernd neu abgestützt werden, obwohl sie schon längst hätten abgerissen werden müssen, daß er der Mumie Frankreich überdrüssig sei, von der er die *bandelettes* abreißen wollte, diese dünnen Stoffstreifen, mit denen Mumien von oben bis unten umwickelt sind (seine Metapher). Bei diesem Frankreich, das er schmähte und liebte, frage er sich, ob es, befreit von den Bandagen, »als Leiche nicht in sich zusammenfiele«. Drieu, der als sehr junger Mann als Infanterist an einem Bajonettangriff teilgenommen hatte, zwischen 1914 und 1918 dreimal verwundet wurde, Hunderte Menschen im Augenblick des Sterbens gesehen hatte und dem der Tod seines Landes seitdem zur Obsession geworden war, fahndete an allen Orten nach der Macht, suchte nach der Stärke, witterte allenthalben den Tod.

Ich traf ihn, als sich Nachrichten von der Zwangskollektivierung und Gerüchte über massenhafte Deportierungen von Bauern auch im Westen verbreiteten. Er verbarg seine Bewunderung nicht: Eine solche Virilität und Entscheidungsstärke so viele Jahre nach der Revolution imponierten ihm. Zum letzten Mal sah ich ihn 1935, nach langer Unterbrechung, bei Daniel Halévy. Aus heiterem Himmel fragte ihn der Gastgeber: »Treffen Sie sich häufig mit Deutschen?« Drieu antwortete ausweichend: »Die sind so liebenswert.« Wir begleiteten uns an diesem

Abend gegenseitig nach Hause, er war so charmant wie ungreifbar. Was konnten ihm schon die Probleme Polens bedeuten, eines Landes, dem es zugefallen war, zwischen *solch* virile Länder mit aufs Globale zielenden Ideologien wie Deutschland und Rußland gezwängt zu sein. Was konnte so ein Pole für ihn schon darstellen, einer, der in seinem kleinen polnischen Hinterhofmaßstab dachte, der überdies sicher schon zur Vernichtung bestimmt war, den Deutschen in Gedanken längst »überlassen«. Danach begann der Krieg, noch im Lager in Rußland die Nachricht, daß Drieu zum führenden Kollaborateur geworden sei. Mein Groll dauerte Jahre und war unversöhnlich: »Ich will ihn nie, nie wieder sehen«, sagte ich mir. Danach, schon in Italien, die Nachricht von seinem Selbstmord, später dann detailliertere Erzählungen: von seiner Einsamkeit vor dem Tod, von seiner inneren Abkehr von den Deutschen, seiner völligen Desillusionierung, seinen letzten Monaten, seinem neuesten Interesse, dem an orientalischer Metaphysik, von seinen Versuchungen, seinen zwei Selbstmordversuchen und dem letzten, »gelungenen«, dritten Suizid.

Der Drang zu Stärke und Universalismus der Ohnmächtigen, außergewöhnliche Intelligenz und ein Ekel bis zum Erbrechen vor den kleinen Filous der Demokratie und ihren Phrasen. Hitler war ihnen der bessere Mensch – er verfügte über Visionen und Anhänger, die bereit waren, für ihn zu sterben, *et qui étaient si gentils*. Wenn ich heute an Drieu denke, empfinde ich keinen Groll mehr. Dieser Mensch war absolut uneigennützig, verschrieb sich einer Sache immer mit Haut und Haaren, ging aufs Ganze – und ging in die Irre. Bis er schließlich dafür bezahlte.

Imek K. – ein Freund aus Grjasowez – erzählte mir einmal von seinem Meister, einem einfachen Arzt aus Stanisławów. Ihm verdankte er es, daß er Medizin studierte und sich überhaupt erst für diesen Beruf begeisterte. Als die Deutschen entschieden hatten, die Juden in Stanisławów zu vernichten, verschleppten sie einige hundert von ihnen in den Wald und ließen sie dort Gräber für sich ausheben. Jener Arzt war unter den Todgeweihten. Plötzlich erkannte ihn ein deutscher Offizier inmitten der Schaufelnden. Der Arzt hatte ihm zuvor irgendeinen Dienst erwiesen, vielleicht seine Tochter behandelt? Der Offizier befahl ihm, aus der Reihe zu treten und ins Dorf zurückzugehen, der lehnte ab, er wollte lieber bleiben, mit den anderen weiter Gräber schaufeln und sich zusammen mit ihnen vor diesen frisch aufgeworfenen Grabhügeln von Karabinersalven erschießen lassen.

Was hatte das zu bedeuten? Inwiefern konnte diese Geste im Angesicht des Todes irgend jemandem helfen, diesen Juden in einem verlorenen Städtchen in Mitteleuropa, von dem Abellio und Drieu noch nicht einmal wußten, daß es existierte? Die Geste eines armen Juden – welches Gewicht konnte sie schon haben verglichen mit ihren verwickelten Kalkulationen von universeller Geltung? Ich sehe keinen anderen Ausweg aus diesen Gedanken als in den Kategorien eines für mich grundlegenden Wertesystems, also in der Überzeugung, daß dieser Arzt, der nichts weiter tat, als freiwillig mit seinen Brüdern zu sterben, auf der Waage der Welt schwerer wiegt als all diese astronomischen und tragischen Phantasten und Anhänger der Nietzscheanischen »Fernstenliebe«.

Über all das unterhalten wir uns heute, S. und ich, auf den Liegen des Oberdecks. S. ist ein nobler Mensch, er war Professor in Wien zu jener Zeit, als die Juden in Stanisławów und an allen Orten gemordet wurden, als man die Jüngsten unter den Polen, fast noch Kinder, im Lager von Buchenwald zu Henkern machte und ihnen befahl, zweiarmige Galgen durch die Dörfer und Städte Thüringens zu schleppen, an denen man an jeder Seite drei Menschen aufhängen konnte, als man Polen für die »Schande« hängte, es zugelassen zu haben, daß ihre Kameraden aus dem Lager flohen, und sie nicht verraten zu haben, als Polen, Juden, Zigeuner und wie viele andere noch zu Hunderttausenden starben, mit Stöcken totgeprügelt, erstickt, vergiftet, ermordet durch Injektionen mit den Todesspritzen oder schlichtweg durch Hunger und unmenschliche Erschöpfung.

»Ich schwöre Ihnen«, sagt er mir, »nichts, nichts wußte ich von diesen Dingen.« Nach langem Schweigen: »Ungefähr 1942 hörte ich erst gerüchteweise von Morden, die Deutsche in Rußland an Juden begangen haben, aber darüber zu reden war strengstens verboten und es gab nur Hörensagen.« So erzählt es S., bemüht, sich zu erinnern, was er gesehen hat und wieviel Schuld er selbst daran trug, daß er von diesen Dingen nichts wußte. »… ja, ja, ich erinnere mich, noch 1938 brannte eine Reihe von Synagogen, jüdische Geschäfte wurden geplündert und zerstört, das nicht zu wissen war unmöglich. Ein junger Bursche von der SS, Anhänger von Hitler und seiner Rassenlehre, kam völlig blaß zu uns und erzählte uns zitternd: ›Das halte ich nicht aus, sie haben uns befohlen, uns Zivilkleidung anzulegen, uns unter die aufgebrachte Menge zu mischen und alles abzufackeln und zu zerhauen.‹« (Menschen wurden da noch nicht umgebracht, ergänzt S., der das Grauen dieser Fakten zu schmälern versucht.) »Einige Tage danach kam derselbe Bursche wieder zu uns, diesmal heilfroh: ›Der Befehl ging augenscheinlich von niederen Rängen aus, von gemeinen Untergebenen, das war ein Mißverständnis, heute kam ein Befehl von oben, diese Methoden zu unterlassen, das heißt also, daß die Führung derlei ablehnt.‹« Ich hörte ihm zu. Ein Anhänger der Rassenlehre? Mit nobler Gesinnung?

»Ich erzähle Ihnen einmal eine Geschichte, die meiner Schwester widerfahren ist, im September 1939: Die Deutschen hielten ihren Vormarsch am Narew an. Meine Schwester wollte mit ihren drei kleinen Kindern über den Narew von Osten nach Westen gelangen. Die Russen marschierten gerade in den Landkreis

Węgrowski, wo sie im Landhaus eines Verwandten lebte. Es machte schon die Runde, daß die Grundbesitzer nach Rußland deportiert werden sollten, und auch von Erschießungen wurde berichtet. Meine Schwester wollte ins Umland von Krakau fliehen. An der Brücke saß sie auf einem Wagen, umringt von deutschen Soldaten, die sie in Augenschein nahmen. Sie wartete auf Durchlaß. Der wurde ihr nicht gewährt. Die Soldaten starrten sie an und verhöhnten sie: ›Ihr Mann ist bestimmt General, alle Polen sind Generäle ... Ach, nicht im Militär? Herzkrank? Aber ja doch, alle Polen sind malad, haben Angst, Krieg zu führen, wir aber, wir treiben alle Krieg.‹ Inmitten dieser Menge stand ein junger Deutscher mit einem makellosen Ariergesicht. Er schwieg und schaute beharrlich auf die jüngste Tochter, die auf dem Schoß ihrer Schwester saß. Das Mädchen hatte Tränen in den Augen, war verängstigt und bewegte leicht ihre Lippen, sie betete. ›Vielleicht rettet er uns, vielleicht hat er auch eine Tochter und Mitgefühl‹, dachte meine Schwester. Plötzlich trat der Deutsche auf sie zu. ›Junge Frau, ich bin nicht befugt, Sie die Brücke passieren zu lassen, aber ich tue es doch, *wenn Sie mir etwas schwören.*‹ Meine Schwester streckte sich geradezu aus dem Wagen heraus zu ihm. ›Aber selbstverständlich, ich will schwören. Ich will tun, was ich kann ...‹ Sie durchfuhr der Gedanke, daß er sie bestimmt darum bitten werde, sich um jemanden zu kümmern, jemandem zu helfen, der ihm nahesteht. ›Sie müssen mir schwören‹, sagte er, während er seinen Blick weiter auf das Kind gerichtet hielt, ›daß Sie Ihre Kinder in *völliger* Treue und Ergebenheit zum Dritten Reich erziehen.‹

Unwillkürlich steckte meine Schwester ihren Kopf wieder zurück in den Wagen und antwortete: ›Nein, *das* werde ich Ihnen nicht schwören.‹ Der Offizier sprach nur noch den Befehl: ›*Zurück.*‹

Und so mußten Mutter und Kinder wieder dorthin fahren, woher sie aufgebrochen waren, mit dem Gefühl, ausgeliefert zu sein. Es kam jedoch alles anders. Die Deutschen blieben nicht am Narew stehen, sondern rückten weiter vor, die Bolschewiken zogen sich zurück und blieben keinen ganzen Tag in der Gegend von Węgrowski. Dieses Gespräch aber war eines zwischen Menschen, denen bewußt war, daß die Mutter mit ihren drei Kindern nicht passieren zu lassen ihre wenn nicht sichere, so doch wahrscheinliche Vernichtung bedeutete. Ich habe diese Geschichte schon viele Male erzählt, allen, wirklich allen war das Verhalten des Deutschen nichts weniger als eine Monstrosität, niemand hat auch nur den Versuch unternommen, die bei ihm wirkenden psychologischen Mechanismen zu ergründen.«

Er hatte mir aufmerksam zugehört. Eine Antwort hatte er nicht. Schon einmal habe ich gemerkt, wie er auf Dinge reagierte, die großen Eindruck auf ihn machten. Seine Reaktion folgte immer mit großer Verspätung.

16. Mai – Wundervolles Wetter, leichte Wolken über einem blendenden Himmel, die Sonne brennt, aber es weht ein frischer Wind. Heute überqueren wir den Äquator. Ein Neptun mit Papierkrone reibt Touristen in Badeanzügen mit Mehl, Teer und Marmelade ein, und noch die eine oder andere Idiotie wird vollzogen. Die Kinder spielen natürlich auf dem Deck. Aber die anderen? Heute, da Atlantiküberfahrten für viele nicht mehr bedeuten als eine Fahrt mit der Straßenbahn, organisieren die Schiffsgesellschaften diesen Brauch am Fließband. Von ihm ist nichts weiter geblieben als ein schaler Nachgeschmack.
In dem Augenblick, da wir den Äquator queren, der vom ganzen Publikum feierlich willkommen geheißen wird, ist es in der Bar fast schwarz vor Nonnen. Ein Priester hält vor ihnen eine Ansprache auf Italienisch. Mir scheint es, als wäre ich nicht in einer Bar gelandet, sondern auf einer Versammlung von Menschen, die die Katakomben noch nicht vergessen haben und in einer völlig anderen Welt leben. Diese Taufe ist für sie vielleicht kein blasphemischer Akt, aber sicher ein obszöner.
Auf seiner Liege auf dem Oberdeck der einsame S. mit seinen Büchern. Ich lege mich neben ihn.
»Ich habe viel über das nachgedacht, was Sie mir gestern erzählt haben … Diese Begegnung, die Ihre Schwester gemacht hat … Ich brauche immer etwas Zeit, um zur Sprache zu finden. Sehen Sie, dieser junge Deutsche … dieser Offizier war sicher ganz von einer *Idee* überzeugt, er *glaubte* an die überlegene Rasse, glaubte, daß er Ihre Schwester und ihre Kinder nicht nur rettet, sondern ihnen etwas *schenkt* …«
Jetzt verstummte ich, im ersten Augenblick schien mir das geradezu obszön. Kann man denn Umgang pflegen mit diesen Deutschen, wenn die erste, spontane Reaktion auch der Besten von ihnen auf den Bericht von einer realen Brutalität so stark abweicht von dem, was man allgemein als Norm voraussetzen darf? Ich erzähle ihm also von der deutschen Deportierungsaktion der Kinder aus dem Lubliner Raum, die man auch zu beschenken beschlossen hatte, indem man sie ihren Eltern entreißen und in das Umfeld der »überlegenen Rasse« einführen wollte, erzähle ihm davon, wie sich ganz Warschau, wie elektrisiert von diesem Raub, mobilisierte wie nie zuvor, nur um diese Kinder zu retten. In den Stunden, als der Zug auf den Rangiergleisen in Warschau stand, befreite man sie aus den Waggons; Menschen begaben sich in Lebensgefahr, um fremde Kinder vor der Glückseligkeit der »überlegenen Rasse« zu retten.
Der Deutsche folgte mir konzentriert und verfiel wieder in Schweigen.

Je öfter ich an dieses unser Gespräch zurückdenke, desto größer ist meine Achtung für mein Gegenüber. Er *kannte* diese Jugend, irregeleitet von der Rassenlehre, hatte in die Augen dieser Jugend gesehen, die für diese »Rasse« gestorben ist, die sie mit ihrer Heimat verwechselte (*Sie sind gefallen, weil sie ihre Heimat liebten* – diesen Spruch habe ich noch im ersten Krieg auf einem verlassenen Friedhof in den Schwarzen Bergen der Karpaten gelesen). Dieser scharfsinnige Mensch versuchte sich gar nicht an einem Urteil, sondern wollte etwas nachvollziehen und mich selbst zum Nachvollziehen und zur Nachsicht anregen. Aber wußte er denn nicht, daß genau solche Offiziere anderen jungen Burschen befahlen, den Blick nicht abzuwenden von den Unschuldigen, die auf den Plätzen Warschaus niedergeschossen worden waren, die sie geheißen hatten, die Sterbenden noch zu treten, um sich abzuhärten, daß diese Jugend Ausflüge unter der Führung der Älteren auf die Friedhöfe unternahm, wo ihnen befohlen wurde, Kreuze zu zerschlagen und die Denkmäler zu zerstören? (Auf diese Weise haben junge SS-Männer den Friedhof von Mordy verwüstet und eine Madonna in Stücke gehauen, zu der die Kinder seit Jahren zum Abendgebet gekommen waren.)

Unter dem Eindruck von S. befrage ich mich selbst. Wo verläuft die Grenze zwischen dem, was den Deutschen von Hitler als Mitverantwortung für die Verbrechen des Regimes aufgebürdet wurde, und dem, was ein jeder von uns bis heute mit sich trägt? Unterscheidet uns bloß eine Art Mengenfrage? Ist ein Verbrechen, begangen im Namen einer Sache, einer Idee oder von Grundsätzen, die weniger unmenschlich sind, ein kleineres Verbrechen und leichter zu vergeben? Heute wissen wir, daß die polnische Polizei in Łuck politische Gefangene folterte, die Beschreibung dieser Folter ist nachzulesen bei Alexander Weißberg-Cybulski. Ich erinnere mich, wie ich vor 1939 bei der Polizeidirektion Fürsprache hielt für einen Kommunisten, den Freund eines Malerkollegen. Nach einigen Monaten erhielt ich eine höfliche Antwort, auf feinstem Papier, daß die Angelegenheit noch untersucht würde. Verstehe ich nicht allein durch diese Erfahrung bestens, worin das *Geheimnis* der Lager in Deutschland beruhte? Es war des Durchschnittsdeutschen unterbewußte Abwehr (so wie die meine), nichts weiter wissen zu wollen. »Ich schwöre Ihnen, nichts habe ich davon gewußt«, höre ich noch die Stimme von S. Die »Befriedung« der Ukrainer, wir wußten von ihr, zu wenig zwar, aber von den Grausamkeiten wußten wir. Ging bei mir, dem überdies kein Übel gedroht hätte, weil es in Polen keinen Hitler gab, die Reaktion denn über die ganz und gar liberale Empörung hinaus?
Seit meinen langen Gesprächen auf den Liegen des Oberdecks mit S., dem ersten Deutschen, mit dem ich mich völlig offen unterhalten habe, ist die Frage der deutschen Verantwortung für mich keineswegs gelöst, aber sie ist weniger ausschließlich geworden. Wer von uns ist nicht mitverantwortlich? »Polen, tadellose Burschen …« – das ist zu einfach und zu bequem.

Gran ballo, bal monstre auf dem Äquator. Kostüme, Luftschlangen und ein dröhnendes Orchester, alles zu Ehren des Äquators. Tanz- und Feierrausch. Ich beobachte die Jugend: beim Tanzen, sie wirbeln, bilden Ketten- und Schlangenformationen und Kreise, singen italienische und spanische Lieder im Chor. Sogar die Alten werden von diesem Wirbel mitgerissen, die quadratischen Damen und die Herren mit ihrem leichenhaften oder auch himbeerroten Teint scheinen mir gar nicht mehr lächerlich. Ich sehe sie jetzt mit anderen Augen, nicht mehr als eine furchtbare Herde von Krabben oder Eidechsen. Auch sie haben Anteil an der unschuldigen Ausgelassenheit der Jugend, aus ihren Gesichtern spricht ehrliche Begeisterung.

Die Ballkönigin ist ein junges Mädchen, eine Italienerin aus Modena, in einem Kleid aus weißer Spitze, mit dunkler Haut, anmutig, von rundlich-geschliffener Gestalt und mit großen schwarzen Augen. Ich nenne sie Balbina. Sie tanzt mit einem jungen, schwerfälligen Uruguayer, sie haben buchstäblich nur Augen füreinander. Ihre Gesichter scheinen wie verklärt vor Glück, einem fast geheimnisvollen Glück. Warum stellt sich bei mir noch nicht einmal beim Anblick dieses Paares ein bißchen Glückseligkeit ein? Wieder Gespenster. Ich sehe eine andere Frau, die ihr verblüffend ähnelt, bis in die Statur. Die gleiche Zartheit und Eleganz, die gleichen feinen Augenringe, das schüchterne Lächeln, wie aus weiter Ferne kommend, der gleiche Blick – eine Fracht voll Glück. *Das war doch gestern.* Ihre große Liebe, Heirat, Kinder – die plötzliche Geisteserkrankung des Mannes, schwankend zwischen heftigen Ausbrüchen und Linderung, sie wich ihm nie von der Seite, war ihm unersetzlich; dann Krieg, Einmarsch der Bolschewiken, Flucht mit fünf Kindern, er wird mitgenommen, die erste Trennung, Deportation, furchtbare Nachrichten, danach noch schrecklichere Stille, und dann noch zwei Jahre Ravensbrück.

Heute ist sie still, spricht kaum ein Wort in ihrem Mehrbettzimmer im Krankenhaus, Schwindsucht; zwei Jahre war ihr vollkommene Bettruhe verordnet. Seit dem Augenblick jener Trennung hat niemand sie lächeln sehen, keiner ein Wort der Klage von ihr gehört.

Die Gespenster haben mich eingeholt.

Aus dem Polnischen von Ron Mieczkowski

ANDRIJ LUBKA

DAS ERLOSCHENE EUROPA

Gedichte

WIE SCHREIBE ICH?

Ich schreibe in kyrillischer Schrift, mit der rechten
Hand, nach zwei Uhr nachts, in ein Notizbuch
mit der Seite »18. August 2011«,
deshalb wäre es nicht schlecht, das Gedicht auch so zu betiteln,
mache ich aber nicht, denn ich will von dir schreiben,
ich schreibe aber in kyrillischer Schrift, das heißt –
meistens schreibe ich von Ihor und Swjatoslaw,
von Nestor, Pamwa, Hryhorij et cetera.
Was für »cetera«? Ich schreibe von Taras,
der Lubliner Union, einem Glaubenskampf,
vom Glaubensverrat als einem Kampf; von Kwitka,
Kirche und Bulgarien (ihr wißt schon, was ich meine),
ich schreibe von Pavics Fehler (weil es Kyrill und Methodius waren, die
die Glagolitsa-Schrift erdachten), schreibe kaum
vom heutigen Serbien (diese Verräter!), ich schreibe nicht von Whisky,
 weil ich
vom Selbstgebrannten schreibe – was denn auch sonst, ich benutze ja
 kyrillische Schrift,
auch wenn mich der Großteil der Welt nicht verstehen kann.
Um ehrlich zu sein, würde dir lateinische Schrift besser passen,
Sorry, es ist nichts zu machen, es hat sich halt so gefügt, ich kann nichts
 dagegen tun:
Ich muß von Anna in Frankreich schreiben, von Bohdan, Iwan,
Samijlo & Co, denn Gott hat uns dreifach bestraft:
mit dem Osten, der Macht und unserem Alphabet.
Ich schreibe in kyrillischer Schrift: Dies ist meine Ursünde.
Vergebt mir.

JETZT, WÄHREND DU SCHLÄFST, FALLEN ÄPFEL

Mit diesem Gedicht wird unser Herbst beginnen.
Mit diesen Worten wird unser Sommer enden, der unser erster war,
die Nächte waren so hitzig und du –
so heiß, daß wir uns vor dem Schlaf in nasse Laken wickeln mußten
in der Dunkelheit konnte man sehen, wie
unsere Jugend langsam verdunstet
und die Zeit noch langsamer verrinnt und den Geruch
von glühendem Staub und beschlagenen Fenstern hinterläßt.
Ein neues Jahrhundert brach an, die Äpfel fielen, du schliefst,
und ich ging in den Garten Äpfel fangen, damit sie nicht dumpf
aufschlugen, wie Kriege,
denn in dem Fall würde ich dich nicht beschützen können,
sondern gezwungen sein, den halben Kontinent zu durchqueren,
um dir Blumen und ein Lächeln zu bringen, deshalb fing ich Äpfel,
und ihr Geruch
war der süßeste der Welt.
Ich glaube, so riecht es hinter deinen Ohren.
Inzwischen dämmerte schon der Morgen, und ich beeilte mich, dich zu
wecken,
machte die Fenster auf, damit das Licht hereindrang, und brachte mit
vollen Händen
Tau für deine Katzen.
Und danach, du weißt noch, gingen wir zusammen in den Garten,
lagen dort auf Haufen aus gelbem Laub, über uns Wolken
wie veraschte Imperien, denn der Herbst eignet sich am besten für den
Abschied
von den Tyrannen, für das Schlendern in den Ruinen,
für das Aufräumen der Friedhöfe.
Jetzt sind aber keine Friedhöfe mehr zu finden, auch die Wege dahin sind
vergessen,
deshalb schauten wir uns alte verblaßte Fotos an, auf der Hausterrasse,
in Decken gewickelt,
schlugen Lyrikbände toter Dichter auf, mit Seiten
wie unser Gedächtnis, vergilbt,
und unsere Liebe wurde immer größer:
als ob es unsere Pflicht wäre, für die zu leben, die das nicht konnten,
so knipsten wir abends das Zimmerlicht aus,

öffneten die Vorhänge und starrten durch das dunkle Fenster hinaus,
dahinter lag das verstummte, erloschene Europa,
es lag da wie eine Karte oder wie eine Frau, zärtlich und verweint,
 wie eine Geige,
es war so rührend, daß wir einander unsere Arme entgegenstreckten,
unsere Finger verschränkten und in jener Pracht einschliefen.
Oder wir wandelten durch die alten Städte, in denen wohl niemand mehr
 lebt,
sie waren ja entweder leer oder voller fremder Eindringlinge,
wir versteckten uns vor dem Regen
in Kirchen und Kapellen und küßten uns dort,
danach liefen wir weg, aus Angst vor der möglichen Strafe,
besichtigten Stadtdenkmäler, die Unbekannte den Unbekannten
 irgendwann gewidmet hatten,
überquerten Brücken über den Flüssen, in denen sich nichts mehr
 spiegelt
außer unserer Ergebenheit
der sich ergebenden Geschichte,
dem Leben ergeben.
Und in einer der Nächte, wenn ich den letzten Apfel gefangen habe
und lautlos ins Bett zurückkehre, um dich zu schwängern,
werden wir weder von der Vergangenheit noch von der Zukunft träumen:
Unser Traum wird Musik sein – kein Beethoven und kein Bartók,
sondern unglaublich endlos, grenzenlos und
warm wie dein Atem.

Aus dem Ukrainischen von Chrystyna Nazarkewytsch

RON MIECZKOWSKI

ADAM ZAGAJEWSKI, MEISTER MEINES NICHTWISSENS

Während ich diesen Text schreibe, nimmt meine Großmutter Abschied von dieser Welt. In einem oberschlesischen Pflegeheim, in dem alle Bewohnerinnen, zu denen sie erst seit wenigen Wochen zählt, »Marienkäferchen« genannt werden, hat wohl eher ihr Körper als ihr dementer Geist beschlossen, nicht mehr zu essen. Mit ihr, der 1924 Geborenen, geht meine einzige wirkliche lebensweltliche Verbindung zur Generation von Czesław Miłosz, Wisława Szymborska und Zbigniew Herbert. Es würde mich nicht wundern, wenn ihr all diese Namen auch früher, als es noch nicht dunkel wurde in ihrem Kopf, nichts gesagt hätten. Wie fern ihr, der einfachen Frau, die große Literatur, nobelpreisprämierte Dichtung und intellektuelles Dissidententum auch waren: Als ich sie zuletzt sah, im September vorigen Jahres, zum ersten Mal wieder nach langer Zeit, um meiner Frau meine Familie vorzustellen, hatte sie eine bemerkenswerte Obsession ausgebildet. Zu allen anderen zu Verhaltensauffälligkeiten ausgewachsenen Schrullen, die demente Menschen oft entwickeln, kam bei ihr das zwanghafte Lesen. Wenn sie nicht im Sitzen, mit einer Decke über ihren Oberschenkeln, die genau bündig mit dem Sofa abschließen mußte – andernfalls drohte ein Wutausbruch –, döste oder schlief, las sie. Sie las alles, was in ihrer Griffweite war. Bei meiner Tante, bei der sie schon lange in Obhut war, hieß das in erster Linie das TV-Programm. Sie las die dünnen Hefte laut vor, von morgens bis abends, von der ersten Seite bis zur letzten, was uns Kurzbesuchern Grund zur Heiterkeit war, meine Tante aber schon längst mürbe gemacht hatte. Wer sie eine Weile beobachtete, verstand sofort, weshalb sie das tat: Sie hörte ihrer eigenen Stimme zu, prüfte, ob sie richtig vorgelesen hatte, ohne zu begreifen, welchen Sinn die ausgesprochenen Worte ergaben. Sie tat es, um sich ständig zu versichern, daß sie es noch konnte: Lesen. Ich erinnere mich, daß ihr geradezu verkrampftes Verhältnis zur eigenen Lesefähigkeit keine neue Eigenheit war. Mir, dem Kind und später Jugendlichen, der sie hin und wieder aus Deutschland kommend erst in Gleiwitz, später Ratibor besuchte, schien die Welt, von der ihre immer unsortierten Geschichten handelten, wie ein untergegangenes Kakanien – sie erzählte von ihrer Zeit in Wien, als oberschlesisches Kindermädchen eines Bezirksvorstehers oder ähnlichem; sie sprach ein wundersames altes Deutsch, fließend und makellos, aber mit Polonismen, die mich als Kind immer zum Lachen brachten. Wenn es etwa an der Tür klopfte oder das Telefon klingelte, rief sie auf dem Weg zum Flur oder zum Hörer dauernd »Schon! Schon!«, was einem nur verständlich wird, wenn man das polnische *już, już* kennt. Vor neun oder zehn Jahren, als ich sie zuletzt besucht hatte und sie schon nicht mehr recht wußte, wer sie eigentlich war, von mir, ihrem Gegenüber, ganz zu schweigen, erzählte sie mir stundenlang die immer gleichen Episoden aus ihrer Jugend, in der sich wenige Sätze wiederholten. Sie habe ja »drei Alphabete« gelernt, das polnische, das altdeutsche und »die neue deutsche Schrift«, und könne in allen dreien lesen und schreiben. Wobei, sagte sie, sie habe das früher ganz gewiß gekonnt, aber inzwischen vieles vergessen. »Es ist schrecklich, wenn man vergißt«, sagte sie mit einer tiefen, ihr ganzes Gesicht verdunkelnden Traurigkeit.

Am 21. März 2021, dem »Welttag der Poesie«, ist Adam Zagajewski verstorben. Man könnte ihm seinen Tod an ausgerechnet diesem Datum als letzten Witz auslegen – oder, schon weniger humoristisch, als Finis unter seinen Gesängen »für eine verstümmelte Welt«. Auch wenn ich mich ermahne, es mit der Verklärung nicht zu übertreiben, auf die man zumindest in kleinen Dosen für die Strukturierung der eigenen Vergangenheit angewiesen ist, glaube ich, daß ich erst mit der Lektüre von Zagajewskis Texten und, genauer, mit der Lektüre eines seiner Texte, eine gewisse Vorstellung von der Lebenswelt der Generation meiner Großmutter bekommen habe.

Meine Entdeckung von Zagajewski fällt ungefähr in mein siebzehntes Lebensjahr. Sie steht auf der Schwelle zwischen einer auf Kennerschaft ausgerichteten Lektürewut einerseits, die ganz Eitelkeit war, gespeist aus einem Selbstdarstellungswunsch, den das wohlmeinende Lob einer Deutschlehrerin in der achten Klasse ausgelöst hatte – und einer Art des Lesens andererseits, von der ich keinen Begriff hatte, von der ich nicht wußte, daß sie mir fehlte, und die man heute wohl »identifikatorisch« nennt. Ich lernte ein Lesen kennen, das so verschieden war von der Lektüre großer Romane, in denen mir ein Hans Castorp, ein Ulrich oder ein Marcel begegneten. An deren Widerfahrnissen hatte ich zwar mit Tränen Anteil genommen, doch hier glaubte mein Jugend-Ich, sich betroffen fühlen zu dürfen, hier meinte ich, Menschen kennenzulernen, deren faltige Haut und lichtes Haar kaum weniger Gefühle kindlicher Zuneigung auslösten als die meiner fernlebenden Großmutter. In der Rückschau neige ich zu dem Glauben, daß die Menschen hinter diesen Zeugnissen, historische Persönlichkeiten allesamt, vielleicht die Lücke eingenommen hatten, die das Fehlen frühverstorbener oder in einem anderen Land lebender Großeltern hinterlassen hatte. Zagajewski jedenfalls erfüllte für Nachgeborene wie mich eine Scharnierfunktion: Geboren 1945, konnte er sich die Vergangenheit, um die es mir ging, ebenfalls nur durch Erzählungen der Generation vor ihm erschließen, ein Zuspätgeborener als Mittler für die noch später Geborenen. Mit ihm und dank ihm lernte ich ein Lesen kennen, das mich innerlich betraf, wie es mir heute, als nunmehr professioneller Leser, der das Lesen und den Umgang mit Büchern zum Beruf gemacht hat, nur noch selten begegnet.

Irgendwann in diesem Jugendalter hatte ich mir vorgenommen, mein inneres Bildungsexpansionsbedürfnis in die Weite zu verlagern: Eine Literaturzeitschrift mußte her. In einer älteren Nummer von Sinn und Form, von der ich alle mir irgendwie zugänglichen Hefte las wie meine Großmutter später ihre TV-Zeitschriften, nämlich von der ersten Seite bis zur letzten, war er dann plötzlich da, Zagajewskis Text. Da schrieb ein Autor, von dem ich nie gehört hatte und der sich weit außerhalb des mir bekannten Orbits großer Literatur bewegen mußte, also jenseits all dessen, worüber mir der mit dem Begriff der Weltliteratur verbrämte Lektüreimperativ zu stehen schien. Es konnte keiner der Großen sein, deren Namen jeder auch nur vage auf »Literatur« Versessene kannte, und sei es bloß von den Buchrücken aus den Bibliotheksregalen. Hier schrieb also ein Kleiner. (Ich habe mir verboten, wieder in diesen Text zu blicken, den ich, seitdem ich ihn mit siebzehn Jahren gelesen hatte, nie wieder hervorgeholt habe, der mich aber mitsamt dem Heft, wie alle Nummern dieser Zeitschrift seither, auf allen Umzügen begleitet hat und den ich jederzeit wieder hervorholen könnte. Erst will ich mich erinnern.)

Da sprach ein Kleiner, der nicht nur meiner hochfahrenden Unkenntnis wegen klein sein mußte, sondern der sich vielmehr in seiner Schreibgeste klein machte. Er erzählt nämlich von einem Großen, an dessen Größe schon der Titel keinen Zweifel läßt: »Józef Czapski – Meister meines Nichtwissens«. Es mag gar nicht in dem Text stehen und das Gedächtnis mir weit entfernte, später gemachte Lektüren kurzschließen, ich erinnere mich aber, daß Zagajewski in Paris diesen Großen aufsucht, der schon schwindet und dessen Krankheit deutlich macht, daß nicht mehr viel Zeit bleibt: Und Zeit braucht Zagajewski, ist seine Bewunderung für diesen Großen doch Antrieb, ihn auszufragen, von ihm zu erfahren, was er erlebt hat, was ihm wichtig war und was er noch zu sagen hat, das nicht schon in seinen Texten gesagt worden ist.

Zagajewski ist als Autor bei einem, der ihm Vorbild ist, menschliches Vorbild – das ist kein bloßer Besuch bei einem Großautor, dessen letzte Sentenzen der bewundernde Kollege festhalten möchte. Józef Czapski taugt für derlei nicht. Von ihm als Schriftsteller zu sprechen, wäre seltsam verkürzend. In Czapskis Leben hatte nicht weniger als ein ganzes Jahrhundert Platz genommen: Noch im letzten, also von heute aus vorletzten Jahrhundert geboren, Herkunft aus polnischem Adel, der wie jeder Adel etwas Weltläufiges, Internationales an sich hat, aufgewachsen in St. Petersburg, Künstlerkarriere als Maler postimpressionistischer

Gemälde in Paris, Mitbegründer der polnischen Kunstströmung des »Kapismus«, ein biographisches Wirbeln zwischen den Ländern und Sprachen, Einberufung als Offizier zum Ende des Ersten Weltkriegs, der ihn aber eigentümlich unberührt gelassen und ihn auch nicht aus der Bahn geworfen hat; mit gleichem Staunen liest man andere Zeitleisten und Biographien jener Jahre, als Menschen in ihrem Tun unterbrochen wurden durch Politik, durch Krieg, durch Flucht und den Tod anderer, aber nach jeder Unterbrechung weitergemacht haben, wo sie zuvor aufgehört hatten, als wären sie nur eben aufgestanden von ihrem Schreibtisch, von der Staffelei in Czapskis Fall, um später noch emsiger das zu tun, was sie für die Dauer der finsteren Jahre ruhen lassen mußten. Nach allen avantgardistischen Kühnheiten – unterdessen hatte sich wieder ein polnischer Staat gegründet, was aber Czapski so wenig anzugehen schien, daß er ausgerechnet in dessen ersten Jahren in Paris zu leben vorzog – geschah dann doch etwas, was nicht mit weltabgeschiedener Künstlergleichgültigkeit hingenommen werden konnte. Mit dem Zweiten Weltkrieg erneute Einberufung: Mit Zehntausenden polnischen Offizieren wurde er Kriegsgefangener der Roten Armee und alle paar Wochen mit Zügen in ein neues Lager verbracht. In einem von ihnen, bei Grjasowez, hielt er jene Vorträge über Proust, die ich erst Jahre später kennenlernen sollte und die ihn über den Umweg der Proust-Studien zumindest nicht ganz in Vergessenheit geraten ließen. Als einer von wenigen hundert Mitgefangenen kam er 1941 auf ausländische Fürsprache hin frei. Die übrigen starben, erschossen vom NKWD. Er entging dem, was mein Vater mit eigentümlich ernster Stimme mit »Katyń« andeutete, ausgerechnet er, der sonst nicht vieles wirklich ernst nahm, am wenigsten sich selbst, und mir die Welt als großes ironisches Lustspiel vorlebte, auf dessen Streiche man am besten mit eigenen Streichen reagierte. Was das Fundament legte für die heute bis ins Obsessive entstellte Opfer- und Heldenerzählung Polens, war früher schlichtes Kollektivgedächtnis, aufrechterhalten gegen die offizielle Geschichtsschreibung der polnischen Volksrepublik, für die der vom sowjetischen Politbüro beauftragte Massenmord ein weißer Fleck bleiben mußte. Daß ausgerechnet Czapski, der Überlebende, den Auftrag erhält, nach den verschollenen Kameraden zu suchen, die schon längst, durch Genickschüsse hingerichtet, in Massengräbern verscharrt waren, verbindet seinen Namen in Polen auf immer mit dem Massaker. Von seiner Irrfahrt durch Stalins Reich berichtet er in »Unmenschliche Erde«. So unpathetisch das Buch auch vom Unrecht erzählt – so nüchtern wie Nachgeborene es nie mehr könnten –, läßt sich aus ihm lernen, was der Junge, der ich war, in seiner polnischen Familie in Deutschland neben aller Selbstironie aufgesogen hat: Daß es das Böse und das Gute gibt, die Niedertracht und den Heroismus. Aus diesen nie ausgesprochenen, aber vorgelebten Überzeugungen, die mir ausformuliert erst später in den Büchern begegnen sollten, entnahm ich die Vorstellung, aus gleichem Holz geschnitzt zu sein: Szmalcownik oder Gerechter unter den Völkern – dazwischen gäbe es nichts, was der Erzählung wert wäre. Der unbarmherzige Blick und die Neigung zu apodiktischen Urteilen, die oft das Ergebnis dieser Lehren sind, stehen mancher polnischen Selbstbefragung noch heute im Weg. Der Siebzehnjährige gewöhnte sie sich erst später ab, die milde Nachsicht hätte er schon früher, auch bei Czapski, und bei allen, für die Czapski zusammen mit meiner Großmutter steht, erkennen können.

Mit der ergebnislosen Suche nach seinen Kameraden ist Czapskis Leben übervoll, mehr können Menschenjahre eigentlich nicht fassen. Mit der Anders-Armee kehrt er über den Nahen Osten zurück nach Europa. Ab 1946 lebt er in Paris, genauer: in Maisons-Laffitte, wo er wieder malt und schreibt, aus aller Welt Besuch empfängt von Menschen, die seinetwegen kommen und die er wohl mehr aus Neugier nach dem, was sie selbst zu sagen haben, willkommen heißt als aus der Einsicht, zur Jahrhundertgestalt geworden zu sein, die ein erzähltes Erbe weiterzugeben hat. In Paris erlebt er die Wende, mit der sein Exilgrund erlischt: Er stirbt dennoch dort, fast hundertjährig, ein Exilant auch im Tod.

Von hier aus, von Zagajewskis Erinnerungsessay, der einen Menschen wiederauferstehen läßt, der seine letzten Jahre auf einer Couch verbrachte, nachts im Liegen, tagsüber im Sitzen, wo Czapski die ihm wichtigsten Bücher und Bilder stets griffbereit hatte, begann für mich die Entdeckung einer ganzen Reihe von Wahl- oder Ersatzahnen: Denn Czapskis Couch stand in jener Villa in Maisons-Laffitte, in der Jerzy Giedroyc und Zofia Hertz das »Instytut Literacki« führten, das Verlagshaus und Redaktion der polnischen Exilzeitschrift »Kultura« zugleich war, die Czapski mitzugründen und zu betreuen half. Hier begann mein Staunen darüber, daß es so etwas gab: eine polnische Intellektuellenemigration, die, recht besehen, zum eigentlichen Kulturträger eines ganzen Sprachbereichs wurde.

Ich greife nun doch nach dem Heft (es ist die Nummer 6/2003), in dem ich Czapski zuerst begegnet bin, schaue auf das Titelblatt – und entdecke sie dort alle, als wäre das Heft nur dafür gemacht gewesen, von einem geckenhaften Jugendlichen gelesen zu werden, der nicht wirklich zu sagen wußte, wer er eigentlich war: Ich sehe Czesław Miłosz, der mit seinem »Theologischen Traktat« den Auftakt macht. Bis heute habe ich keine Vorstellung davon, wodurch sich eine Erziehung, die man katholisch nennt, von anderen unterscheiden soll, aber die Gebete meiner Kindheit waren mir da noch immer nahe, sie sind es noch heute, der Diasporakatholizismus im Hildesheimer Umkreis, in dem ich aufwuchs, tat sein übriges, daß ich der Frage, die einigen im gleichen Alter die drängendste war, der Theodizee, nicht ganz gleichgültig gegenüberstand. Bei

Miłosz nun entdeckte ich einen Glauben, in dem der Zweifel einen mindestens so großen Platz einnahm wie das fromme Vertrauen.
Auf Zagajewskis Gedächtnistext folgen Gedichte von Wisława Szymborska. Sie sollte mich später begleiten: Ich hatte, kurz bevor ich aus meinem Elternhaus auszog, irgendwo einen Gedichtband gefunden oder gekauft, den ich monatelang in der neuen Stadt bei einsamen Spaziergängen bei mir trug.
Wenn ich mir jetzt Zagajewskis Czapski-Text wieder vornehme, entdecke ich darin Notizen (mein Jugend-Ich wußte etwa nicht, was »gargantuesk« bedeuten sollte, was eine »Mansarde« war, hatte aber schon viel zu früh Musil gelesen: »Vielleicht MoE? Möglichkeitsmensch, etc.« steht neben einer Passage, die unpassender kaum sein könnte), vor allem aber war folgende Beschreibung von Czapskis letzten Lebensjahren angestrichen: »Er war fast blind und die ihn besuchenden Freunde lasen ihm seine alten Essays vor. Früher hatte er verlangt, daß man ihm Texte anderer Autoren vorlese, zum Ende hin wollte er nur noch seine eigenen hören. Das war kein Altersnarzißmus, vielmehr rang er verzweifelt um das schwindende Gedächtnis.«
Ich stelle mir vor, wie Czapski eine ganz ähnliche Furcht vor dem Vergessen hatte wie meine Großmutter. Vielleicht ahnte er, daß auch mit ihm das grausame Spiel gespielt werden könnte, das meine Tante mit meiner Großmutter spielte, vielleicht als Rache für erlittene Kränkungen oder die Zumutungen der Pflege, wenn sie sie regelmäßig und unnachgiebig fragte, ob sie denn wisse, wie sie heiße, wie alt sie sei und wer sie da gerade besuche. Das Entsetzen, die weit aufgerissenen Augen und den Ausdruck tiefster Hilflosigkeit, der dann über das Gesicht meiner Großmutter zog, hat Czapski in einer Vorahnung vielleicht verhüten wollen, indem er das Spiel umkehrte und sich sein früheres Ich beständig vorstellen ließ.
»Czapski war ja wirklich von altem polnischen Adel, doch vom Adel übernahm er nur die Höflichkeit, das Polentum betrachtete er äußert kritisch, das Alter nahm er mit Humor«, lese ich weiter – da begegnete ich, in sublimierter Form, meinen Eltern wieder, die nie aufgehört hatten, zu Hause in erster Linie Polnisch zu sprechen, deren Sprachgebrauch aber so wenig patriotische Ahnenpflege bedeutete und so sehr dem schlichten Wunsch folgte zu reden, wie es ihrem Wesen entsprach, das Herz auf der Zunge zu tragen, so zu sprechen, wie sie jeder bei sich in den kleinen Küchen in den schlesischen Kohlestädten gesprochen hatten, so daß meiner kindlichen Weigerung, mit ihnen in ihrer Sprache zu sprechen, keine pädagogischen Zwangsmaßnahmen folgten. Es muß kurz nach der Lektüre des Sinn-und-Form-Hefts gewesen sein, daß ich mein kindliches Versäumnis, das Geschenk dieser Sprache anzunehmen, zu korrigieren versuchte: durch erneutes Lesen. Ich erinnere mich, wie ich mir Marek Edelmans Buch über die Liebe im

Warschauer Ghetto, »I była miłość w getcie«, laut vorlas – um als Analphabet im Polnischen irgendwie jene Klänge nachzubilden, die mir von meinen Eltern so vertraut waren, von denen ich aber nicht wußte, wie sie geschrieben werden. Selbstvergewisserung durch den Nebel von Generationen, in einem Alphabet, das ich erst noch erlernen mußte.
Zu diesem Nebel, zu vagen Erinnerungen, Fragmenten eines erlernten Kollektivgedächtnisses und poetischen Einbildungen, die zu Erinnerungen wurden, gesellte sich auch Czapski. Er nimmt in diesem bis heute brüchigen Bewußtsein einen Ehrenplatz ein: Später sehe ich Filme über ihn, in denen er in einem altertümlichen Polnisch über seine Erlebnisse spricht, das war der Zungenschlag meiner Großmutter, ergänzt jedoch um eine ganz alteuropäische Polyglossie: Das Wienerdeutsch teilten sie, Czapski aber sprach noch ein aristokratisches Französisch, ein sanftes Russisch, ein Englisch wie aus den Salons. So wenig ist meinem Gedächtnis zu trauen, daß die Interviews von Czapski in meinen Erinnerungen mit jenen von Jan Karski verschwimmen, den Claude Lanzmann bekannt gemacht hat; sie gleichen sich bis in die Gestik, die Hände strecken sie identisch, ihre Stimmennachahmung ist die gleiche, unübertreffbare. Dabei könnten sie unterschiedlicher nicht sein. Und doch: Mir scheint es, als spräche da eine Stimme; eine verletzte, aber so unendlich gütige, wie ich sie, ja doch, nur von meiner tatsächlichen Großmutter kenne.
Von Czapski aber geht es nicht nur zu Karski und den hohen Gefühlen meines Teenager-Ichs mit ausgeprägtem (aber selten opportunem) Gerechtigkeitssinn. Es geht auch zu Jerzy Giedroyc, es geht zu Zofia Hertz, aber vor allem zu: Aleksander Wat, der ganz ausdrücklich ein ganzes Jahrhundert, *seines*, mit seinem Leben umfaßte. Und wieder Filme: Szymborska, wie sie mit dem Schalk in den gütigen Augen neben dem Ortsschild von Limerick steht. Diese Augen, ich weiß es ganz bestimmt, ähneln bis in die sie umspielenden Krähenfüße jenen meiner Großmutter: Es macht keinen Unterschied, wer von ihnen die *grande dame* der Lyrik war und an wen ich mich mit gehäkelten Topflappen in den Händen erinnere.
Diese Verbindung von Lebenswelten, das Überblenden von Lebensgeschichten der Großen drüben in den Büchern und den Kleinen am anderen Ende der Telefonleitung zu Weihnachten, läßt sich bei Zagajewski lernen. Oder vielleicht nicht lernen: Diese Art von Erinnerungskonfusion geschieht ganz kollateral. Die Sanftheit, die man zu hören glaubt, wenn man Zagajewskis Texte liest, die jeder vernehmen könnte, der ihn schon einmal öffentlich sprechen, einen Text vorlesen erlebt hat, die aus jeder aufgezeichneten Lesung seiner Gedichte klingt, diese Sanftheit ist die gleiche, die auch meine Großmutter in ihrer Stimme hatte.
Das Melancholische als sehnsüchtiges Hinwenden zu einer Welt, die er nicht kannte, schlug sich, für jeden offensichtlich, in Zagajewskis Texten nieder. Es

hilft nichts, Vergleiche anzustellen mit Szymborska, Miłosz oder Zbigniew Herbert. Er war um zwanzig Jahre zu jung, um an ihrem Tisch zu sitzen. Das Pastorale bei ihm war auch immer tiefe, tiefe Traurigkeit, die genau deshalb (obwohl wirklich alle Voraussetzungen dazu da waren) selten ins Kulturpessimistische umschlug. Was uns, was mir bleibt, ist seine Suche nach Ersatzahnenfiguren, der Wunsch, alles von ihnen, die uns nichts mehr sagen können, zu wissen, und das ehrliche Staunen darüber, daß wir Menschen bewundern und uns ihnen nahe fühlen können, die uns nur in ihren gedruckten Worten begegnen, daß wir eine Sehnsucht nach ihnen empfinden können und uns ein paar Seiten aus einer Literaturzeitschrift die Lücken zu füllen vermögen, die das, was manchmal Entwurzelung genannt wird, in einem jungen Menschen geschlagen hat, der ohne Großeltern aufgewachsen ist, dessen Eltern eine andere Sprache sprechen als seine Freunde.

Bevor ich diesen Text zu Ende schreiben konnte, mußten anderthalb Jahre vergehen: Begonnen wurde er in der Nacht nach der Nachricht von Zagajewskis Tod. Meine Großmutter, es konnte nicht anders sein, ist wenige Wochen, nachdem sie zum »Marienkäferchen« wurde, gestorben. Bei unserer letzten Begegnung – sie las immer noch in der TV-Zeitschrift – wollten wir ein Erinnerungsfoto aufnehmen. Die alte Frau wußte nicht, wie ihr geschah, fühlte sich merklich unwohl zwischen den fremden Menschen, zu denen ihr die eigene Tochter und ihr Enkel geworden waren. Als meine Frau sich jedoch neben sie setzte und sie fragte: »Können wir Sie um ein Lächeln bitten?« – vollzog sich eine ungeheuerliche, mich bis heute fast beängstigende, als Wunder unvergeßliche Verwandlung: Da war sie wieder, für einige Sekunden, strahlend, mit so klaren, großen, gütigen Augen, einem Lächeln, das ihren ganzen Körper mit erstrahlen ließ; da war die Babcia aus meiner Kindheit wieder, deren Güte bis zur Selbstverleugnung reichte. Der Impuls, den ihr die Frage einer Fremden gegeben hatte, ließ die Kindergärtnerin wieder erstehen. Auf dem Foto, da sich ihr großes Herz durch ihre Augen in die Kamera ergoß, war jene bestimmende Furcht, sich selbst zu verlieren, nicht mehr zu sehen. Die Selbstvergewisserung, die ihr das Lesen nicht bringen konnte, schien für diese Weile wiedergefunden, eine Aufforderung zum Lächeln hatte sie gebracht.

MARZANNA KIELAR

MASURISCHE GEDICHTE

DIE FLUCHT DER MASURIN ELSE

1
Wir flohen nach Westen, Mutter war schon schwach. Tags zuvor
mußte ich zwei der besten Pferde der Armee geben. Es blieben uns
zwei trächtige Stuten. Wir nahmen eine Frau mit fünf Kindern mit.

Die Trennung in Oliwa war schrecklich. Ständig verschwanden
die Kinder, vor allem die älteren. Aus gutem Bettzeug
machten wir noch Rucksäcke. Darin hatten wir Wäsche, Löffel.

Solange wir in Ostpreußen waren, fanden wir etwas zu essen
in den verlassenen Häusern, für uns und die Pferde.
Später gab es nichts mehr. Eine Völkerwanderung.

Das Schlimmste war der Weg übers Eis, über die Nehrung.
Dort wollten wir uns umbringen. Wir mußten verwundete
deutsche Soldaten mitnehmen. Auf Tragen zogen wir sie

durch die Dünen. Dann, hinter den Zwergkiefern, sah ich
schiefe, eingefrorene Bojen, verstreutes Gepäck. Ein Konvoi von Kuttern
fuhr hinter einem Eisbrecher her. Wir kamen nicht mit.

2
Seit einem Monat kampierten wir in Danzig, als es im März die Russen
einnahmen; die Bomber flogen tief, wir versteckten uns in den Kellern.
Damals wurde Bronisława vierzehnmal hintereinander

vergewaltigt. Wir waren jung, ich 24. Als sie kamen, verschmierten
wir uns das Gesicht, um häßlicher auszusehen. Später war es
uns egal. Die Leute wußten Bescheid. Das Grauen stand in ihren Augen.

So viele Leichen, von Menschen, Tieren. Losgelöste Tage.
Das alles war weit weg heute, mit dem Schnee, kam es wieder.
Wie Eis, geschmolzen von einer warmen Welle, ist mein Gedächtnis.

EMILIA ERZÄHLT VOM TOD IHRES MANNES

Er lag auf einem Eisentisch, als wir ankamen.
Ich habe ein Handtuch naß gemacht, ihn ganz abgewaschen
und dann mit dem anderen Ende trockengerieben.

Anfangs war sein Körper hart, doch ich habe zu ihm gesprochen:
»Stasiu, du wirst doch nicht nackt daliegen wollen, laß dich anziehen.
Wir ziehen dich an, du wirst sehen, dir wird warm«, sagte ich.

Und er wurde ganz weich. Wir steckten seinen Arm in den Ärmel,
ich hielt ihn am Kopf – die Beulen am Nacken waren verschwunden –
und drehten ihn dann um ins Hemd.

Er trug gern lange Unterhosen. Die Frau nebenan, die für Geld wäscht,
sagt: »Schade um die Unterhosen für die Erde.« – »Nein«, sage ich,
»die hat er verdient.« Sie zog sie von der einen Seite aufs Bein, ich von der anderen.

Danach die Hose. »Wissen Sie, was man sagt? Daß man dem Verstorbenen
alle Knöpfe zumachen muß«, erinnert sie mich. Wir schauten nach,
zwei Knöpfe waren offen. Ich steckte ihr hundert Zloty in die Tasche.

DIE MORÄNE

Als er 45 aus Przytullen floh, ließ Fessel den ganzen Hof zurück,
den Betrieb für das Obst, die Bottiche voller Maische in der Brennerei.
Nach dem Einmarsch tranken die Russen sich sternhagelblau.

Hier und da in den Wäldern, in Bunkern waren noch Deutsche versteckt.
Sie kamen heraus, nicht mehr als fünf oder sechs.
Und sie erschossen alle 318 Mann, die ganze hungrige,
betrunkene Abteilung.

Jetzt liegen die Russen auf der bewaldeten Moräne, dem Teufelsberg bei Węgorzewo.
Vor ein paar hundert Jahren wurden dort Todesurteile vollstreckt.
Und noch früher stand – hinter Erdwällen – eine pruzzische Burg.

DIE GEOGRAPHIE-STUDENTIN

Im Mai 47 kam ich, um mir die Moränen anzusehen.
Mit Rucksack machte ich mich auf den Weg, nach Wydminy. Die Leere
erschreckend.
Unterwegs brannten Wiesen, ein Wäldchen, ein verlassenes Dorf.

Das Feuer begleitete mich. In der Stille – nach dem Krieg gab es
wenig Vögel – hörte ich Fenster quietschen, verzogene Türen. Von Orłowo
ging ich nach Grądzkie, nach Lipowo. So wenig Menschen –
zwei, drei Siedler

in einem Dorf. Überall Federbetten verstreut.
Birkhühner aus einer zerstörten Zucht trippelten vor mir
über eine Waldschneise und verschwanden im dichten Unterholz.

Im Borkener Forst, auf einem abgebrannten Hof zwischen zerbrochenen
Ziegeln,
wuchsen Funkien, wilde Klematis erklomm Schlehen,
breitete sich in den Trümmern aus, suchte nach Ritzen.

Zwei Jahre später bekam ich einen Sohn.
Wir wohnten im Forsthaus. Morgens stellte mein Mann ein Netz
im Wolisko-See auf. Im Hof stand ein blechbeschlagener Behälter,

in die Erde eingelassen, darin hielt ich immer frische Schleien, Zander.
Um die Weide pflanzte ich Weißdorn, damit wir Wein und Tee hatten
und es etwas zu fressen gab für die Vögel im Winter.

DAS PFARRHAUS

1
Das Pfarrhaus in Kuty baute der Pfarrer auf dem ehemaligen
Friedhof neben der Kirche. Ortsansässige halfen.
Der Pfarrer wollte, daß sie die gußeisernen Kreuze aus den Gräbern

zögen und mit dem Traktor wegbrächten, hinter die Umzäunung.
Die älteren Dorfbewohner lehnten das ab.
(Obwohl es Deutsche waren, sagt Apolonia, sie waren doch Menschen –

hatten Kreuze, Inschriften auf den Gräbern, lagen in einem Park.)
Schließlich überredete der Pfarrer zwei junge Burschen. Sie waren schnell
fertig damit, kurz darauf kamen beide tragisch ums Leben.

2
Es war unruhig im neuen Pfarrhaus, klagte der Pfarrer. Da lief etwas,
klopfte, pochte, aber niemand zu sehen.
Ich weiß, warum es beim Pfarrer spukt, sagt Apolonia. Für die Denkmäler,

für die Kreuze, die er zerstörte, den Platz um die Kirche ebnete er ein,
ließ Sand herfahren. Und alles kaputt, die Kreuze,
die Andenken. Ich hätte es nicht getan, sagt sie, denn ein Kreuz ist geweiht,

wem es auch gehören mag.
Bei der Prozession sieht man es – da stehen die Kreuze am Zaun,
gleich hinter der Kirche, oder liegen im Park, verstreute

metallene Knochen.

LOCUS MEMORIAE

Schnee fällt
durch die historischen Schichten der masurischen Erde:
auf das Geweih eines Rentiers aus dem 14. Jahrtausend v. Chr.,
auf die wandernden baltischen Stämme,
auf die Grabhügel über den Urnen,
wo das Feuer die Beigaben zu Metalltränen schmolz,
auf die Steinkreise und -kränze,
die den Horizont der Totenwelt absteckten.

Abschied und Verbrennung des Körpers:
die Sprache kehrt ins Feuer zurück, der Atem in den Wind, der Blick
in die Sonne, ins Wasser das Blut.

Ein Zweig fällt auf die Erde.
Das Gedicht fließt in einer tiefen Aushöhlung.
Die Nacht beschreibt es mit Weiß.
Die Nacht begrüßt uns wie jene vor Tausenden, Hunderten Jahren.
Schnee fällt – auf alles, was wir festzuhalten versuchen.
Schnee fällt auf den Traum von der Geburt.

Aus dem Polnischen von Renate Schmidgall

SUSANNE RÖCKEL

DREI BILDER AUS VILNIUS

1. Irina Guzenberg

Eine kleine Frau in sandfarbenem Mantel und Baskenmütze, feste Schuhe, abgegriffene Handtasche, Brille mit Band um den Hals gehängt; heller Blick aus tiefliegenden Augen; verschmitztes Lächeln, als sie beteuert, daß sie kaum Englisch könne. Aber natürlich spricht sie es ausgezeichnet. Sie wurde 1940 in Rußland geboren und kam 1947 nach Vilnius. Ihr Vater, ein Ingenieur, war von den Sowjets beauftragt worden, beim Wiederaufbau der Industrie in Litauen zu helfen. Auch sie ist dann Ingenieurin geworden, studierte in Leningrad, kehrte 1964 nach Vilnius zurück und arbeitete in einem Forschungsinstitut für elektrographische Wissenschaften. Wie es zu dieser Zeit in der Stadt aussah, ist schwer vorstellbar. Während sich Häuser und Straßen im wesentlichen erhalten hatten, war jede innere Kontinuität zerrissen. Die Bevölkerung der Stadt, die in wenigen Jahren erst unter polnischer, dann sowjetischer, dann deutscher Herrschaft gestanden hatte, bevor die Rote Armee sie wieder besetzte, veränderte sich – nach dem Holocaust – aufgrund von Zwangsumsiedlungen und Massendeportationen durch die Sowjets gründlich. Litauer und Russen, die aus anderen Gebieten nach Vilnius strömten, hatten das, was während der deutschen Besatzung hier geschehen war, nicht selbst erlebt, und von den Bewohnern des einstigen jüdischen Ghettos war fast niemand mehr da. Und doch konnte man damals, sagt Irina Guzenberg, in der Stadt noch hier und da Jiddisch hören.
Was mit den jüdischen Frauen und Männern und Kindern von Vilnius passierte, was in Paneriai passierte, davon hörte man erst in den Siebzigern, bruchstückhaft und ungenau. Sie selbst wußte etwas mehr: Die Eltern einer Freundin, Tamara, denen es einen Tag vor dem Einmarsch der Nazis gelungen war zu fliehen, kehrten nach dem Krieg in ihre Heimatstadt zurück und erzählten ein paar Dinge. Ausschlaggebend für Irina wird dann ihre Ausbildung zur Stadtführerin. Weil ihr Lohn als Ingenieurin nicht ausreicht, nimmt sie mit Tamara an den lokalgeschichtlichen Abendkursen der Stadtverwaltung teil und hört dabei – wohl aus dem Mund eines Überlebenden – erstmals in zusammenhängender Form von den Geschehnissen während der deutschen Besatzung. Sie will unbedingt mehr erfahren, sucht nach Büchern und findet – fast nichts. Von da an forscht sie, eine Amateurin im ursprünglichen Wortsinn, auf eigene Faust.

Und sie wird eine große Forscherin: Zunächst recherchiert sie neben ihrer Arbeit, besucht Bibliotheken und Archive, bereist die Stätten der Vernichtung in Litauen und Belarus. Unter den Bedingungen der Sowjetherrschaft – was in ihrem Fall heißt: eines unverhohlenen, geheimdienstlich unterstützten, repressiven Antisemitismus – ist all das äußerst schwierig. Erst während der Perestroika wird es besser, erzählt sie. Nach der Wiederherstellung der Unabhängigkeit Litauens schreibt sie Briefe in alle Welt, setzt sich mit Privatpersonen und akademischen Instituten im Ausland in Verbindung und beginnt, akribisch Namen und Daten zu sammeln. Viele ihrer Freundinnen wandern nach Israel aus, sobald es möglich ist (Tamara schon 1972). Aber in Vilnius entsteht erneut jüdisches Leben. Die Gemeinde trifft sich zunächst in einem Zimmer, wo man erzählt, diskutiert, Pläne macht. 1989 wird das Museum gegründet, in dem Irina von da an fast täglich zu finden ist: das Vilniaus Gaono žydų istorijos muziejus (Staatliches jüdisches Museum Gaon von Vilnius, im Gebäude der einstigen jüdischen Philharmonie, in dem auch Theateraufführungen und literarische Abende stattfanden und wo nach dem Krieg das Kino Pionierius beheimatet war). Es kommen Leute aus Amerika, aus Israel, die nach Spuren ihrer umgekommenen oder verschollenen Angehörigen suchen. Guzenbergs erstes Buch über das jüdische Vilnius erscheint 1992 und wirkt, sagt sie, wie eine Explosion. Sie verdient sogar Geld damit, was bedeutet, daß sie keine Angst mehr vor dem Alter haben muß (sie hätte sonst von ihrer Rente leben müssen: 169 Litu, wie sie mit einem verschämten Lächeln berichtet). Das elektrographische Institut schließt, und jetzt kann sie sich mit voller Energie ihrem Lebensthema widmen. Da sie keinen eigenen Computer hat, benutzt sie den des Museums, sitzt oft nächtelang in dem dunklen, leeren Haus, um zu arbeiten. Jahre dauert es, den Zensus von 1942 auszuwerten und mit Melderegistern zu vergleichen, um die Namen aller Menschen zu erfassen, die die Deutschen in den litauischen Ghettos gefangenhielten. Die langen Listen dieser Namen stehen heute in ihren Büchern. Daneben sammelt sie Material über das einstige Leben im »Jerusalem des Nordens«, dieser weithin leuchtenden Stadt, die über Jahrhunderte »die geistige Schatzkammer der europäischen Judenheit« (Czesław Miłosz) gewesen ist.

Ihr Hauptwerk hat seit 1992 mehrere Auflagen erlebt und ist unterdessen immer umfangreicher geworden. Es liegt in drei Sprachen vor (litauisch, russisch, englisch). Die englische Ausgabe von »Vilnius. Traces of the Jerusalem of Lithuania« hat 799 Seiten und etwa fünfmal so viele Bilder und nennt sich im Untertitel bescheiden: »A guidebook«. Es ist ein wahrhaft erstaunliches Buch, ein einzigartiger, überreich ausgestatteter Almanach (samt ausführlichem Index, Zeittafel, Glossar). Anhand von 23 Rundgängen entlang der heutigen Straßen der Altstadt wird ein riesiges Panorama des jüdischen Lebens entfaltet, das hier einst zu Hause war. Ausgehend von den vielen alten Häusern, Durchgängen und Höfen, die in nur wenig veränderter Form erhalten geblieben sind, und den neuen Gebäuden, die seit 1944 dort entstanden, wo man Altes zerstört hatte, wird von den einstigen Bewohnern und ihren vielfältigen Aktivitäten erzählt. Man erfährt vom Alltag der Handwerker und Krankenschwestern, Schauspielerinnen und Dichter, Bibliothekare, Gelehrten, Übersetzerinnen, Journalisten und Waisenhausvorsteherinnen in größter Anschaulichkeit, lernt die Namen zahlloser Menschen kennen, die in irgendeiner Weise Bedeutendes leisteten, und verfolgt Gründung und Aufstieg ebenso vieler denkwürdiger Gruppen und Institutionen. Eine Atmosphäre wird spürbar, gespeist von vielfältigen Traditionen, gemeinschaftlich begangenen Festen, Ritualen der Freude und Trauer, eine innere Kraft, gebildet aus Frömmigkeit, Geist, Witz und Pragmatismus, aufrechterhalten im Wissen um die jahrhundertelange Gefährdung in einer feindseligen Umgebung. Vielfältige Materialien tragen zu dem großen Mosaik der Erzählung bei: Fotos aus öffentlichem und privatem Besitz; reproduzierte Zeichnungen, Postkarten, Pläne, Stempel; Zitate aus Tagebüchern und Briefen, aus Legenden, Romanen, Memoiren und Zeitungsartikeln. Die Sprache der Führerin Guzenberg bleibt nüchtern. Nur selten liest man einen trockenen Kommentar, eine traurige Bemerkung, nur selten erlebt man eine Gefühlsaufwallung wie am Anfang des langen Eintrags über die einstigen Vorbeter der Gemeinde, deren betörende Stimmen regelmäßig ein großes Publikum anzogen und (laut einem zeitgenössischen Bericht) Frauen ohnmächtig werden ließen: »Oh, the Great Synagogue cantors!«

Und so begebe ich mich, Guzenbergs Sätzen folgend, an die Orte, die ich kenne – als Besucherin der Stadt zumindest schon einmal gesehen habe – und die beim Lesen lebendig werden als Orte der Imagination, des Hörens und Lernens. Denn jeder Ort ist mit Namen verbunden und die Namen klingen fremd und vertraut. Und jede Straße, die Guzenberg heraufbeschwört, hat ihre Geschichte, und jedes Haus öffnet sich so freundlich meinem Empfinden und Gedenken, als gäbe es kein Hindernis zwischen jener Welt und meiner, als wäre es möglich, diese Toten, die von Menschen meiner Sprache gequält und getötet wurden, in Augenblicken des Verstehens zurückzuholen in unser Leben. (So hat es Czesław Miłosz in einem Gedicht am Anfang seiner »Straßen von Wilna« gesagt: »Wenn uns Verstehen möglich ist (…) dann in dem einen, mitfühlenden Augenblick, da, was mich von ihnen trennte, schwindet …«)

Ich lese unsystematisch, lasse mich einmal von diesem, dann vom nächsten Eintrag fesseln, blättere hin und her: Hier war der Lesesaal, gegründet von einem berühmten Aufklärer und Büchersammler, wo sich mitten in der Zeit des deutschen Terrors Leute versammelten, um sich in das geschriebene Wort zu versenken. Dort das Krankenhaus, in dem unerschrockene Ärzte bettelarme Flüchtlinge und hungernde Wöchnerinnen versorgten und den Ausbruch von Epidemien verhinderten. Hier der Ort, an dem sich die florierende Radiofabrik Elektrit befand, von den Sowjets nach Minsk ausgelagert, von den Deutschen dann zum Arbeitslager umfunktioniert. Dort der Konzertsaal, in dem der dreizehnjährige Jascha Heifetz zum ersten Mal auftrat. (Nicht weit davon entfernte lernte er das Geigen.) Hier das Haus, wo Theodor Herzl sich 1903 mit den obersten Rabbinern der Gemeinde beriet. Dort wurde das berühmte Yidisher Visnshaftlekher Institut (YVO, heute New York) gegründet. Hier lehrte im 18. Jahrhundert der bedeutende Talmudgelehrte, genannt »Gaon von Wilna«, der Scharen von Schülern aus aller Welt anzog. Dort war die berühmte Große Synagoge, deren Pracht Napoleon auf seinem Weg nach Rußland bestaunte, von den Deutschen geplündert und verwüstet, von den Sowjets 1947 niedergerissen, samt dem dazugehörigen *Schulhoyf* mit vielen weiteren Versammlungs-, Studier- und Gebetsräumen für die gesamte Gemeinde – heute spurlos verschwunden. Und hier ... Und hier ... Und dort der alte Friedhof. Die abziehenden Sowjets haben die Gräber demoliert, die Steine als Baumaterial benutzt. Und hier das Haus, in dem Aba Kovner lebte, Dichter und einer der Anführer des bewaffneten Widerstands im Ghetto. (Jener Aba Kovner, der kurz vor der Liquidierung des Ghettos im September 1943 entkommen konnte, in den umliegenden Wäldern eine jüdische Partisaneneinheit befehligte und auch nach dem Krieg keine Ruhe gab. »Die Deutschen sollen wissen«, schrieb er, »daß es nach Auschwitz keine Rückkehr zur Normalität geben kann.« Doch seine kläglichen Vergeltungsaktionen verliefen im Sand.) Und dort das Haus, in dem sich 1941 hundert Menschen in einer winzigen Mansarde wochenlang versteckten. Es gab zu wenig Luft. Viele begannen zu halluzinieren, verloren den Verstand, schrien und tobten und mußten niedergeschlagen (und in einigen Fällen wohl auch getötet) werden, um die anderen nicht zu verraten. Hier der Ort, wo litauische Nonnen lebten, die Verfolgte retteten. (Es gab nicht wenige unter den nichtjüdischen Bewohnern der Stadt, die den Verfolgten halfen!) Und dort der Ort einer Selektion. Tausende Frauen und Kinder in Güterwaggons getrieben, nach Stutthof, Majdanek. Hier das Gefängnis. In einer Zelle starb die heldenhafte Partisanin Sonia Madeysker, dreißig Jahre alt, von den Deutschen zu Tode gefoltert.

Immer wieder gibt es Stellen, an denen ich nicht weiterlesen kann. Es sind zu viele Namen, zu viele schreckliche, blutige Geschichten. Avrom Sutzkevers verzweifelter Ausruf »Wer sind wir? Was ist der Sinn all unserer Leiden?« kommt mir in den Sinn, aus seinem Gedicht »Der Zirkus«, in dem er 1941 die Erfahrung seiner eigenen tiefsten Demütigung und Angst im Ghetto, sein »Bad in der Höll«, zu begreifen versucht. Darf ich mich mit dem gequälten lyrischen Ich identifizieren? Oder bin ich ausgeschlossen aufgrund meiner Nationalität, bin ich an die Schuldigen gebunden, weil nichts vergolten wurde, weil ich das alles nicht mitmachen mußte, weil ich leben darf?

Es ist nicht schwer, sich mit Irina Guzenberg zu verabreden, sie ist heute noch oft im Museum in der Naugarduko-Straße anzutreffen. Sie erzählt gern von ihrer Arbeit, hat alle Jahreszahlen und Namen präzise im Kopf. Am Ende unseres langen Gesprächs öffnet sie ihre Handtasche und zeigt mir einen kleinen Pakken Karteikarten mit hebräischen Schriftzeichen. Ja, sie lernt die hebräische Schrift, weil sie immer wieder auf jiddische Texte stößt (das Jiddische wird mit hebräischen Buchstaben geschrieben), die sie unbedingt noch lesen will. Dann erzählt sie, daß jedes Jahr am 23. September, dem Tag der »Liquidierung« des Großen Ghettos, ein Bus der Jüdischen Gemeinde nach Paneriai fährt, um der Toten zu gedenken, und daß jedes Jahr weniger von ihnen im Bus sitzen. Dafür kommen mehr Leute von irgendwelchen Behörden, sagt sie mit ihrem kleinen ironischen Lächeln, große Männer mit Anzug und Krawatte und Brimborium. Ja, das jüdische Wilna sei ein versunkenes Atlantis, fügt sie traurig hinzu, und ihr Blick folgt ihrem ausgestreckten Zeigefinger zum Boden, als läge die sagenhafte Insel genau hier unter uns auf dem Meeresgrund.

Wir gehen dann noch ein Stück zusammen die abschüssige Straße vom Museum zur Pylimo-Straße hinunter. Sie will mir ein Denkmal zeigen, das gerade heute an einem kleinen Platz enthüllt wurde. »Irgendein moderner Sänger«, sagt sie, »aus Amerika, glaube ich, und seine Vorfahren sollen aus Litauen stammen.« Es ist Leonard Cohen, im Smoking, mit Hut und in Bronze gegossen. Irina macht ein Foto. Sie will es ihrer Freundin in Israel schicken. Sie zeigt auf ein Fenster eines heruntergekommenen zweistöckigen Gebäudes im Rücken der Skulptur. »Sehen Sie? Da oben hat Tamara gewohnt.«

Wieder zu Hause, hole ich das Buch heraus. Ich bin froh, daß ich sie, obwohl sie sich sträubte, dazu bewegen konnte, es zu signieren. Sie hat noch nie signiert, weigerte sich auch, den schwarzen Filzstift zu benutzen, den ich ihr hinstreckte. Mit Kugelschreiber setzte sie schließlich zögernd ihren Namen in kleinen lateinischen Buchstaben in eine Ecke unter dem Titel, dazu ihre kyrillische Unterschrift und das Datum: 21. 10. 2022.

2. Paneriai

Die Fahrt dauert acht Minuten und kostet hin und zurück 1,76 Euro. Man sitzt in einem warmen, bequemen Zug und wenn man aussteigt, ist man in einem durchschnittlich häßlichen Vorort mit Wohnblock aus der Sowjetzeit; Einfamilienhäusern, Gemüsegärten und Supermarkt. Es gibt ein Schild: *Panerių Memorialas* mit einem Pfeil, dem ich vertrauensvoll folge. Der Weg führt in den Wald.

Bald ist er nicht mehr geteert. Die Häuser sind alt und aus Holz. Zwei Betrunkene gehen schwankend vor mir her und verschwinden hinter einem rostigen Tor. Auf einer Veranda sind Unterhosen zum Trocknen aufgehängt. Hundegebell ist zu hören. Habe ich mich verirrt? Ich suche jemanden, der mir Auskunft geben kann, aber alles ist wie ausgestorben. Zwischen den Kiefern steht ein halbgebautes Haus. Ein Mann sägt Dämmstoff. Ich spreche ihn an, frage ihn nach dem Weg zur Gedenkstätte. Er ist jung und blond und hat nur noch wenige Zähne im Mund. Gedenkstätte? Er weiß nichts davon. Er deutet in Richtung Bahnhof und kommentiert mit freundlichem Lächeln: »Maybe! Maybe!«

Also trotte ich zurück. Dann setzt mein Atem aus: Zwei große Hunde fangen plötzlich neben mir zu bellen an, springen an einem nicht sehr verläßlich aussehenden Gitterzaun hoch. Was für ein Ort ist das? Wo bin ich? In der Ferne ein Mann, der in ein Auto einsteigt. Ich renne hin, gestikuliere schwitzend und atemlos, zeige ihm das Wort »Gedenkstätte« auf dem Handy. Endlich versteht er. Er bedeutet mir einzusteigen und fährt mich schweigend eine kurze Strecke bis zu einem leeren Parkplatz. Ich bin am Ziel.

Gepflasterter Eingangsbereich im lichten Kiefernwald, schwarzer, beschrifteter Marmor, Hinweistafeln in vier Sprachen, ziemlich verwittert, ein geteerter Weg, gesäumt von grünspanüberzogenen Laternen. In einer großen, unregelmäßigen Schlaufe mit neunzehn Haltepunkten zieht sich der Weg durch die Anlage. Ich habe das seltsame Gefühl, in eine Abgeschiedenheit einzutreten, die mit jedem Schritt tiefer und undurchdringlicher wird. Vielleicht nur deshalb, weil ich zu dieser Stunde die einzige Besucherin bin.

Zur Geschichte der Gedenkstätte gehört, als deren oberste Schicht, die Geschichte der hier aufgestellten Denkmäler. Aus ihr ist zu erfahren, daß auch die vermeintlich eindeutigsten Tatsachen der politischen Bewertung unterliegen und geschichtliche Wahrheiten nicht zu trennen sind von Standpunkten und Perspektiven. Nachdem die Sowjets das 1948 von Überlebenden errichtete Mahnmal für die hier ermordeten Juden abgebaut hatten, setzten sie an derselben Stelle einen mit dem roten Stern gekrönten schwarzen Obelisken, der die Inschrift »Zum Gedenken an die Opfer des Faschismus« trug. (Er steht heute noch, etwas abseits vom Weg.) Wenige Jahre später wurde ein weiterer Gedenkstein aus schwarzem Marmor errichtet, russisch und litauisch beschriftet, für die »mehr als hunderttausend sowjetischen Bürger, die in Paneriai erschossen wurden«. Erst 1989, auf Initiative der litauischen Jüdischen Gemeinde, wurde dieser Stein durch einen Granitblock erweitert, auf dem in Hebräisch, Jiddisch, Litauisch und Russisch steht, daß sich unter den »im Wald von Paneriai Getöteten siebzigtausend Juden befanden: Männer, Frauen und Kinder«. 2004 wurde der ursprüngliche Text des Gedenksteins mit einer Marmorplakette verdeckt, auf der nicht mehr von sowjetischen Bürgern, sondern von »hunderttausend in Paneriai getöteten Menschen« die Rede ist. Das heute zentrale Denkmal für die an diesem Ort ermordeten Juden wurde 1991 von den litauischen Jüdischen Gemeinden zusammen mit den litauischen Juden in Israel und der Republik Litauen errichtet. Auf der Vorderseite des aus grauen Steinblöcken zusammengesetzten Monuments ist die Menora zu sehen, darüber eine Inschrift mit hebräischen Buchstaben und der Davidstern. Auf der Rückseite Inschriften in Litauisch, Russisch und Englisch und die eingravierte abstrahierte Zeichnung einer menschlichen Figur mit erhobenen Armen. Die englische Inschrift lautet: »Eternal Memory of 70000 Jews of Vilnius and its environs who were murdered and burnt here, in Paneriai, by Nazi executioners and their accomplices«. Hier liegen Kränze, hier liegen zahllose beschriftete Steine, die Besucher als Erinnerungszeichen hinterlassen haben. Nach und nach sind weitere Mahnmale dazugekommen: für die polnischen und litauischen Opfer, für einzelne jüdische Opfergruppen. Für die etwa hundert Opfer der Roma gibt es nicht mehr als einen sehr kleinen, schon halb im Boden versunkenen »symbolischen« Steinkreis. Auch ein seltsam asymmetrisches, an ein im Boden feststeckendes Geschoß erinnerndes Museum gibt es, in dem, laut meinem Reiseführer, »persönliche Gegenstände« zu besichtigen sind, es ist aber geschlossen, und zwei weithin stinkende Dixi-Klos.

Arūnas Bubnys, der Leiter des litauischen »Genozid- und Widerstandsforschungszentrums«, sagte mir einige Tage vor meinem Besuch in Paneriai, er bemühe sich seit Jahren darum, genug Geld zusammenzubringen, damit man dort endlich ein großes Museum bauen könne. Bis jetzt sei so etwas noch nicht in Sicht. Der »vorherrschende historische Diskurs« konzentriere sich nach wie vor auf die Verbrechen der Stalinzeit. Da es fast keine Familie gebe, die nicht in irgendeiner Weise davon betroffen war, da sich überdies durch die jüngsten Ereignisse zeige, daß die Gefahr einer Wiederholung der schlimmsten Erfahrungen seiner Generation keineswegs gebannt sei, hält er die gründliche Aufarbeitung dieser Zeit für dringend nötig. Doch es bleibe schmerzlich, sagt Bubnys, daß die Forschung zu den Geschehnissen während der deutschen Besatzung nur über unzureichende Mittel verfüge. Die Aufgabe, besser und umfassender über diese Zeit aufzuklären, dürfe nicht vernachlässigt werden. Also ein großes Museum in Paneriai – Vitrinen, Schautafeln, Videos, Führungen, ein Souvenirshop, ein gemütliches Café – statt diesem karg und provisorisch ausgestatteten, abgelegenen Ort im Wald?

Auf meinem Weg über das Gelände, dessen Einschnitte und Erhebungen im wesentlichen noch so aussehen, wie sie die Russen 1944 vorfanden, begleitet mich durchdringender industrieller Lärm. Woher er stammt – Güterbahnhof? Autobahn? –, kann ich nicht sagen, aber im Lauf meines Rundgangs nehme ich ihn immer wieder mit Erleichterung wahr. Denn er verschwindet hinter den mehr oder weniger hohen Wällen, auf denen die Wachen standen. Sobald man unten ist, am Rand der Gruben, hört man nichts mehr von der Außenwelt. Man ist der Stille ausgesetzt. Der Boden der Gruben, zwanzig oder dreißig Meter im Durchmesser, ist mit Rasen bedeckt, die Ränder sind mit grauen Steinen markiert. Die Menschen mußten sich ausziehen und wurden durch schmale Rinnen gruppenweise hergetrieben. Von den deutschen Einsatzgruppen befehligt, erschossen die Mitglieder der litauischen Hilfspolizei im Abstand von ca. fünf Metern einen nach dem anderen. Dann wurde die nächste Gruppe an den Rand geführt, die Prozedur begann von neuem, mit einer Durchschnittsrate von hundert getöteten Individuen pro Stunde. Geraubte Kleider und Habseligkeiten wuchsen zu Bergen an. Die Gruben füllten sich mit Leichen. Kinder schrien. Sterbende röchelten. Die Schießenden bekamen Schnaps.

Eine der Gruben hat zementierte Ränder. Das war der »Bunker«. Hier wurden die 76 »Brenner« gefangengehalten, die, in Ketten gelegt und von SS-Männern bewacht, zwischen 1943 und 1944 die Aufgabe hatten, die Spuren der Massaker zu verwischen. In der Mitte steht eine Nachbildung der schmalen hölzernen Rampe, die benutzt wurde, um die aus mehreren Schichten bestehenden Leichenpyramiden zu bauen, mit Maschinenöl zu übergießen und in Brand zu setzen. Am 15. April 1944 machten diese ausgelaugten und zertretenen, doch todesmutigen Sklaven einen Ausbruchsversuch, in dessen Verlauf fast alle von ihnen von den Deutschen aufgespürt und erschossen wurden.

Grüner Rasen, mit Kiefernnadeln und welken Blättern bedeckt. Nichts mehr zu sehen von den hölzernen Umzäunungen, hinter denen Männer, Frauen, Kinder, Greise ausharren mußten, bevor man sie zu den Erschießungsgruben trieb. Nichts mehr von den Feuern und ihrem schwarzen Rauch. Nichts mehr von dem unterirdischen Gang, den die Insassen des »Bunkers« mit Löffeln und mit Fingernägeln in die kalte Erde bohrten. Nichts mehr von Minen und Stacheldraht. Und nichts mehr zu hören von all dem. Keine Schreie mehr, keine gebrüllten Befehle, kein betrunkenes Gelächter, kein Hundegebell, kein Weinen, kein Beten, nichts mehr vom ohrenbetäubenden Knallen der Schüsse, nichts vom dumpfen Geräusch der Schläge mit Fäusten, mit Stöcken, mit Gewehrkolben – nichts. Stille – und darin meine verworrenen Gedanken, meine vagen, beklommenen Gefühle. Ich versuche festzuhalten, was mich bewegt: Mir ist kalt. Ich will nicht hier sein. Ich will nicht wissen, was hier geschah!

Tima Kats, eine Lehrerin aus Vilnius, der 1941 zusammen mit fünf oder sechs weiteren Frauen die Flucht aus einer der Gruben gelang, schreibt: »Wir kamen [nach der Fahrt vom Lukiškės-Gefängnis auf einem Lastwagen] in eine hügelige, bewaldete Gegend, wo wir uns müde und voller Schrecken auf den sandigen

Boden legten. Aus nächster Nähe waren Gewehrsalven zu hören. Aber selbst jetzt konnte sich keiner von uns vorstellen, was hier wirklich geschah.« Auch ich kann es mir nicht vorstellen. Vielleicht ist überhaupt kein einzelnes Gehirn in der Lage, es sich vorzustellen. Wirken die Höllenbilder, die Hieronymus Bosch sich ausdachte, gegen das hier nicht geradezu putzig? Und wer käme darauf, die gelehrten und eleganten Verse Dantes auf das Inferno anzuwenden, das hier Realität geworden ist? »Meister der Hölle, willst du ein Weilchen die Höllen tauschen?« fragt Avrom Sutzkever herausfordernd-sarkastisch in seiner »Ode an die Taube« (aus den »Gesängen vom Meer des Todes«) und fährt im selben Ton fort: »Ich spaziere in deinen, und du in den wirklichen Feuern …« Muß angesichts dieser »wirklichen Feuer« nicht jeder Versuch der Bebilderung scheitern? Wäre ein noch so wohlmeinendes modernes, staatlich finanziertes Museum nicht im Grunde eine Maßnahme der Einhegung und damit der Verkleinerung des Grauens? Andererseits: Gehören nicht Bilder, Kommentare, Erklärungsversuche zu den notwendigen Mitteln, um jene Vergangenheit aufzubewahren, die, von gegenwärtigen Konstellationen überdeckt, immer wieder in Vergessenheit zu geraten droht? Nicht Monster, sondern gewöhnliche Menschen haben diese Vergangenheit hergestellt. Nicht Monster, nicht perverse Sadisten, sondern gewöhnliche Menschen – meine Landsleute – sind fähig gewesen, anderen Menschen die Hölle zu bereiten. Würde mit dem Verlorengehen dieser Einsicht nicht auch die grundlegende zivilisatorische Wachsamkeit an den Grenzen von Moral und Recht erlahmen?

So oder ähnlich lauten meine Gedanken, während ich dem Weg der Gedenkstätte folge, diesem glatten, sauberen, fürsorglichen Weg, der zu den Stätten der Hölle führt – aber schließlich auch wieder zurück. Ich schlendere dahin, als wäre ich auf einem unschuldigen herbstlichen Spaziergang, auf diesem Weg, der doch keinen Zentimeter weit unschuldig ist. Und dann bin ich wieder draußen und gehe, an den Holzhäusern vorbei, an den Gemüsegärten vorbei, an den Gleisen entlang zum Bahnhof zurück. Noch einmal drehe ich mich um und bekomme Angst: Ein großer Hund, von irgendwoher gekommen, läuft mir nach. Noch einmal steht alles auf, was ich über Paneriai gelesen und was ich hier gesehen habe, und es ist, als berührte mich die geisterhafte Hand jener Wirklichkeit – dann aber ist der herannahende Zug zu hören, der mich zurückbringen wird nach Vilnius, der Hund ist weg und ich gehöre wieder ganz der Gegenwart.

Am Ende des Gesprächs mit Arūnas Bubnys frage ich ihn, ob es in letzter Zeit Aktivitäten rechtsextremer Gruppierungen gegeben habe, die er als gefährlich einschätzen würde. Er verneint. Allerdings seien die Mahnmale in Paneriai vor kurzem mit Graffiti geschändet worden. Nicht mit Hakenkreuzen, sondern mit einem neuen Symbol, einem einzigen, schnell hingepinselten Buchstaben: Z.

3. Herabfallender Putz

Der Dichter Laurynas Katkus erzählt, einmal habe jemand in dem betagten Gebäude in der Altstadt, in dem er wohnt, mit zu viel Wucht eine Tür zugeschlagen, worauf der Putz heruntergefallen sei und hebräische Buchstaben auf der Wand sichtbar wurden. Die Bewohner des Hauses fanden heraus, daß die jiddische Aufschrift einst über dem Eingang eines Kramladens gestanden hatte, und Katkus nahm das kleine Vorkommnis zum Anlaß, ein Gedicht zu schreiben mit dem Titel »Lokales Durcheinander«, in dem es darum geht, daß einem nicht weiter bezeichneten Ich an einem gewöhnlichen Tag die gewohnte zeitliche Ordnung abhanden kommt.

Vilnius ist eine Stadt, die zum Gedichteschreiben einlädt, denn ständig fällt an allen möglichen Stellen der Putz herunter. Ständig treten Dinge zutage, die aus anderen Zeiten und anderen Ordnungen stammen, was auf einen gewöhnlichen westeuropäischen Menschen der Nachkriegsgeneration gelegentlich schwindelerregend wirkt. Die Oberfläche der Gegenwart ist brüchig. Was man darunter sehen, spüren, vermuten kann, erregt Schrecken oder läßt staunen oder erzeugt Dankbarkeit – aber wo könnte man das Haus besser kennenlernen, in dem man lebt?

Eine Stadt, geprägt von den Spuren absoluter Machtansprüche. Fünfzig Kirchen verschiedener Konfessionen allein in ihrem Zentrum, davon ein großer Teil in bestens erhaltener barocker Ausstattung. Aber es fehlen die Synagogen! (Von den einst über hundert jüdischen Gebetsräumen ist nur ein einziger Bau übriggeblieben, die Choral-Synagoge in der Pylimo-Straße.) Eine Stadt, im ältesten und lebendigsten Teil mittelalterlich strukturiert. Aber auch sowjetischer Pomp zwischen Bürgerhäusern des 19. Jahrhunderts und Bauten der Zwischenkriegszeit (klassizistisch, avantgardistisch, Jugendstil), sowjetische Wohnblocks, ein paar übriggebliebene Monumentalstatuen im Stil des sozialistischen Realismus. Und die neuen glitzernden Hochhäuser der Banken und europäischen Großunternehmen am Konstitucijos-Prospekt, die am rechten Ufer der Neris ihre Autorität zur Geltung bringen (ohne der Altstadt ihre Attraktivität rauben zu können). Lokales Durcheinander. Immer zum Greifen nah, mit dem Gestern verklebt, mit dem Vorgestern verflochten, die Orte, an denen die jeweiligen Machthaber ihre Gegner zum Schweigen brachten, die Erinnerung an sie auszulöschen trachteten: das riesige, düstere Lukiškės-Gefängnis, gebaut in der Zarenzeit (mit eingebauter, nicht weniger düster wirkender orthodoxer Kuppelkirche), genutzt bis in die jüngste Zeit. Die Häuser und Gassen der beiden jüdischen Ghettos, eingerichtet 1941 von den deutschen Besatzern. Die verheerten Friedhöfe. Das Brachgelände, auf dem man kürzlich den Sockel einer Synagogen-Säule und die Mauern einer Mikwe ausgegraben hat. Das Gefängnis am Gediminas-Prospekt, zuerst von der Gestapo, dann – bis 1987 – vom KGB benutzt, seine Verhörzellen und Folterkammern, der unterirdische Erschießungsraum.

Wenn man in dieser Stadt spazierengeht, die im Lauf der Jahrhunderte ein Dutzend Mal von einer Hand in die andere wechselte, in der litauisch, ukrainisch, polnisch, russisch, englisch gesprochen wird, sieht man, daß die Vergangenheit nicht einfach verschwindet. Die Zeit macht nicht Tabula rasa. Die Steine etwas gelockert, ein bißchen an der Wandfarbe gekratzt, und schon ist das Vergessene wieder da und stiehlt der Gegenwart die Schau. So gern möchte man alle Zeiten mit einem großen, wohlwollenden *und* verbinden, so gern daran glauben, daß dieses denkwürdige Nebeneinander dem Willen zu Toleranz und Eintracht entspringt! Lassen die allerorts sichtbaren Verflechtungen und Koexistenzen nicht die Möglichkeit der Relativierung totalitärer Haltungen und absoluter Macht erahnen? Deshalb konnte Tomas Venclova in den späten achtziger Jahren hoffen, daß Vilnius »als Stadt einander überlagernder ethnischer Zonen« zum »Modell für ganz Osteuropa« werden könne. Was ist aus dieser Hoffnung geworden?

Ich genieße die ungemein freundliche und einladende Atmosphäre in der Altstadt. Nicht nur an Wochenenden – es scheint hier auch bei trübem Wetter keine öden Sonntagnachmittage zu geben – merkt man, daß sie kein Museum ist, kein Rothenburg-Disneyland, sondern wie eh und je das schlagende Herz der Stadt, bevölkert von flanierenden Leuten, kichernden Mädchen, schachspielenden Großvätern. Und ich sage mir, daß kein Ort, auch dieser nicht, von den Veränderungen des globalisierten Kapitalismus, der Kommerzialisierung des Wohnens und Bauens, wie sie überall in der westlichen Welt vor sich geht, verschont bleiben kann. Doch ist das ein Trost? Beklommenheit steigt in mir auf, wenn ich beobachte, daß sich das einstige Ghetto mit seinen niedrigen Häusern, seinen verschachtelten Gassen und Höfen, dieses Ghetto, das (laut Czesław Miłosz) nach dem Krieg »ein einziges unheimliches, totes Gelände« war, in ein schickes und lautes Ausgehquartier mit entsprechend hohen Mieten und einer Veränderung der Bevölkerungsstruktur verwandelt. Beklommenheit, weil ich daran denke, daß diese Steine, diese Mauern mit dem Blut und der Angst derer getränkt sind, die vor so kurzer Zeit – nur ein paar Jahrzehnte ist es her! – hier lebten. Weil ich an Avrom Sutzkever denke, der hier nach Kriegsende die Toten der mörderischen Zeit suchte. (Und sich, in einem berühmten Text, den Kopf einschlug an der gläsernen Scheibe, die ihn »wie ein kaltes Schlachtermesser« von ihnen trennte.) Er hatte versucht, einen Gedenkort für sie zu errichten. Das scheiterte. Und wie bewahrt man heute ihr Andenken an diesem Ort? Ja, es gibt Tafeln und Hinweise, und wer will, kann Broschüren kaufen, in denen das Wichtigste steht. Aber genügt das? Oder muß ich mir mein Unbehagen abgewöhnen? Schließlich

sagt mir (fast) jeder, mit dem ich hier darüber spreche, achselzuckend: »Die Zeit bleibt nicht stehen …«
Unbehagen ähnlicher Art beim Besuch des 2019 aufgelassenen Lukiškės-Gefängnisses, in dem zahllose Menschen auf die fürchterlichste Weise gequält und umgebracht wurden. Der routinierte Marketingslang, mit dem man das sinistre Gebäude heute Touristen als einzigartiges kreatives Zentrum (»kinderfreundlich«!) anpreist, geht mir auf die Nerven, und ich empfinde körperlichen Widerwillen, wenn ich die Ateliers und Theaterbühnen und die Bar im Zellentrakt sehe, wo man im Schein von gelben und grünen Spotlights und berieselt von Allerweltspop auf Vintage-Hockern sitzt und ins Handy starrt.
»Zusammenleben und gegenseitige Bereicherung« wünschte sich Tomas Venclova damals. Wer gehört heute dazu, wer nicht? Beim Einkaufen erhalte ich eine weitere Lektion. Ich sehe die Regale voller billiger Industricprodukte im Supermarkt an der alten Markthalle und draußen, auf der Straße aufgereiht, die Bäuerinnen, die ihre Pilze und Beeren und Äpfel, Sträuße leuchtender Astern, bunte gestrickte Strümpfe und Handschuhe feilbieten. Stundenlang stehen sie in der Kälte, um ein paar Euro einzunehmen. Sie haben so wenig Geld in der Tasche, daß sie auf einen Zwanzig-Euro-Schein nicht herausgeben können, manche haben nicht einmal eine Geldbörse. Kein Zweifel, daß die Zeit dieser Frauen mit ihren Kopftüchern und Zahnlücken, ihren krummen Händen, ihren erdschwarzen Hautfurchen zu Ende ist. Die Kleinbauern gehören heute überall zu den Verlierern. Auch an sie wird man sich vielleicht bald nur noch erinnern, wenn irgendwo eine Putzschicht herabfällt.
Zusammenleben und gegenseitige Bereicherung. Das galt bis zum 24. Februar 2022 irgendwie auch für Russen. Trotz allem. Und dann kam alles wieder hoch. Die ganze vierzigjähre Besatzungszeit, die hunderttausendfachen Deportationen, deren Folgen noch heute in alle Familien hineinreichen, Repressionen, Beschränkungen und Bespitzelungen, das gelähmte Leben. Heute schmettert ein weithin sichtbares Spruchband auf dem Dach der Stadtverwaltung am rechten Nerisufer dem Diktator zu: PUTIN, THE HAGUE IS WAITING FOR YOU! In vielen Bereichen, auch auf der Ebene von Universitäts- und Forschungseinrichtungen oder des Schriftstellerverbands, ist der Kontakt zu Rußland abgebrochen. Polarisierung also statt Zusammenleben, Abbruch der Beziehungen statt gegenseitiger Bereicherung: Solidarität mit der Ukraine. »Die Deutschen mit ihrem Ja – aber«, sagt mir eine Akademikerin. »Sie haben das nicht erlebt. Aber wir kennen die Russen.«
Ich wünschte, ich könnte ihr etwas entgegnen. Wieder einmal ist der Putz heruntergefallen, denke ich. Das Vergangene ist zurückgekehrt, so frisch, so rot, so schmerzhaft, als wäre die nie stehenbleibende Zeit nur ein Wort, ein leeres Versprechen.

ERHARD WEINHOLZ

EINFACHE REZEPTE

Vom Kochen und Essen im Osten

Es ist November. Mein Vater und ich sitzen vor unseren Tellern in der kalten Küche am Tisch. Jahrgang 21, war er Mitte achtzig damals. Wir reden wenig; wie Fremdkörper stehen die Sätze im Raum. Jahrzehntelang hat hier meine Mutter gekocht, für mich und meinen jüngeren Bruder, später für ihre Enkel, meine Nichten und Neffen, denen das Schulessen nicht schmeckte, und all die Jahre für ihn und für sich. Seit ihrem Tod bekommt er Essen auf Rädern, er verzehrt es klaglos. Doch bei meinen Besuchen wird er mittags meist von mir versorgt. Nichts Aufwendiges bereite ich für ihn zu, aber auch nichts allzu Einfaches und auf alle Fälle nichts Ungewohntes, denn er ist kein Freund kulinarischer Neuerungen, und so haben wir in unserer Familienküche kaum je experimentiert. In Erinnerung ist mir nur, daß sich meine Mutter eines Tages zu Porree in Rotwein entschloß, von mir, damit die Sache nach etwas klang, Porree à la Provence genannt. Es blieb bei diesem einen Mal. Woher wir das Rezept hatten, kann ich nicht mehr sagen.

Wahrscheinlich hat es an jenem Novembertag eines unserer Standardgerichte gegeben, Bratwurst zum Beispiel, dazu Kohlrabi und Kartoffeln. Die Würste wurden meist bei der Fleischerei W...z gekauft, einer alteingesessenen Wiesenburger Firma, die ihre beste Zeit in den Jahren vor dem Herbst 89 hatte: Nicht selten, sonnabends gar fast immer, hatten die Kunden bis auf die Straße gestanden, umfängliche Fleisch- und Wurstpakete wurden über die Ladentheke gereicht, die Preise wie Siegesmeldungen ausgerufen.

Weitere Standards unserer Küche: verlorene Eier mit Petersiliensoße, Kotelett oder Bouletten mit grünen Bohnen, Mischgemüse oder Blumenkohl, Pellkartoffeln mit Rührei. In den siebziger Jahren habe ich aus irgendwelchen Gründen mehrmals wochenlang notiert, was meine Mutter für uns kochte.

Wir sitzen uns beim Essen am Tisch gegenüber, mein Vater und ich, und ich schaue an ihm vorbei aus dem Fenster, schaue auf unseren Garten, wo wir lange Zeit Petersilie, Schnittlauch und Zwiebeln angebaut haben, Gurken, Kopf- und Pflücksalat. Den anderen, größeren am südlichen Ortsrand, Bodenreformland, das man Lehrern einst zur Selbstversorgung überlassen hat, haben wir noch zu Lebzeiten meiner Mutter aufgegeben. Hohes, hartes Gras hat die Parzellen dort allesamt überwuchert, unsere Stachelbeer-, Johannisbeer- und Himbeerbüsche sind darin spurlos untergegangen. Nun aber ist meinem Vater jegliche Gartenarbeit zu schwer, und er scheint Kräuter und Salat auch nicht mehr zu brauchen. Findet sich kein Nachfolger, wird es hier bald aussehen wie im Pfarrgarten nebenan, der voll ist von Brennesseln, Disteln und Quecken. Die drei oder vier großen Apfelbäume weiter hinten am Hang müßten beschnitten werden, viel Totholz ist in den Kronen, aber die Pfarrer haben wohl andere Sorgen, kennen sich obendrein nicht mehr so aus im Obstbau wie ihre Amtsvorgänger oder einstigen Kollegen. Vor hundert Jahren hat ein bayrischer Dorfpfarrer, Korbinian Aigner, mehr als tausend Äpfel zur Sortenbestimmung aquarelliert, und Sachverstand muß auch in diesem Nachbargarten am Werk gewesen sein: Schmackhaft sind die Äpfel, die ich dort auflese, wenn die Pfarrstelle wieder einmal vakant ist.

Zu anderen Zeiten habe ich an der alten, kopfsteingepflasterten Landstraße, die von Wiesenburg über Borne zur Kreisstadt Belzig führt, Fallobst gesammelt. Früher hat man die Obstbäume an solchen Straßen für wenig Geld verpachtet, nun aber kümmert sich niemand mehr um sie, manche sind schon abgestorben, irgendwann fällt sie der Sturm. Das Holz der Apfelbäume ist bei weitem nicht so fest wie das der Birne; irgendwo in der Mark stehen mehr als dreihundert Jahre alte Birnbäume, auf Befehl Friedrich Wilhelms I. von Ehestandskandidaten gepflanzt, die sonst nicht hätten heiraten dürfen: Der König wollte verhindern, daß Preußens Geld für Obst ins Ausland floß. Manches Mal bin ich diese alte, wenig befahrene Landstraße entlanggewandert, hier und da wuchern auf dem Rain Nesseln zwischen Gerümpel und Ofenschutt, doch schön ist der weite Blick, den man flämingabwärts über die Felder hat, auf denen vereinzelt große alte Eichen stehen. Auch wenn die meisten Bäume am Straßenrand nicht mehr viel tragen, der Korb, mit dem ich mich auf den Weg gemacht habe, wird fast immer voll.

Was ich heimbrachte, wurde oft zu Apfelmus verarbeitet – es war saftiger als das Jüterboger aus dem Konservenglas, 0,9 Liter für 1,80 M; gern aßen wir es zu Eierkuchen. Gewaschen und geputzt wurden die Äpfel in einer großen, flachen Schale, deren Rand auf einer Seite Buchstaben, ein Zeichen und Zahlen eingeprägt sind: V2A, darunter, kaum zu erkennen, die Fabrikmarke und darunter wiederum ein Datum: 5.1940. V2A, das war ein säurebeständiger, rostfreier und gut formbarer Chrom-Nickel-Stahl. Das Datum der Schmelze erinnert mich an Kriegsgeschehnisse: Die deutschen Truppen drangen im Mai 1940 zügig nach Westen vor, bald darauf, im Juni, hat Frankreich kapituliert. Es war für viele hier die Zeit der größten Illusionen. Brandenburg a. d. Havel, der Heimatort meiner Eltern, war damals ein Zentrum der Rüstungsindustrie, mein Großvater väterlicherseits hat in jenen Jahren draußen am Stadtrand im Flick-Stahlwerk gearbeitet, das Panzerplatten lieferte. Vielleicht stammt auch die Schale von dort.

Als der Haushalt meiner Eltern aufgelöst wurde, hatte ich sie mir erbeten, um darin das Fallobst zu verarbeiten, das meine Freundin B. und ich Jahr für Jahr aus aufgelassenen Gärten am Stadtrand von Berlin nach Hause brachten. Inzwischen ist das Gartenland längst überbaut, die Schale steht ungenutzt in der Ecke, ein Familienerbstück, von dem ich mich nicht trennen will.
Ich hatte also meinen Vater besucht und für uns beide das Essen bereitet, hatte Kartoffeln und Kohlrabi geschält und gekocht und nebenher zwei Würste gebraten. Im Küchenschrank stand noch alles da, wie meine Mutter es hinterlassen hatte: im Oberteil die alten zerkratzten Teller, der angeschlagene große blaßblaue Milchtopf aus Steingut und manches mehr in der Art, im Unterteil die Pfannen und Töpfe und die Küchenmaschine, die unverwüstliche KM4, fünfzig Jahre Garantie. Die Gebrauchsanweisungen, Kochbücher und Rezepthefte hatte sie in der Mittelschublade gesammelt, vielleicht lag dazwischen auch das Rezept für Porree in Rotwein.
Von Beruf war meine Mutter Kindergärtnerin. Jahrelang hatte sie sich auch um eine gehbehinderte alte Frau gekümmert, die jenseits der Oder aufgewachsen war und einer Generation angehörte, die viel Not erlebt hat. In ihrer großen, verkramten Wohnung fanden wir nach ihrem Tod neben manch anderem, an das ich mich kaum noch erinnern kann, einen ganzen Stapel Verpackungsmaterial aus der Frühzeit der DDR. Besonders schön: eine Tüte von 1951, »HO Zwieback mit Butter«, und diesen Zwieback ißt ein blondlockiger kleiner Junge mit großen blauen Augen. Sie wurde zum ersten Stück einer Sammlung, von der ich später das meiste einem Museum überlassen habe; behalten habe ich nur diese Tüte und einen Bogen Packpapier von der HO Friedrichshain: Ein hochmodernes schräges Viereck umschließt den Schriftzug, rundherum Straßenleben auf der Karl-Marx-, vormals Stalinallee, existentialistisch wirkende junge Männer sind unterwegs, einer von ihnen, langer Pullover, krauses Haar, schaut in eine Zeitung – oder ist es vielleicht die »Sibylle«? –, junge Frauen sitzen im Café und plaudern miteinander. Sie tragen die gleichen weiten Röcke wie die zwei todschicken jungen Pariserinnen auf dem Deckblatt des Schreibblocks »Madeleine«, den ich irgendwo mal gefunden haben muß. Auch er ist ein Ostprodukt und stammt wie das Einwickelpapier aus den sechziger Jahren; seinen Ursprung hat der verspielte Grafikstil beider aber im Westen.
Gerade das Französische war in jenen Jahren im Osten en vogue, doch war die dortige Küche für DDR-Verhältnisse reichlich aufwendig: Die landestypische Linsensuppe zum Beispiel, ein Rezept aus dem »Guten Rat«, mußte man zwei Stunden bei geringer Hitze kochen, immer wieder umrühren, damit nichts anbrennt, dann erst konnte man sie passieren. In der Berliner Stadtbibliothek hatte ich irgendwann in den Achtzigern Alexander Watts »Aus Pariser Bistro-Küchen«

entdeckt, 1958 in Zürich erschienen, vierzehn der einhundert Rezepte habe ich damals abgeschrieben, nachgekocht aber kein einziges.
Hin und wieder erfuhr man sogar für Mark der DDR, wie der Westen schmeckt: Als Erich Honecker 1971 sein Amt als Generalsekretär des ZK antrat, wollte er dem Volke zeigen, daß nun bessere Jahre kommen; einst hatte man bei solchen Anlässen silberne und goldene Schaumünzen in die Menge geworfen, jetzt brachte man Westimporte in den Handel, darunter Fischfilet mit Sauce in der Assiette. Nach einiger Zeit wurde es durch ein heimisches Erzeugnis ersetzt, da war die Sauce aber nicht mehr so gut, und bald darauf hat man die Produktion eingestellt. Wieso können wir das nicht? fragte man sich – sind wir dümmer als die?
Bei einem namhaften bundesdeutschen Publizisten, der einst Ludwig Erhard beraten hat, las ich einmal, der Osten Deutschlands sei mehr als fünfzig, bald sechzig Jahre von der Welt abgeschnitten gewesen, erst zur Nazizeit, dann unter sowjetischer Besatzung und schließlich unter der Herrschaft der SED. Da irrte er in jeder Hinsicht. Für manches Westrezept, Spargelsalat mit Lachs beispielsweise – im Frühsommer 1959 von der »Praline« empfohlen –, fehlten allerdings die Zutaten: Lachs, geräucherter Lachs zumal, war in der DDR eher rar, Spargel ebenso. Anderes fiel der Politik zum Opfer: »Bitte beachten Sie unser ›Hamburger Büffet!‹« hieß es 1958 auf einer Speisekarte der Berliner HO-Gaststätte Frankfurter Tor – ein paar Jahre später hätte das als Provokation gegolten. Einige wenige Male haben wir Bürger aber von Solidaritätskäufen profitiert: Nach der Nelkenrevolution von 1974 hat die DDR zum Beispiel größere Mengen Wein aus Portugal bezogen, alles gute Sorten. Doch insgesamt spielte der Westen in der DDR-Kulinarik aus mehrerlei Gründen, politischen wie ökonomischen, eine noch geringere Rolle als der Osten: Es gab in der Hauptstadt immerhin das Café Warschau, das Restaurant Bukarest, das Praha; für ein Pariser Café oder eine Osteria Italiana hat es dagegen nicht gereicht, und es ist im Verlag für die Frau auch nie ein Kochbuch der französischen oder der italienischen Küche erschienen. Rezepte aus aller Welt fanden sich dafür anderswo, nicht nur im »Guten Rat«: in der »Wochenpost«, in der Tagespresse und sogar in der »Budapester Rundschau«: »Frau Margit empfiehlt« hieß es dort.
Mein Vater hatte nicht das Bezirksblatt abonniert, die »Märkische Volksstimme«, sondern das »Neue Deutschland«, zumeist kurz ND genannt. Küchentips brachte das Zentralorgan der Sozialistischen Einheitspartei aber nicht. Vielleicht war es unter seiner Würde. Doch wenn meine Mutter bei ihrer Küchenarbeit etwas zu Rate zog, dann waren es ohnehin nur die zwei Kochbücher aus der erwähnten Schublade, »Dr. Oetker's Schul-Kochbuch«, Ausgabe C, das meistverbreitete deutsche Kochbuch aller Zeiten, 2. Auflage, 601.–1500. Tausend, und »Wir

kochen gut«, das DDR-Standardkochbuch der sechziger bis achtziger Jahre, das in seiner Art dem Oetker ähnelte.
Das Schul-Kochbuch wird meine Mutter von ihrer Mutter bekommen haben; als Kind habe ich seine Farbbilder von Dr.-Oetker-Puddings und -Speisen oft bewundert. Alles in allem bot es eine deutsche Küche für jedermann, Fremdländisches wie »Spaghetti auf italienische Art«, mit geschmorten Tomaten und Käse, war 1928 noch die Ausnahme. Richtig deutschnational wurde das Essen dann zur Nazizeit: »Kauft deutschen Käse« hieß es in einer Anzeige von Schade & Füllgrabe vom März 1933, geworben wurde für Emmentaler, Tilsiter, Limburger. Auf härtere Zeiten stimmte ein paar Jahre darauf die Kohlrübenpropaganda ein; im Januar 1941 brachte sogar die »Filmwoche« eine ganze Seite »Kohlrüben-Allerlei«.
Wenn man auf einem Fenstersims oder in einem Karton am Straßenrand oder sonstwo ausgemusterte Kochbücher sieht, und mögen es die allergewöhnlichsten sein: Man sollte immer hineinschauen. Unlängst habe ich an solchem Ort einen Zeitschriftenausriß mit einem türkischen Rezept gefunden, das in seiner Einfachheit gut zur DDR-Küche gepaßt hätte, Dereotlu Patates Salatasi, Kartoffelsalat mit Dill: Ein Pfund Kartoffeln, sie sollten möglichst dünnschalig sein, waschen, halbieren und kochen, vier hartgekochte Eier schälen und in dicke Scheiben schneiden, sechs Frühlingszwiebeln in kurze Stücke, ein halbes Bund Dill fein hacken, alles mit zwei Eßlöffeln Mayonnaise, Salz, Pfeffer, drei Eßlöffeln Kapern und zwei Eßlöffeln Senf vermischen – ich würde noch zwei Löffel Joghurt dazutun.
Auch wenn das Oetker-Kochbuch Rezepte für die breite Masse bot, waren manche Wünsche, die es in mir weckte, in den Anfangsjahren der DDR schwer zu erfüllen: Schlagsahne zum Beispiel, die auf manchen Bildern die Süßspeisen verzierte, war damals selten im Angebot. Doch ich war schon glücklich, wenn meine Mutter für uns Schokoladensuppe kochte, die mit Eischnee verziert war und obendrein, das ist mir jetzt erst in Erinnerung gekommen, mit gerösteten Haferflocken bestreut – sie schmecken wie Krokant. Oder so ähnlich jedenfalls. Und die Zeiten wurden ja auch besser. 1974 stand selbst in Wiesenburg Büchsenananas in den Konsumregalen, wahrscheinlich nicht allzu lange: »Ananas leicht gesüßt, Mount Elephant Brand, hergestellt in Kwangsi V. R. China«. Seine Papierumhüllung, kräftiges Blau und kräftiges Gelb, wurde zum ersten Stück meiner Etikett-Sammlung. Zwar hatten sich die Sowjetunion und China in den frühen sechziger Jahren politisch und ideologisch zerstritten, die DDR stand auf seiten Moskaus, im ND wurde Pekings Linie als abenteuerlich gebrandmarkt, doch Handel trieb man weiterhin. Einige Jahre später kam Luxus aus Vietnam in die Läden: getrocknete Bananen. Etwa fingerlang, aber schlanker und »rich

in Vitamins«, wie es auf dem Etikett heißt, wurden sie zu 200-Gramm-Päckchen gepreßt.

Transportiert wurde das alles auf dem Seeweg, und zwar unter eigener Flagge. »Unsere DDR-Flotte im Welthandel« liest man auf einem alten Gewürztütchen, ein Großfrachter in Fahrt ist zu sehen. Solche Schiffe besaß die Deutsche Seerederei erst gegen Ende der fünfziger Jahre, der Frachter »Frieden«, 1957 in Rostock vom Stapel gelaufen, war ihr erster Zehntausendtonner. Die Schiffspositionen waren fortan eine ständige Rubrik vieler Zeitungen, man erfuhr, wer gerade nach Aleppo oder Shanghai unterwegs war, wer in Chittagong oder Dubai vor Anker lag. Chittagong ... Dubai ... unsere DDR! Lange Zeit wurde auch die Ladung erwähnt: Die »Kap Arkona« kehrte mit Bananen heim, so wünschte man es sich jedenfalls, die »Wismar« mit Vanilleschoten und Muskatnüssen, mit Pfeffer und Zimt ... Kam etwas davon aus Ägypten? Denn Palmen, Pyramiden und einen Araber mit hoch beladenem Kamel sieht man auf einem anderen Gewürztütchen aus jener Zeit. Aber das Bildprogramm hatte wohl eher symbolische Bedeutung. Ein Papiermodell der »Frieden«, Ergebnis mühsamer Bastelarbeit, stand später bei uns jahrelang in der Vitrine des Wohnzimmerschranks.

Mit der Flotte allein war es nicht getan, sie brauchte einen Hafen. Ende der fünfziger Jahre kam der Aufruf, republikweit Feldsteine für die Rostocker Hafenmole zu sammeln. Bei uns im Fläming, einer Endmoräne, mußten die Steine ohnehin immer wieder abgesammelt werden, das Erdreich war davon durchsetzt, sie häuften sich an jedem Feldrain. Eines Abends, es dämmerte bereits, fuhren wir, Jüngere und Ältere, mit dem Gespann einer Wiesenburger LPG Richtung Norden zum Ort hinaus und luden auf, was am Wegesrand zu finden war. 1960 wurde der Überseehafen eröffnet; im gleichen Jahr kamen die neuen Margarinesorten Sahna, Vita, Sonja, Marina und Mohrle auf den Markt. »Wertvoll weil aus Pflanzenöl« heißt es auf einem der Werbezettel, wieder sind Palmen zu sehen. Palmen bedeuten Welthandel, Welthandel braucht Schiffsverkehr. Die Margarinewürfel waren in eine Art Pergamentpapier eingeschlagen, und einem der Zipfel war ein Kupon aufgedruckt. Hatte man davon hundert beisammen, klebte man sie in ein Heftchen, schickte es an die VVB Fette und Öle und bekam per Post einen Holzbaukasten, aus dessen Teilen man das – stark vereinfachte, stilisierte – Modell des Rostocker Hafens aufbauen konnte. Auch ein paar kleine Holzschiffe wurden mitgeliefert. Ich weiß das alles noch, weil ich selbst solch einen Baukasten besessen habe; ich frage mich, wo er geblieben ist.

Trotz aller Werbung wurde die Margarineküche nie so richtig beliebt, auch in der DDR stieg der Verbrauch von Butter. Doch zu Beginn der sechziger Jahre wurde sie zur Mangelware und mußte wieder rationiert werden. Denn die Landwirtschaft war im Frühjahr 1960 mit kräftigem Druck vollständig vergenossenschaftet worden – manches Mal habe ich alte Genossen lachend erzählen hören, wie sie den Bauern damals zugesetzt hatten –, entsprechend niedrig war die Produktivität. Da sprang die Sowjetunion ein: Die Butter, die sie schickte, war stärker gesalzen als die hiesige und anscheinend auch ein wenig gefärbt. Von großen Würfeln, die wohl zwanzig Kilo oder mehr wogen, wurden die Einzelportionen abgespachtelt, es war das letzte Mal, daß sie hierzulande lose verkauft wurde. Im Jahr darauf hatte sich die Lage wieder normalisiert. Ansonsten kam in der einstigen SBZ nicht viel aus der SU auf den Tisch. In Erinnerung geblieben ist mir eine vorzügliche Preiselbeermarmelade vom Vsesojuznyj Sojuz potrebitelskich Sojuzov, dem Allunionsverband der Konsumgenossenschaften. In den weiten Wäldern Rußlands, wo die Wölfe heulen, waren die Beeren von alten Mütterchen und kleinen Mädchen mühevoll gesammelt worden, wir genossen sie zum Tee. Und zwar fast als einzige in unserem Ort, es dauerte lange, bis der Konsum die Lieferung abgesetzt hatte.

Der Buttermangel hatte verständliche Gründe. Erstaunlich hingegen war, daß irgendwann in den frühen achtziger Jahren fetter Speck einige Zeit äußerst knapp war. Selbst in Wiesenburg, wo man gut mit Fleisch und Wurst versorgt wurde, bekam man ihn nur, wenn man Rouladenfleisch kaufte – Rouladen brauchen nun einmal Speck. Erstaunlich war dieser Mangel insofern, als die DDR, um den Devisenaufwand für die Einfuhr von Futtermitteln auszugleichen, in großem Stil Fleisch in den Westen exportiert hat, vor allem die besseren Stücke, während die fetteren im Lande blieben. Ein anderes Mal war wochenlang kein Speiseöl zu bekommen. Zwar fehlte nicht dauernd etwas, das es sonst ständig gegeben hatte, dennoch war die Sache ärgerlich genug: Man konnte nicht vorsorgen, der Lieferstopp kam so überraschend wie eine unangekündigte Stromsperre.

Immer ausreichend beliefert wurde die Restaurantkette »Zum Goldbroiler«; dort einzukehren oder, kurz gesagt, broilern zu gehen gehörte zu den Hauptvergnügungen der siebziger Jahre. Ein Vorgänger dieser Lokale war die »Gockelbar« in der Berliner Chaussee-, Ecke Tieckstraße, eröffnet im Herbst 1961 – die »Neue Berliner Illustrierte« berichtete darüber. Ein halbes Hähnchen kostete zwei Mark, jeden Tag gingen mehrere hundert Portionen über den Tresen. Jetzt war es teurer: 5,10 Mark für den halben Broiler mit Pommes frites. Zehn Filialen hatte man im Osten Berlins eröffnet, eine davon nahe beim S-Bahnhof Frankfurter Allee, nicht allzu weit von meinem Studentenwohnheim entfernt. Manchmal habe ich mich dort am frühen Nachmittag, wenn wenig Betrieb war, an die Theke gesetzt, einmal Leber, ebenfalls mit Pommes, für 3,45 M, dazu ein großes Bier und darauf vielleicht noch ein kleines … man war dann mit der Welt versöhnt. Irgendwann in den Achtzigern wurden sämtliche Filialen geschlossen, den Flachbau an der Frankfurter Allee hat man später abgerissen, ebenso die verwinkelte Ringbahnhalle auf der anderen, stadteinwärts gelegenen Seite der Bahntrasse. In den frühen Neunzigern fand ich dort an einem Stand noch importierte Fischkonserven, die mit DDR-Messegold warben.

Wollte man in den frühen achtziger Jahren im Osten Berlins gut frühstücken, ging man in das Selbstbedienungslokal am Fuße des Interhotels am Alexanderplatz. Man konnte sich am Büffet etwas Delikates zusammenstellen, eine Scheibe von diesem, eine Scheibe von jenem, es war nicht einmal sonderlich teuer. Die Besatzungen der Wagen von der Rettungsstelle Marienburger Straße aßen hier gern, das sprach für Qualität. Doch allmählich wurde das Angebot schmaler und eines Tages war das Lokal nur noch Hotelgästen zugänglich. Der Ablauf war – in seinen Grundzügen – DDR-typisch.

Bis zuletzt das Niveau gehalten hat Imbiß-Hohnke in der Dimitroff-, der heutigen Danziger Straße. Manchmal leistete ich mir dort zu meinem Vergnügen ein, zwei Hackepeterbrötchen zu 45 Pfennigen und eine Brühe mit Ei. Es war meist recht voll in dem schmalen Handtuch nahe der Ecke Senefelderstraße, aber zuletzt fand man doch immer einen Platz. Künstler, Handwerker, Lebenskünstler und Spritis mit lädierten Gesichtern saßen einträchtig beieinander, es war die übliche Prenzlauer-Berg-Mischung. An den Wänden hingen reihenweise Urkunden vom ND-Gaststättenwettbewerb; die Sieger wurden nicht etwa von Chefredakteur Schabowski gekürt, sondern von den Gästen. Es war der einzige Imbiß weit und breit; Monopolsituationen pflegen ja oft den Charakter zu verderben oder zumindest die Angebotsqualität – nicht so hier: Alles war, ich zitiere aus einem ganzseitigen Beitrag im »Sonntag« vom Dezember 1986, »sauber, frisch und unverdorben bis in die Ränder, die man doch so oft verkrustet, hochgebogen und angegraut kennt«. Erst in der zweiten Hälfte der neunziger Jahre war auch bei Hohnke Schluß.

Um 1980 habe ich einige Jahre am Zentralinstitut für Wirtschaftswissenschaften der Akademie der Wissenschaften der DDR gearbeitet. Es ist schwer zu sagen, was mich an diesem ZIW mittags mehr gestört hat: das miese Kantinenessen oder die Gespräche der allermeisten Kollegen bei Tisch. Wollte ich beidem entfliehen, besuchte ich die nur einige Minuten Fußweg entfernte Feinkostbar im delikat-Laden an der Leipziger Straße. Die wenigen Plätze waren um die Zeit stets besetzt, man mußte anstehen, doch irgendwann saß man dann am Tresen auf dem Hocker, und die Welt lag hinter einem. Man saß und bestellte zum Beispiel drei kleine Filetsteaks nebst einigen Beilagen, gut zehn Minuten später stand alles wie gewünscht vor einem, Frank Sinatra sang dazu: Another night, another day …, und diese Musik war genauso wichtig wie der Platz am Tresen und das Essen dort. Vielleicht, so scheint mir heute, sollte man diese Bar als eine Art Exil verstehen.

MÁTYÁS DUNAJCSIK

DAS FLÜSTERNDE

Gedicht

Dieses Gedicht ist ein Geisterschloß, und wir leben jetzt beide hier. Gotische Spitztürme über römischen Katakomben, frisch ausgetauschte Kunststoffenster und Türen mit Doppelverglasung, ein Jugendstilbalkon und ein Plattenbau-Aufsatz, was du willst. Wir sind gerade erst eingezogen und es gibt noch viel zu tun.

Bring deine Toten, ich bringe die Schaufeln – ich habe selbst schon viel gegraben. Den Großteil mußt du selbst machen, aber ich werde nicht so tun, als ob du nur den Garten pflegtest, weil auch ich der Erde eine Menge Worte und Lieder zurückgeben muß: legyen nekik könnyű a Föld, ápolja őket, és takarja el. Hazájuk fölött ott ül még a köd, s egy részeg altatódalt énekel. Ich hoffe, sie verrotten schnell genug, um die Bäume zu nähren, die ich gleichzeitig pflanze, und werden uns später nur als Vogelgesang heimsuchen. Doch sobald die Nacht hereinbricht, werden sie sicher Gesellschaft bekommen. Aber das ist okay.

Wir sind Europäer, wir wissen schon, daß in jedem Altbau jemand gestorben ist. Es gibt keinen einzigen Quadratmeter auf diesem Kontinent, auf dem nicht irgendwann irgend jemand grausam zu Tode gekommen ist. Und da es auf jedem Grundriß nur einen logischen Platz für das Schlafzimmer gibt, und auch nur einen logischen Platz für das Ehebett, schlafen wir wahrscheinlich sogar mit ihnen. Aber mach dir keine Sorgen, ich habe es geschafft, einen isländischen Winter mit Hilfe von Black Metal zu überleben, ich kenne also genug Riffs, um ein Rockritual zu entwickeln, das die Dämonen dieses Hauses beruhigen kann. Und verdammt, they are legion.

Draußen im Hinterhof ein sprechender Fuchs, der auf uns wartet, um eine Audienz zu halten, und im Dachgeschoß sieben weißgekleidete Jungfrauen. Wie praktisch, daß ihr unheimlicher Charme bei Leuten wie uns keine Wirkung hat: Bei traditionellen Verfluchungen wird eher selten mit der Existenz von Sodomiten gerechnet, und für uns sind sie ja eher Seelenverwandte, denn wir wissen wohl, wie es ist, von Männern verletzt zu werden. Die Zimmer öffnen sich für uns wie Kapitel, die wir noch nicht zu entziffern wissen.

Aber wir sind Europäer, wir lernen schnell und sind an Fremdsprachen gewöhnt, sogar im Bett. Eigentlich kennen wir nicht einmal die Worte des anderen, wenn er in seiner Muttersprache träumt, und unterhalten uns immer noch auf englisch, wie Austauschschüler in einem fernen Land. Aber wir haben schon eine Vorstellung von dem neuen, schrecklichen Bastard, der aus unseren Nachtgesprächen erwachsen wird, mit seinen zusammengenähten Körperteilen mit Migrationshintergrund, mutierter Syntax und Mischlingswortschatz, in ständigem Stimmbruch zwischen Poesie und Paarungsgeheul. Und da Leute wie wir nicht an traditionellen Fortpflanzungsverfahren interessiert sind, wird dies unser einziges Vermächtnis an dieses alte Haus sein, das den neuen Bewohnern den Schlaf rauben wird, auch wenn wir selbst schon zu stummen Teilen der Mauern geworden sind.

WOLFGANG HILBIG

»DAS SCHICKSAL DER WAHRHEIT DIESES LANDES«

Vier Briefe an Stephan Hermlin

Vorbemerkung

Am 13. Mai 1994 schickte Wolfgang Hilbig den Entwurf eines Lexikonartikels, den Siegmar Faust über ihn geschrieben hatte, an den Verfasser zurück. Offensichtlich hatte dieser ihn gebeten, den Beitrag zu korrigieren und gegebenenfalls zu ergänzen. Für den Text, der sich im Vorlaß Fausts in der Bundesstiftung zur Aufarbeitung der SED-Diktatur befindet und in »Wer war wer in der DDR?« erschienen ist, unterbreitete Hilbig fünf Änderungs- bzw. Ergänzungswünsche. Korrigiert werden sollte die geographische Lage seines Geburtsorts Meuselwitz. Denn die Stadt an der Schnauder befinde sich nicht in Sachsen: »Meuselwitz war bis 1949 Thüringen und ist es jetzt wieder.« Zudem sollte außer Hilbigs vor Stalingrad vermißtem Vater auch seine nach dem Krieg als Verkäuferin arbeitende Mutter erwähnt werden. Weiterhin sollte Faust bei der Nennung des Hilbig 1983 verliehenen Brüder-Grimm-Preises berücksichtigen, daß es sich um den der Stadt Hanau handelt, da es »zwei Brüder-Grimm-Preise« gebe. Erwähnen sollte Faust auch, daß Hilbig seit 1991 Mitglied der Darmstädter Akademie für Sprache und Dichtung sei. Diese Ergänzung sei deshalb wichtig, weil ihn diese Akademie »schon sehr früh unterstützt« habe, weshalb seine Mitgliedschaft nicht »unterschlagen« werden dürfe. Schließlich fehle im Entwurf ein wichtiger Name, der unbedingt genannt werden müsse. Es sei zwar richtig, daß »nach ›illegalen‹ Veröffentlichungen und Preisverleihungen im Westen sowie durch Fürsprache von Franz Fühmann« Hilbigs Gedichtband »Stimme Stimme« als »einzige Veröffentlichung in der DDR« erscheinen konnte, aber in diesem Zusammenhang müsse unbedingt noch jemand anderes genannt werden: »Auf den Namen Stephan Hermlin muß ich Wert legen, denn ohne seinen Einspruch wäre die Druckgenehmigung nie erteilt worden … als ›Stimme Stimme‹ erschien, lag F. Fühmann schon in der Charité und konnte nichts mehr tun.«

Für den Reclam-Band war im Januar 1983 die bereits erteilte Druckgenehmigung auf Anraten der Abteilung Kultur des ZK der SED wieder zurückgenommen worden. Als Hermlin davon erfuhr, platzte ihm der Kragen. Er schrieb am 17. März einen Brief an den SED-Chefideologen Kurt Hager, in dem er ihn bat, »der Sache der DDR-Literatur« einen »Gefallen« zu erweisen: »Die Gedichte von Wolfgang Hilbig sind von Reclam zum Druck vorbereitet. Man hat dafür bisher keine Druckgenehmigung erteilt, da diese Gedichte wohl nicht den erforderlichen Optimismus ausstrahlen. Ich kann in den von mir bewunderten Gedichten keine Spur von Gegnerschaft gegen den Sozialismus entdecken, freilich sind es düstere Gedichte, aber wie viele große Dichter würden auf der Strecke bleiben – gerade in der deutschen Literatur – wenn man sie am Maß der Heiterkeit messen würde, oder der Zuversicht, das sie aufzuweisen haben. Wo blieben Hölderlin, wo Eichendorff, wo Storm – von Späteren ganz zu schweigen … Ich setze mich gerade für

diese Gedichte ein, weil ich von dem außerordentlichen Talent dieses noch ziemlich jungen Arbeiters (er ist Heizer) überzeugt bin. Ich habe in vielen Jahren in der DDR kein solches lyrisches Talent gefunden.« Das Schreiben führte dazu, daß die Entscheidung korrigiert wurde, so daß der Stellvertretende Minister für Kultur, Klaus Höpcke, Hilbig am 31. März 1983 mitteilen konnte, er gehe mit »Gewißheit« davon aus, »daß in nächster Zeit ein Band von Ihnen in der DDR veröffentlicht werden wird«. Hilbig wußte, welchen entscheidenden Anteil Hermlins Brief daran hatte. Am 19. Mai bedankte er sich bei seinem Fürsprecher für dessen Engagement. Im Oktober konnte »Stimme Stimme« schließlich erscheinen.
Wie sehr Hermlin Hilbig schätzte, erfuhr die DDR-Öffentlichkeit zwei Jahre später. In einem Interview erwähnte er das »Talent« Hilbig, »das erst in den letzten Jahren sichtbar geworden« sei (Silvia Schlenstedt, Schriftsteller der Gegenwart: Stephan Hermlin, 1985). Er zähle ihn zu der Generation von Lyrikern, zu der er noch Zugang habe. »Volker Braun ist wahrscheinlich das stärkste Talent, aber es gab auch noch andere Talente, und die haben mich sehr interessiert. Es war diese Generation, die ich damals vor über zwanzig Jahren in der Akademie einmal vorstellen wollte. Ich muß gestehen, daß ich nicht das gleiche Verhältnis habe zu der inzwischen herangewachsenen jungen Generation.« Unter den von Hermlin 1962 in der Akademie der Künste vorgestellten jungen Lyrikern war Hilbig nicht vertreten. Dessen Gedichte lernte er erst 1978 kennen. Sie lagen einem Brief von Margret Franzlik bei, die Hermlin bat, sich für ihren Lebenspartner zu verwenden. »Aus dem Brief wurde mir klar«, so Hermlin, »obwohl das Wort nicht drinstand, daß Wolfgang Hilbig im Gefängnis saß. Ich las diese sechs Gedichte und schrieb wahrheitsgemäß zurück, daß ich in jedem Falle aus humanitären Gründen etwas Positives an diesen Dingen gefunden hätte, daß es mir aber viel leichter fiele, einen positiven Brief zu schreiben, da ich mindestens in den letzten zehn Jahren keine Gedichte eines Unbekannten in deutscher Sprache gefunden hätte, die ein solches Talent enthielten.« (Protokoll der Sektionssitzung Literatur und Sprachpflege der Akademie der Künste vom 14. September 1983, in: »Zwischen Diskussion und Disziplin. Dokumente zur Geschichte der Akademie der Künste (Ost) 1945/50–1993«, 1997)
Auch wenn Hermlin von Hilbigs lyrischem Talent uneingeschränkt überzeugt war, widersprach er ihm im Brief vom 1. März 1981. Hilbig hatte ihm die Kopie seines an den Stellvertretenden Kulturminister Klaus Höpcke adressierten Briefes vom 16. Februar 1981 zukommen lassen, in dem er vehement mit der auf Zensur gründenden DDR-Kulturpolitik ins Gericht geht: »Die völlige Abwesenheit von Kritik, die Verachtung jeder künstlerischen Äußerung, die ihre Existenz außerhalb der Nutzungsdiktatur, des Unterwürfigkeitsdenkens prostituierend wechselnder Ideologieansprüche zu stellen gewillt ist, die einer solchen Verachtung immanenten Möglichkeiten, Kunst zu vernichten, die durch keine Proklamation zu bannen sind – und in deren Bewußtsein ich Ihnen, geehrter Herr Minister, erneut schreibe – der Unwille zu einem Dialog schließlich, dessen Abfälle, verbale Metastasen sich in gegenseitig bedingter Illegalität winden, hat in diesem Lande, der DDR, zu einem Feindbild von der Poesie geführt, das ich für beispiellos halte.« (In: »Wolfgang Hilbig. Ich unterwerfe mich nicht der Zensur«. Neue Rundschau 2/2021)
Die »Austreibung« des Schriftstellers Frank-Wolf Matthies aus der DDR war für ihn ebenso inakzeptabel wie gesellschaftliche Zustände, in denen Bespitzelungen und verschwundene Postsendungen alltäglich waren. Auch war Hilbig zu Ohren gekommen, daß

das MfS vorhabe, seine Zusammenarbeit mit Reclam zu »protegieren« und ihn dadurch zu Dankbarkeit zu verpflichten. Sollte dieser Fall eintreten, zöge das unweigerlich die sofortige Beendigung seiner Zusammenarbeit mit dem Verlag nach sich. Der Zensur, die in der DDR »ungehindert und in einem Dunkel, fern von Legalität, in Kraft sei«, werde er sich nicht unterwerfen.

Hermlin teilte Hilbigs kritische Haltung: »Die Zensur in der DDR ist mir wohl bekannt. (…) Ich bin ein Gegner der Zensur, das ist auch den Mitgliedern der Regierung bekannt, denn ich habe es ihnen mehrfach gesagt (…).« (Brief vom 1. März 1981, Neue Rundschau 2/2021) Immerhin seien, was die »Veröffentlichung von Literatur in den letzten zehn Jahren« in der DDR anbelangt, »bedeutende Fortschritte« erzielt worden. Und Hermlin trat dafür ein, daß sich diese Entwicklung fortsetzt: »Lassen Sie sich nicht entmutigen«, ermuntert er Hilbig: »Und halten Sie mich auf dem Laufenden.«

Ein weiteres Mal setzte er sich für ihn ein, als die Westberliner Akademie der Künste im Januar 1985 Hilbig ihren Förderpreis verlieh. Wie aus einem Schreiben in Hilbigs Stasiunterlagen hervorgeht, sprach Hermlin sich dafür aus, daß dieser den Preis persönlich entgegennehmen könne. Doch seine Fürsprache blieb diesmal erfolglos.

Es würde zu weit gehen, von einer Freundschaft zwischen Hermlin und Hilbig zu sprechen, aber der Jüngere suchte den Kontakt zum Grandseigneur der DDR-Kulturszene, wenn sich unlösbar scheinende Schwierigkeiten auftaten. Hermlin wiederum handelte auch ohne Hilbig zu informieren, weshalb sich nur zwei an diesen adressierte Briefe gefunden haben. Hilbig bedankte sich am 6. Juni 1985 für den Band »Briefe an Hermlin«, der übrigens keines seiner Schreiben enthält und sich auch nicht in seiner Nachlaßbibliothek befindet.

Auch die zu Hermlins siebzigstem Geburtstag von Hubert Witt bei Reclam veröffentlichte zweibändige Ausgabe »Stephan Hermlin«, für die Hilbig um ein Gedicht gebeten worden war, fehlt in seiner Nachlaßbibliothek. Hilbig hatte am 19. Juni 1984 an den Verlagsleiter Hans Marquardt geschrieben: »Ich habe lange nach einem Gedicht für die Hermlin-Publikation gesucht und schließlich das beiliegende, unveröffentlichte, ausgesucht (mehr: gefunden, denn ich stelle fest, daß ich kaum noch ›fertige‹ Gedichte habe), das Sie hoffentlich für tauglich halten.« (AdK, Wolfgang-Hilbig-Archiv) Dabei handelt es sich um das Gedicht »merigarto« (1979), das mit der Widmung »für Stephan Hermlin« in Band zwei der Publikation abgedruckt wurde.

Die 1985 veröffentlichte Geburtstagsgabe erschien im selben Jahr, in dem die Deutsche Akademie für Sprache und Dichtung Hilbig ein Stipendium zuerkannte. Da der Stipendiat in Westdeutschland oder Westberlin wohnen sollte, beantragte Hilbig am 13. Mai 1985 beim Stellvertretenden Minister für Kultur ein für ein Jahr gültiges Reisevisum: »Ich bitte um die Genehmigung für einen zeitweiligen, auf ein Jahr begrenzten Aufenthalt in der BRD und Westberlin, der am 1. September 1985 beginnt und am 31. August 1986 mit meiner Rückkehr in die DDR endet.« Dieser Antrag wurde von Kurt Hager abgelehnt, der seine Entscheidung in einem internen Schreiben vom 8. August 1985 begründet: »Auch das Erscheinen des Bändchens im Reclam Verlag ist kein Grund für einen Aufenthalt in der BRD.«

Daran, daß Hilbig das Visum doch noch erhielt, hatte Hermlin entscheidenden Anteil. Zunächst nahm er am 25. September 1985 das vierzigjährige Bestehen des Aufbau-Verlags zum Anlaß, in seiner Festrede auf den Autor hinzuweisen: »Ich denke in diesem

Moment an jemand, der über zweiundvierzig Jahre alt ist, also nicht mehr ganz jung, aber ohne Zweifel jung als Schriftsteller, ein Talent ersten Ranges. Ich wünsche mir, daß die ungewöhnliche Prosa des Arbeiterschriftstellers – denn der Mann ist ein Arbeiter, Heizer von Beruf – des Arbeiterschriftstellers Wolfgang Hilbig endlich in der DDR erscheinen kann, und möglichst im Aufbau-Verlag.« Als die Rede im Dezember 1985 als Veröffentlichung vorlag, waren Hilbigs Prosabände »Unterm Neomond« und »Der Brief« nur im Frankfurter S. Fischer Verlag erschienen.

Bereits einige Jahre zuvor hatte Franz Fühmann ein Jubiläum nutzen wollen – den Geburtstag des Reclam-Verlagsleiters Hans Marquardt –, um auf Hilbig zu verweisen: »Ich will Ihnen das schönste Geburtstagsgeschenk machen, das man einem Verleger machen kann, nämlich 1 Dichter in die Arme legen, und zwar den größten dieses Landes (uns alle eingeschlossen).« Nicht weniger geschickt agierte Hermlin, als er anläßlich des Aufbau-Jubiläums ein Geschenk einforderte: einen Band mit Prosa von Hilbig.

Auf den Autor aufmerksam wurden 1985 auch der Staatsratsvorsitzende der DDR, Erich Honecker, und der Präsident des DDR-PEN, Heinz Kamnitzer, die beide von Hilbig Post erhalten hatten. Sie sollten seinen Antrag auf zeitweilige Ausreise aus der DDR genehmigen respektive unterstützen. Um dieses Visum ging es auch in Hilbigs Brief an Hermlin vom 9. Oktober 1985. Darin ersucht er ihn, sich an »maßgebender Stelle« für ihn zu verwenden. Zehn Tage nach einem von Hermlin an Erich Honecker geschickten und auch von Christa Wolf unterzeichneten Brief wurde Hilbigs Visumsantrag positiv beschieden, er durfte am 6. November 1985 in die Bundesrepublik ausreisen.

Für den Erfolg des »schönen und unverzögerten Handelns« bedankte sich Hilbig bei Hermlin im Brief vom 28. Oktober 1985. Dessen Hilfe war uneigennützig und ohne jedes Kalkül. Wenn staatliche Maßnahmen seinen kommunistischen Idealen widersprachen, protestierte er entschieden. Es gehörte zu seinem Credo – so Friedrich Dieckmann –, »immer für andere, nicht für sich« zu kämpfen. Insofern hatte Hilbig gute Gründe, als er darauf bestand, daß der Name Stephan Hermlin in Siegmar Fausts Lexikonbeitrag erwähnt werden mußte.

Michael Opitz

Wolfgang Hilbig
7033 Leipzig
Spittastraße 19

Leipzig, den 19. Mai 1983

Sehr geehrter Herr Stephan Hermlin,

um endlich das zu beenden, was ich längst auch als eine erstaunliche Unhöflichkeit erkannt habe – für Sie hoffentlich weniger ärgerlich, als sie für mich ist – bitte ich schnell um Entschuldigung, um mich sofort bei Ihnen zu bedanken, was die Hauptsache ist und ein Gefühl benennt, das lange vor der Entschuldigung da war, und es nicht zu dieser hätte kommen lassen sollen. Wenn es Ihnen möglich ist, schreiben Sie es bitte unter anderem einer vom äußeren Anschein auf den inneren Bodensatz übergegangenen Eingeschränktheit zu, die ich irgendwie von meinem Stand her (eine veraltete Formel, auch ein solcher Rest) mitgekriegt habe, wo man sich etwas wie freien Geist kaum aneignen, vermutlich nur einreden kann, und nicht ohne das Gespenstige eines Übergriffs.

Was ich mitzuteilen hätte, müssen Sie längst wissen: man hat nun die Druckgenehmigung für das im Reclam-Verlag vorbereitete Bändchen erteilt, dank des Einsatzes vieler, wobei der Ihre zu den ausschlaggebendsten gehört. Ich wiederhole meinen herzlichen Dank an Sie, der mir nun endlich ausdrücklich gelingt. Ich hatte auch einen anderen Grund zu warten. Zuletzt hatte es noch Änderungen an dem Manuskript gegeben (ich hatte der Möglichkeit von Änderungen vorher grundsätzlich zugestimmt), die mir allein schon aus dem Grund bedenklich erschienen, da ich mit ihnen nicht gerechnet hatte: eine der Intentionen der einmal in Betracht gezogenen Publikation von Texten von mir in der DDR war, das Wort, das ich seinerzeit jenem bei S. Fischer veröffentlichten Gedichtband zum Titel gegeben hatte, zumindest zu relativieren: Abwesenheit. Nun mußte ich über die Unmißverständlichkeit dieses Wortes nachdenken, und über seine eventuelle Erweichung. Ich sehe nun, daß man das Wort anerkennen müßte, und es allein von da aus in Anwesenheit zu verwandeln, wie es Franz Fühmann ausgedrückt hat. – Dennoch habe ich diesen Änderungen sofort zugestimmt, in der schlagartigen Einsicht, daß ich mit einer Weigerung nur zweierlei hätte erreichen können: entweder ein oder zwei, ohnehin schon gedruckte Gedichte auch hier zu publizieren, oder den Band zu Fall zu bringen. Nicht aber hätte ich den Geist, der diese Änderungen sich ausbedungen hat, entweder nur behelligen oder gar einsichtig machen können. Denn es mußte schließlich schnell gehen, und ich hätte ein wirkliches Umdenken innerhalb so kurzer Zeit nicht für möglich gehalten.

Nun aber ist alles festgelegt, die Produktion des Bandes nimmt wohl ihren Lauf, und ich kann mich endlich vor Ihnen äußern. Vorher wollte ich es nicht, ich wollte auf die obige Mitteilung an Sie nicht verzichten, ich hätte befürchtet, Sie dächten, ich vermutete einen noch so geringen Makel an Ihrem Einsatz (ein Gedanke, der für mich keine Chance hat, in der Möglichkeitsform gedacht zu werden), und wolle mich beklagen mit dem geheimen Wunsch etwa, Sie opferten noch einmal Zeit für mich. Ich habe mich inzwischen mit mir auf die Hoffnung geeinigt, daß der Band auch mit dem, was in ihm fehlt, Anlaß zu einem Disput sein könnte, was einen Sinn ergäbe, der sich dem hinzufügte, der ohnehin besteht: daß die Sprache (des Schriftstellers) an sich das ist, das ins Öffentliche, ins Offene zielt, und vielleicht nur damit erklärt werden kann. Und der auch

ein Grund ist dafür – was ich hoffentlich nur zum Schaden dieses Briefs bis zu seinem Schluß verhehlt habe – daß ich mich nun auf den Band freue, dessen Existenz Ihnen so viel zu verdanken haben wird.
Mit herzlichen Grüßen
Ihr
Wolfgang Hilbig

Wolfgang Hilbig
Spittastr. 19
7033 Leipzig

Leipzig, den 6. Juni 1985

Sehr geehrter Herr Stephan Hermlin,

ich hoffe, Sie können mir meine Langweiligkeit noch einmal nachsehen – ich wüßte nicht, wann ich einen Brief schon einmal anders begonnen hätte – daß ich mich erst jetzt für den Band »Briefe an Hermlin« bedanke. Ich danke Ihnen ganz besonders für Ihre freundliche Inschrift.
Wenn man es nicht ahnte, daß es manchmal auch anders der Fall gewesen sein mag, so möchte man wünschen, die Sammlung durchgängig freundlicher Briefe an Sie wäre das Abbild einer Regel ohne Ausnahme: oder habe ich etwas übersehen; ich habe noch nicht alle Briefe gelesen. Ich suche nicht danach, denn der Gesamteindruck gibt meiner Ansicht über Sie Recht. Und ist daher wirklich aufschlußreich für mich.
Vielleicht interessiert es Sie, daß wir momentan dabei sind, eine neue Auflage des Bändchens bei Reclam zusammenzustellen, für das Sie sich damals eingesetzt haben, und das nun eine um ein paar Texte erweiterte Nachauflage werden soll. Es wird freilich erst 1986 herauskommen.
Ich verbleibe mit den herzlichsten Grüßen
Ihr
Wolfgang Hilbig

Wolfgang Hilbig
7033 Leipzig
Spittastr. 19

Leipzig, den 9. Oktober 1985

Sehr geehrter Herr Hermlin,

seit Monaten schon zögere ich, mich mit einer Sache an Sie zu wenden, in der ich hoffte mich allein durchsetzen zu können; eigentlich halte ich es für einen unmöglichen Zustand, Ihnen damit zu kommen, andererseits schwankte ich immer, denn es wurde mir schon angeraten, Sie zu bitten, schon als wir uns zu H. Marquardts Geburtstag sahen, – daß ich es nun tue, liegt daran, daß mir die Sache über den Kopf gewachsen ist und ich ziemlich kalt zurückgeschlagen bin, mich von der verfahrenen Angelegenheit zunehmend gefährdet fühle: was am schwierigsten zu erklären ist, nur etwa damit, daß ich monatelang über einem Chaos von gescheiterten Textversuchen sitze und erkennen muß, daß es keinen Sinn hat, etwas anzufangen – eine Verfassung, die ich nervlich absolut nicht verkrafte – weil es offenbar keine Lösung geben soll, vor einer Barriere, vor der ich mich wie ein Gefangener bewege.
Die Sache – vielleicht haben Sie sogar schon davon gehört? – ist folgende: Im März 85 wurde mir vom Deutschen Literaturfonds in Darmstadt für die Dauer von einem Jahr ein monatliches Arbeitsstipendium verliehen, dessen Inanspruchnahme mich für diese zwölf Monate – ab einem beliebigen Zeitpunkt noch 1985 beginnend – an eine Adresse in der BRD bindet. Sonst stellt man mir keine Bedingungen, außer der, daß eine während dieses Aufenthalts konzipierte Arbeit einen Druckvermerk über diese Förderung enthalten soll. Daraufhin stellte ich, nachdem ich mich lange bedacht hatte, im Mai dem Ministerium für Kultur (der HV Verlage und Buchhandel) einen Antrag auf ein für zwölf Monate begrenztes Visum, zwecks freier Aus- und Einreise zwischen Westdeutschland und der DDR (und Westberlin), mit der Bitte, die Reiseerlaubnis ab 1. September gültig werden zu lassen. Das Gesuch wurde mir vom Kulturministerium abschlägig beantwortet (Ende August, nachdem man lange Unentschiedenheit vorgab), mit dem Hinweis, das Erscheinen meines Buchs »Der Brief« im Westen könne durch ein solches Visum nicht noch honoriert werden (während aber, das nebenbei, in ganz ähnlich liegenden Fällen derartige Visen gegeben wurden, an Autoren, die danach auch in die DDR zurückkehrten). Deshalb schrieb ich in der Sache an Erich Honecker – übrigens auf Empfehlung von Seiten der HV Verlage, als ich dort nach meinen Einspruchsmöglichkeiten fragte – von dort wurde der Fall an das Ministerium für Kultur zurückdelegiert und mir geantwortet, es sei eine endgültige Klärung angeregt worden. Dafür ist nun die Zeit, die man für die Bearbeitung von

Beschwerden befristet hat, verstrichen und ich habe keine Antwort. Mit der Bitte um Unterstützung wandte ich mich zusätzlich an das P. E.N.-Zentrum der DDR (obwohl ich da nicht Mitglied bin), von dort erhielt ich ebensowenig Antwort. Nun entschloß ich mich, meinen Antrag dem Kulturministerium zu wiederholen, ich erklärte und begründete die Sache nochmal in aller Ausführlichkeit, und bat dringend um eine positive Entscheidung. Jede Antwort blieb aus: ich rief heute dort an; man sagte mir, ich solle warten. Es bliebe mir nichts übrig, ich habe hier alle meine Möglichkeiten ausgeschöpft.

Nun habe ich natürlich Überlegungen über den Sinn solchen Verfahrens angestellt, und ich bin beinahe ohne Umweg auf einen Verdacht gekommen, der mir mit Blick auf die Praxis, mit der man hier in den letzten Jahren Konflikte mit Schriftstellern auszutragen sich fast zum Prinzip gemacht hat, immer gerechtfertigter erscheint. Man kann es mir zwar nicht direkt sagen – direkt sagt man es mir seit ein paar Jahren nicht mehr – jetzt wünscht man verbal mein Hierbleiben und drückt es dauernd mit dem Wort »Anwesenheit« aus (dabei hat Franz Fühmann das eigentlich Unumstößlichste über dieses Befinden geschrieben), aber auf welchen Sinn soll ich, vernünftig, aus der vorliegenden Praxis schließen. – Die Erfahrung mit bestimmter Taktik – unendlich wiederholte Mitteilungen, es werde über meine Angelegenheit noch beraten – die mich von Mai, als ich den Antrag stellte, bis zu seiner Nichtgenehmigung Anfang September hingehalten hat, läßt mich die zweite Auflage des gleichen Musters jetzt schon im Ansatz erkennen. Dabei weiß man genau, daß mir das Stipendium am Ende des Jahres verfällt. Endlich muß ich hinter einem so deprimierenden Satz – »Sie haben hier alle Ihre Möglichkeiten ausgeschöpft« – unbedingt einen längeren Gedankengang vermuten, als den, der lediglich aussagt, daß ich mich auch schon an den Staatsratsvorsitzenden gewandt habe. Ich kann mich nicht darüber täuschen, daß unter einem solchen Satz der Gedanke an das Ende meiner Möglichkeiten in der DDR lauert. Ich komme nicht mehr an der Ahnung vorbei, es verstecke sich irgendwo die Erwartung, die »einfachste Lösung« des Konflikts werde sich so im Selbstlauf ihren Weg suchen: die Erwartung, daß ich mich bei beständiger Verweigerung von Reisemöglichkeiten entschließen würde, der DDR den Rükken zu kehren, scheint mir eine Form von zwingender Logik für die hiesige Kulturpolitik angenommen zu haben. Man weiß, daß ich mich, würde man auf der Verweigerung des Visums bestehen, in die widerwärtigste Existenzform, die der hoffnungslose DDR-Käfig zu bieten hat, zurückgeworfen fühlte: die Alternative, entweder ein mundtoter oder ein provinzieller Schriftsteller zu sein, und davon seine Prägung zu erfahren.

Eigentlich wollte ich es immer vermeiden, darauf aufmerksam zu machen, daß ich das, was man hier an meinen Schreibversuchen für unannehmbar hält, als

Ergebnisse dieser Prägung erkannt habe, ich hatte es für besser gehalten, diese Dinge literarisch zu bewältigen, sie nicht durch Polemik oder Interpretation ihrer Möglichkeit zu berauben, daß sie eines Tages Literatur werden könnten. Denn das Thema ist eigentlich für das Schicksal der Wahrheit dieses Landes zu wertvoll – selbst dann noch vielleicht, wenn man es falsch anfängt – als daß es durch Polemik entstellt werden sollte; in Literatur aufzugehen, ist für mich die einzige Hoffnung, daß aus der beispiellosen Einschlußsituation der jüngeren DDR-Literatur noch etwas wie Wahrheit entstehen könne, und nicht eine geistige Katastrophe. Im Grunde haben wir die Katastrophe schon: ein Teil der jüngeren DDR-Literatur verzichtet – um des Privilegs der Westreisen willen – in einem niedagewesenen Maß auf Wahrhaftigkeit.

Ich bin abgewichen: ich wollte eigentlich sagen, daß mich die Frage zunehmend beschäftigt, ob man hofft, ich würde aus dem Land gehen wollen, wenn man mich in einen Zustand von Provinzialität (mir fällt nur solch ein vager Ausdruck ein) zurückverbannt, den ich für unannehmbar halten müßte. Tatsächlich, ich halte es für vollkommen unannehmbar, aber ich habe wiederholt gesagt, daß ich einen Wechsel der Staatsbürgerschaft nicht in Betracht ziehe, so lange mich nicht Gewalt dazu zwingt. Nun nähert sich aber für mich die Verweigerung eines Reisevisums, wie man es auch immer sehen will, einer Form von Gewalt, die sich gegen die Befreiung meines Schreibens von Begrenzungen richtet, die ich für dringend notwendig halte, und die mich seit etwa einem halben Jahr zum Gegenteil meiner Absicht zwingt, zum Polemisieren. In meinen Briefen zu dieser Sache habe ich dauernd von meiner Eigenverantwortung für mein Schreiben gesprochen: ich würde es für unverantwortlich für meine Arbeit halten – andere könnten da anders denken – einen Ausreiseantrag zu stellen, ich würde es für einen Zusammenbruch halten, andererseits fühle ich mich geradezu verpflichtet, mein Werk und mein Bewußtsein aus seiner tödlichen Eingrenzung zu befreien, aus seiner Gefangenschaft in der Tretmühle ständig wechselnder kulturpolitischer Rücksichten, wofür ich in der Nutzung dieses Stipendiums einen Weg sah. Andererseits halte ich das Ganze einfach für mein Recht … es ist fast lächerlich, und schon wieder zwiespältig, ein eigentlich unveräußerliches Recht nur für die Dauer eines Jahrs zu verlangen. In diesem Sinn habe ich in meinem Brief an Herrn Höpcke von meinem Menschrecht gesprochen, obwohl ich weiß, daß dieses Wort in der DDR zu den Tabus gehört, deren bloße Erwähnung schon den Verdacht von Staatsfeindlichkeit heraufbeschwört.

Ich habe inzwischen den Gedanken, dieses Thema, an Hand meines Beispiels, in der DDR öffentlich – mit den freilich lächerlichen Formen von Öffentlichkeit, die man damit hier erreichen kann – aufzuwerfen. Und ich wollte Sie fragen, ob Sie dies aus Ihrer Sicht für ratsam halten.

In der Hauptsache aber wollte ich Sie fragen, ob Sie die Möglichkeit sehen, mein Ersuchen um Genehmigung dieses einjährigen Reisevisums an einer vielleicht maßgebenden Stelle mit Ihrer Einflußnahme zu unterstützen. Ich frage Sie mit aller Vorsicht, und es fällt mir schwer, Sie mit Dingen zu behelligen, die für Sie womöglich sehr minderen Ranges sind. Und ich würde es auch vollkommen akzeptieren, wenn Sie mir ein glattes Nein sagen. Immerhin aber bitte ich Sie um Verständnis: es ist niederschmetternd, wenn man mit Dingen, die Kleinigkeiten sein müßten, aussichtslos ins Leere läuft.
Ich würde übrigens, wenn Sie es für nötig oder angebracht halten, oder aus sonst einem Grund wünschen, auch mündlich mit Ihnen darüber sprechen, in Berlin, oder wo immer Sie wollen.
Ich bitte Sie für diesen Brief um Verzeihung, bin
mit herzlichen Grüßen
Ihr
Wolfgang Hilbig

Wolfgang Hilbig Leipzig, den 28. Oktober 1985
Spittastr. 19
7033 Leipzig

Lieber Herr Stephan Hermlin,

ich danke Ihnen für Ihr großartiges Verständnis: ich hatte nie daran gezweifelt, die vorsichtigen Entschuldigungen und Ausflüchte in meinem Brief waren lediglich die Anzeichen meiner Furcht, Ihnen die Zeit zu rauben. Und dann war die Hoffnung, daß an dieser »Nahtstelle«, um die es ging, doch etwas zu machen sein müsse, und sei es nur in einem Einzelfall, für mich inzwischen so auf die Probe gestellt, daß sie eines Nachweises ihrer Berechtigung bedurfte. Die Berechtigung dieser Hoffnung zu bestätigen, ist der Erfolg Ihres schönen und unverzögerten Handelns, für das ich sehr dankbar bin.
Der Erfolg, über den ich Sie nun in nur trockenen Worten informieren kann, stellte sich sehr schnell ein: am gleichen Tag, an dem ich Ihr zweites Telegramm erhielt, kam auch ein solches von der HV Verlage u. Buchhandel, mit dem ich dorthin bestellt wurde. Dort schien dann die Sache schon zugunsten des Visums entschieden, das mir am 6. Nov. gegeben werden soll.
Inzwischen habe ich auch – schon nach Ihrem ersten Telegramm war ich einigermaßen ruhig – die Arbeit an diesem Prosastoff wieder aufgenommen, von dem

ich so abgelenkt worden war (was ich eigentlich schon zu Beginn der Reise fertig haben wollte, so plante ich irgendwann am Anfang dieses Jahres), d.h. ich sammle die Bruchstücke und finde sie plötzlich sogar verwertbar. Die Arbeit eines Schriftstellers entbehrt wohl doch nicht einer gewissen Mechanik? Aber vielleicht ist es auch gut so, daß man so schnell zur Tagesordnung übergehen kann … drüben, in der BRD, werde ich demnächst nun wohl Mühe haben, einer anderen Art von Beeinträchtigungen, oder von Hektik, zu entgehen; ich mache mir keine Illusionen. – Mein Blick wird natürlich nach hier gerichtet bleiben müssen, aber ich stelle mir ihn – so naiv das ausgedrückt ist – aus der anderen Richtung doch auch erweiternd vor.
Sicher wird sich die Gelegenheit ergeben, Ihnen darüber zu berichten.
Vorerst verbleibe ich mit den herzlichsten Grüßen
Ihr
Wolfgang Hilbig

ULRICH KOCH

FRIEDHOFSBESUCHER

Gedichte

DIE APOKALYPTISCHEN WRITER

Wenn ihre Verse auf eigenen Füßen stehen,
ziehen sie in ein Funkloch
und ernähren sich redlich weiter
von Tierversuchen und Fernzügen.

Ständig wollen sie vom inneren Kind berichten.
Es liebt Pfannkuchen und Handfeuerwaffen.
Dieses Ziehen in den Zehen:
Sind das schon die Eröffnungswehen?

Abends triumphieren sie auf den Rückfahrten:
Reiskörner in Großraumwagen.
Gegen Ende des Berufslebens
verlieren sie ihr Deckhaar

und warten vor dem Spiegel darauf,
daß ihre Gesichter keimen.
Mit den letzten Wachstumsschüben
werden sie kleiner.

Sie schlafen bei Licht und schreiben im Dunkel,
sommers, winters, von früh bis spät.
Sitzen, voneinander gezeichnet, füreinander Porträt:
jeder in den anderen selbstverliebt.

DIE KUNSTFIGUR MEINER MUTTER

In ihrem Museum der Gegenwart
vollführt sie einen Spagat.
Mit einem Bein noch Besucherin,
mit dem anderen schon Exponat.

FRIEDHOFSBESUCHER

Außerirdische, die festgetretene Oberfläche
des fremden Planeten
nach Leben absuchend.

Nachkommen
mit unverständlichem Gemurmel,
Überlebende mit leisen Schritten
auf dem Kies.

Tiere, die bei Anbruch der Dunkelheit
einen Schlafplatz suchen.

NACHTS IMMER in der Angst,
daß man meinen Schlafsack anzündet.
Jeden Morgen geht die Sonne auf,
liebende Sau,
die ihre Jungen frißt.

Dort, in der Siedlung
mit den abgeklebten Fenstern,
leben wir. Dreihundert von uns teilen sich einen Stift
und einen Notizblock,
Betten und Duschen im Übermaß.
Alle Klingeln ohne Namen.
In den Aufzügen sind Singstimmen steckengeblieben.

Morgen bin ich an der Reihe.
Heute übe ich meine Reflexe: zieh' deine Hand
aus der Schrift zurück,
bevor der Schlag dich trifft.

Ungewiß.
Aber vielleicht schreibe ich doch noch einmal
ein *elementares Gedicht*.
Morgen.
In Sandalen
und halbnackt.
Es wird verhöhnt werden
und seinen Titel bis auf den Gipfel tragen.

Überall sitzen welche
mit zwischen den Zeilen
blau angelaufenen Lippen.
Vor der Tür liegt eine aufgeplatzte Kastanie
wie ein letzter Warnschuß ins Genick.

SCHATTENABRECHNUNG

Tauben erhellen die Innenhöfe.
Die Eichen werfen
ihre Geweihe ab.

In den Schlachttransporten reiben sich die Schweinehälften
aneinander.
Auf dem Maschener See treiben Schwäne, wetterfühlig
wie Narben.

Jungfern über den Teichen im Rückwärtsflug.
Im Totholz sonnen sich Pilze
auf dem Höhepunkt ihrer Macht.

Die Rücklichter des LKW vor uns,
der Flüssiggas transportiert: ein Großer Admiral
hält die Dämmerung in der Schwebe.

Vorsichtig laufen neben dem Spätzug die Berge her.
Wenn die Wunde sich schließt,
fallen wir ab: totes Gewebe.

SCHEREN (#2)

Mein Engel hat Läuse
aus der Schule mitgebracht.
Ich beruhige ihn und sage,

ich kämme dem Himmel
nur die Sterne aus.
Lautlos fallen die Büschel

in die geöffnete Muschel
des Waschbeckens.
Durchs Fenster scheint

der kahlgeschorene Mond.
Als hätte jemand über uns ein Loch
in das Eis des Sees geschlagen.

ZOOM

Kommt jemand hier im Raum auf meinen Namen?
Du da mit der geblümten Bluse im rechten oberen Bildschirmeck,
zerrupf mal ’ne Blüte, Blatt für Blatt, und beginn’ zu raten:
Wer war ich, als wir zusammen waren?

Anmutig ist der Mensch,
so verlassen unter vielen: reine Schönheit, abgefuckt,
Medusenhaupt der Videokonferenz
aus zwei Dutzend Köpfen, unausgeschlafen, abgeschlagen.

Torsi auf Sitzball, ein Heldenfries aus Haltungsschäden,
Versager im Relief. Bürotassen mit Gigantennamen:
Peter, Tanja, Chef.

Wer hier wohl wen zuerst verläßt? Es ist wie immer,
ich geh zuletzt. Auf *mute* gestelltes Selbst.
Der letzte löscht das Ich.

VOLKER HAGE

OLGAS HEIMKEHR

1

Sie wartet in seinem Salon, Frankgasse 1, neunter Bezirk. Es ist ein heißer Julitag in Wien, 1899. Olga Gussmann ist siebzehn Jahre alt, und sie wartet auf Arthur Schnitzler. Er ist Arzt wie sein Vater und sein Bruder. Er unterhält eine Praxis für Kehlkopferkrankungen, Sprechstunde von drei bis fünf. Und er ist Schriftsteller. Olga kommt nicht als Patientin zu ihm, sondern wegen seiner Theaterstücke und Novellen. Mit seinem Schauspiel »Liebelei«, vor vier Jahren uraufgeführt im Burgtheater, ist er über Nacht berühmt geworden. Dieses Stück liebt sie besonders, sie hat es immer wieder gelesen.

Vor diesem Besuch hat sie ihm eine Briefkarte geschrieben und mit ihrem Künstlernamen unterzeichnet: Dina Marius. Sie hat sich viel Mühe mit diesem Brief gegeben, um nicht wie eine unbedarfte Autogrammjägerin dazustehen. Und um ihm zu zeigen, daß sie zu formulieren weiß, daß ihre Begeisterung für sein Werk keine leere Floskel ist.

Er hat ihr umgehend geantwortet und sie für den hübschen Brief gelobt. Leider seien ihm gerade die Fotos ausgegangen. Er werde sich wieder bei ihr melden. Und dann steht da noch: »Ich bin eigentlich neugierig, wer Sie sind«. Sofort hat sie einen zweiten Brief verfaßt und geschickt: Sie sei ein siebzehnjähriges Mädchen, das sein eigenes Leben »voll und ganz« haben wolle. Sie wünsche sich, ungehindert »Ich« zu sein. Sie verehre seine Novellen und seine Theaterstücke, vor allem »Liebelei« und »Die Gefährtin«. Und sie schreibt dazu: »Es ist also wirklich wahr, –? er sucht die Gefährtin? – Aber sie sucht ja auch ihn! Ihr ganzes Leben lang! – So ist doch Hoffnung vorhanden, daß sie sich dereinst finden?«

Er ist ihr Held, dieser Dichter, auch der ihrer Schwester Liesl, die zwei Jahre jünger und sehr altklug ist. Die Mutter ist vor einiger Zeit gestorben; der Vater kümmert sich kaum um seine beiden Töchter, eigentlich gar nicht. Was ihr Held schreibt, und Olga kennt nahezu alles von ihm, ist so ganz und gar anders als das, was sonst im Theater zu sehen ist. Da kommen Figuren auf die Bühne, wie man sie aus dem Leben kennt. Und daß die Mutter ihr einmal den Besuch seiner Aufführungen verbot, macht alles nur noch interessanter. »Wenn ein junges

Mädchen beim Besuch eines Schnitzler-Stücks gesehen wird«, so waren ihre Worte, »bekommt es einen schlechten Ruf und kriegt nie einen Mann!« Aber die Mutter lebt nicht mehr, und wann immer genügend Taschengeld vorhanden ist, geht Olga ins Burgtheater, ganz oben in die vierte Galerie.

Kürzlich hat sie einen Leserbrief an Karl Kraus geschickt und sich energisch über die Behandlung ihres Dichters in der »Fackel« beschwert. Daß sie gern schrecklich streiten wolle, hat sie dem Herausgeber und Autor geschrieben. Eine Antwort ist prompt in einem Heft Ende Mai 1899 erschienen, gerichtet an Dina M.; sie lautete: »1. An Schnitzler habe ich nie ›mißmutig herumgezerrt‹. 2. Ich bin bereit, mit Ihnen ›schrecklich zu streiten‹.« Darauf ist sie allerdings nicht eingegangen.

Bald darauf aber ist eine Briefkarte von ihm selbst gekommen, von Arthur Schnitzler: Das Bild liege nun bereit.

»Wollen Sie sich's holen?«

Deswegen sitzt sie jetzt hier. Sie wartet im Salon mit Polstermöbeln, Kristalluster, Venezianerspiegel. Seine Praxis ist auf demselben Stockwerk wie die Wohnung seiner Mutter.

Dann steht er vor ihr, der Dichter, nach dem im Theater alle Mädchen die Hälse recken, wenn er sich, selten genug, in der Direktorenloge zeigt. Er ist 37 Jahre alt und kleiner, als sie erwartet hat. Aber was für eine imposante Erscheinung ist er, mit rötlichblondem Haar und Bart – und diese hellblauen Augen! Sie ist verlegen, aber er lächelt sie an und sagt: »Liebes Fräulein Marius, treten Sie ein.« Er reicht ihr die Hand, und schon verschwindet alle Scheu. In seiner Gegenwart fühlt sie sich sofort wohl. Sie schaut ihn nur an, während sie miteinander sprechen, sie achtet nicht auf das Interieur des Zimmers, sie wird hinterher nicht einmal mehr wissen, wie der Stuhl aussah, auf dem sie anderthalb Stunden lang gesessen hat. Sie kann gar nicht aufhören, über Wünsche, Pläne, Hoffnungen und Erwartungen ans Leben zu reden. Er hört ihr zu, er stellt Fragen, wobei er ihr in die Augen schaut, so daß sie denkt: Er versteht mich.

Und das Schönste: Er möchte sie wiedersehen. Beim Abschied sagt er: »Sie werden sich melden, nicht wahr? Sie versprechen es.« Natürlich verspricht sie es, beglückt und verwirrt.

In seinem Tagebuch notiert sich der Schriftsteller: »Nachmittags junges Mädchen, Dina M., da, intelligent.« Das wird sie aber erst mehr als drei Jahrzehnte später lesen.

Nach ihrem Besuch hat sie die Befürchtung, sie könnte ihm lästig fallen und er habe es vielleicht gar nicht ganz ernst gemeint. So läßt sie fast ein halbes Jahr verstreichen. Erst im November meldet sie sich wieder. Mittlerweile besucht sie die erste Klasse der Schauspielschule mit Tanz- und Sprachstudium; auch Unterricht im Fechten erhält sie. Ein wenig verliebt ist sie in den schönsten Knaben der kleinen Truppe, dem sie offenbar auch gefällt. Aber was kann er schon gegen die Faszination ausrichten, die der Dichter auf sie ausübt? Während eines abendlichen Spaziergangs mit dem jungen Mann kommt sie nicht ganz zufällig am Haus in der Frankgasse vorbei. Sie zeigt darauf und läßt ihn wissen, wer dort residiert. Da sagt der Verehrer: »Wissen Sie, wie ich mir jetzt vorkomme? Wie ein Jagdhund, der dem Jäger die Beute bringen muß, die er gern selber fressen möchte.«

In den kommenden Monaten besucht sie ihn, den Jäger, regelmäßig in der Frankgasse, immer während der Sprechstunde. Sie ist beglückt, daß er sie so ernst nimmt. Mehr nicht. Sie kommen regelmäßig ins Plaudern, er kann gut zuhören, und sie verliebt sich in seine Stimme. Im Abstand von drei bis vier Wochen kommt sie. Er fragt nach dem Schauspielstudium, nach den Lehrern und nach Liesl, von der sie ihm in den höchsten Tönen vorgeschwärmt hat.

Bei einem dieser Besuche erkundigt sie sich nach dem geheimnisvollen Werk, von dem angeblich nur ein Privatdruck existiert. Sie findet sich sehr mutig, als sie danach fragt. Ob sie ein Exemplar erhalten könne? Doch da winkt er ab. Es handle sich bloß um ein paar Dialoge, mehr nicht, um Dialoge, die er weder veröffentlichen noch einem Theater anbieten könne. Es würde nur zu neuen Mißverständnissen führen, und davon gebe es mehr als genug. Nein, er würde ihr ungern ein Exemplar aushändigen, da er fürchte, ihr unsympathisch zu werden. Dann sagt er unvermittelt: »Aber wenn Sie darauf bestehen?«

Nein, sie besteht nicht darauf, obwohl er es ihr damit im Grunde angeboten hat. Er möge es ihr zeigen, wann immer er es für angebracht halte.

Im Mai 1930, anderthalb Jahre vor seinem Tod, wird er ihr die »Reigen«-Handschrift, das Original, schenken. Mit der Widmung:

Dieses Manuscript
Reigen
gehört Olga
Arthur Schnitzler
Wien, 15. Mai 1930

Zu Beginn des Jahres 1900 drückt er ihr das Manuskript eines anderen Schauspiels in die Hand. Es heißt »Der Schleier der Beatrice« und ist ebenfalls noch nicht aufgeführt worden. Sie liest die halbe Nacht durch, im Schein zweier Kerzen, um ihre Schwester Liesl, die im selben Zimmer schläft, nicht zu stören. Und sie schreibt ihm um drei Uhr in der Nacht: »Um diese Stunde kann ich's Ihnen ja sagen. Ich möchte Ihnen am liebsten die Hände küssen.«

Er schreibt mit leisem Spott zurück: »Von Ihrer Überschwenglichkeit werde ich Sie natürlich heilen, wenn wir uns wieder sprechen.« Doch da ahnt sie schon, daß sie einen entscheidenden Punkt getroffen hat: seine Sucht nach Anerkennung und Zustimmung. Er sei neugierig, schreibt er noch, auf »das viele Gescheite«, das sie ihm zu sagen habe.

Er hat dieses historische Versdrama, das zur Zeit der Renaissance spielt, wieder für das Burgtheater geschrieben. Doch der Direktor, der das Stück schon angenommen hat, lehnt es plötzlich ohne überzeugende Begründung ab. Erst Monate später, im Dezember 1900, kommt an einem Breslauer Theater eine verunglückte Uraufführung zustande. In Wien nimmt niemand Notiz davon. Schnitzler ist verzweifelt.

Olgas Wunsch ist es, ihn zu begleiten, ihm Trost zu spenden und Kraft zu geben. Und von ihm so geliebt zu werden, wie sie ihn längst liebt. Sie möchte ihm zur Seite stehen, aber in Zukunft auch selbst als Künstlerkollegin erfolgreich sein und respektiert werden, vor allem von ihm. Ob als Schauspielerin oder Sängerin, das weiß sie noch nicht.

»Der Schleier der Beatrice« wird ihr gemeinsames Leben umrahmen. Als das Schauspiel im März 1903 endlich eine erfolgreiche Inszenierung am Deutschen Theater in Berlin erlebt, ist ihr gemeinsamer Sohn Heinrich schon auf der Welt, bis zur Eheschließung wird es allerdings noch mehr als ein Jahr dauern; als es 1911 zu einer gelungenen Aufführung am Hamburger Schauspielhaus kommt, hat ihre Tochter Lili, vom Vater vergöttert, schon den zweiten Geburtstag gefeiert; 1925 schließlich, als es doch noch seinen Weg auf die Bühne des Burgtheaters findet, ein Vierteljahrhundert nach der Ablehnung, ist sie, Olga Schnitzler, aus der gemeinsamen Villa im Cottage-Viertel längst ausgezogen. Und eine geschiedene Frau.

2

Wien, Zentralfriedhof, 23. Oktober 1931. Sie stand vorn an seinem Grab, tiefverschleiert, ganz in Schwarz, wie eine Witwe. Ihr Sohn Heinrich stand hinter ihr. Es war ein würdiges Begräbnis: Menschenmengen auf dem Zentralfriedhof, ein einziges Blumenmeer. Arthur Schnitzler war zwei Tage zuvor in seinem Haus gestorben. Kaum jemand hatte damit gerechnet, allenfalls sein Arzt, aber der hatte geschwiegen. Olga konnte es immer noch nicht fassen, daß auch er nicht mehr lebte; Lili, ihrer beider Tochter, war schon so lange tot. Seine Gesundheit war angegriffen, das wußte sie, aber das war sie schon seit Jahren. Er hatte nicht einmal sein siebzigstes Lebensjahr erreicht.

Olga Schnitzler war wieder in Wien. Ihr Sohn, der Alleinerbe, hatte als Schauspieler ein Engagement in Berlin. Und er hatte ihr erlaubt, wieder in die Villa in der Sternwartestraße einzuziehen und das Haus zu hüten. So lange, bis er nach Wien zurückkehren würde. Es war ihr Zuhause: Hier hatten sie als Familie

gelebt, hier waren ihre beiden Kinder groß geworden, hatten im Garten gespielt und mit dem Kinderfräulein die Gegend erkundet. Glückliche Zeiten waren das gewesen.
Aber dann hatte Arthur sie aus dem Haus vertrieben. Wie sollte man es anders nennen? Er hatte sie vor die Wahl gestellt: entweder ihren jungen Liebhaber zu verlassen oder ihn und die Kinder, auch die kleine Lili, die erst elf gewesen war. Sie hatte sich falsch entschieden, und es hat ihr das Herz gebrochen. Als sie wieder zurückkehren wollte, als die Affäre mit dem jungen Gesangslehrer vorbei war, blieb er unerschütterlich, unerbittlich.
Zwölf Jahre war das her. Nirgendwo war sie danach mehr heimisch geworden, weder in Salzburg oder München noch in Baden-Baden oder Berlin. Für sie waren das alles nur Stationen, ohne Bedeutung. Ihr kam wieder eine Zeile aus »Beatrice« in den Sinn: »Auf leichten Flügeln rauscht mein Leben hin.« Sie kannte immer noch viele Passagen auswendig.
Und genau so war ihr jetzt zumute. Sie hatte nie in dem Stück mitspielen dürfen. Und wie sehr hatte sie es sich gewünscht. Ihr Stück! Das sie in einer Nacht gelesen hatte, vor allen anderen.
Jetzt aber war Olga Schnitzler endlich wieder in ihrem wahren Zuhause. Seinen Namen hatte sie nie abgelegt, warum auch. Der Kontakt zu ihm war auch nach ihrer Trennung und Scheidung nie abgerissen.
Ganz Wien stand unter dem Eindruck seines Todes. Auf dem Giebel des Burgtheaters wehte die Trauerfahne, eine Ehrung, die gewöhnlich nur verstorbenen Mitgliedern des Theaters zuteil wurde. Die Wiener Zeitungen hatten seinen Tod auf den Titelseiten gemeldet und Kollegen Nachrufe geschrieben, sich voller Trauer von ihm verabschiedet. »Arthur Schnitzler, der geliebte Dichter, der herrliche Mensch, ist nicht mehr«, so war von Franz Werfel in der »Neuen Freien Presse« zu lesen gewesen: »In der Stunde fassungslosen Schmerzes kann seine Gestalt, sein Werk, seine Wirkung nicht überblickt werden.« Und auf derselben Seite hatte Felix Salten geschrieben: »Für alle diejenigen, die das Glück genossen, ihm nahe zu sein, den Zauber seiner Stimme, die gütige Weisheit seiner Reden zu vernehmen, für alle, die es als etwas Kostbares empfanden, in sein edles Antlitz zu schauen und in die zärtliche Flamme seiner Augen, gilt nur der bittere Schmerz: er war.« Und gleich daneben Stefan Zweig: »Allen verbunden, wußte er doch innerlich frei zu bleiben, und niemandem verpflichtet als seiner eigenen Pflicht zeigte er uns Jüngeren ein Vorbild exemplarischen Lebens und reinen Dichtertums.« Das illustrierte Wochenblatt »Wiener Bilder« hatte sein Porträt groß auf der Titelseite gebracht.
Auch in den Tagen danach war der Verlust immer wieder beschworen worden: für das Kulturleben, für Österreich. Nun plötzlich. Hätte er all das lesen können,

was es an berührenden, auch pathetischen Nachrufen gab, er wäre glücklich gewesen, endlich einmal zufrieden mit der Liebe und Anerkennung, die man ihm entgegenbrachte. Auch über den Nachlaß wurde in der Zeitung spekuliert, Heinrich hatte der »Neuen Freien Presse« offenbar das Testament zum Abdruck überlassen. Das fand sie, seine Mutter, despektierlich. Aber es fragte sie ja keiner. Immerhin hatte Heinrich ihr den gesamten Nachlaß anvertraut. Alles lag im Raum unterhalb der Veranda, nur vom Garten her zugänglich. Alles sollte dem Wunsch des Toten gemäß erhalten bleiben. Dafür wollte sie, Olga, sorgen. Sie hatte die Verfügungsgewalt, solange ihr Sohn in Berlin blieb. Sie ganz allein. Und nicht etwa Clara Pollaczek, die sich seit Jahren und jetzt erst recht als Arthurs Gefährtin aufspielte und kitschige Gedichte über ihn in der Zeitung veröffentlichte, wobei sie aufdringlich ihre Vertrautheit mit dem Toten zur Schau stellte. Mitte November las Olga in der »Neuen Freien Presse« wieder ein schreckliches Gedicht von ihr, dieses Mal aus Anlaß der Totenfeier im Burgtheater. Der pure Kitsch:

Wird dieser Augen tiefes Kinderblau
Nie mehr in unsre Seelen forschend gleiten –
Wird seiner Füße leichtbeschwingtes Schreiten
Nie mehr geliebten Wald, geliebte Au
Berühren?

Und so noch weiter. Hatte er, der große Dichter, das verdient? Aber warum hatte Arthur diese Clara überhaupt in sein Leben gelassen? Die jetzt auch um ihn trauerte, gewiß. Aber sie war eben nie seine Frau gewesen, hatte keine Kinder mit ihm und auch nicht in diesem Haus gelebt. Ich bin zwar nur die geschiedene Frau, dachte Olga, und nicht die Witwe. Aber ich wohne jetzt hier. Clara hätte gern ihre Stelle eingenommen, aber Arthur hatte es stets zu verhindern gewußt. Vielleicht auch, um sie, die Mutter seiner Kinder, nicht zu kränken. Eine bequeme Geliebte war Clara für ihn gewesen, mehr nicht, schon gar nicht eine lebenslange Liebe. Auch nach der Scheidung hatte er immer wieder bei ihr, Olga, nur bei ihr Rat gesucht, besonders wenn es um die Einschätzung von Manuskripten ging. Ihr Urteil war ihm stets wichtig gewesen, das wußte sie. Aber die Rückkehr zu ihm hatte Clara versperrt.

Sie hatte nicht bei ihm sein können, als er starb. Dafür, dachte sie, kann ich jetzt über alles verfügen: über sein Tagebuch, die Briefe, die Entwürfe, die verschiedenen Fassungen seiner Werke, alles, was er meist mit Bleistift skizziert, was er ausgearbeitet oder verworfen hatte. Alles von ihm sorgsam aufgehoben. Er sei nun einmal von Natur aus pedantisch, hatte er ihr oft gesagt. Das war er in der Tat, ein penibler Sammler, sein Leben lang. Er hatte Listen angelegt, unendlich viele Listen. Er wollte sich den Überblick bewahren, über sein Schaffen und sein Leben, über Reaktionen und Rezensionen, über Beschimpfungen, antisemitische Hetze, über Freunde und Feinde, den Alltag, die Liebe und das Altern. Allein die eigens angefertigten Schubladenschränke, in denen das alles abgelegt war: chronologisch geordnet nach Korrespondenzpartnern. Sie nahm sich vor, Schublade für Schublade durchzugehen.

Vor allem interessierte sie das Tagebuch, das er säuberlich Jahr um Jahr in Einzelmappen verpackt hatte. Sein Wunsch war es, daß die Aufzeichnungen später einmal ungekürzt veröffentlicht werden sollten. So hatte er es im Testament festgelegt. Alles, was ihre gemeinsame Zeit betraf, also die Jahre nach 1899, sollte erst vier Jahrzehnte nach seinem Tod geöffnet und publiziert werden, die Aufzeichnungen davor bereits nach zwanzig Jahren. Bis zum Tag der Veröffentlichung sollten die Tagbücher »ungelesen von jedermann« aufbewahrt werden. Also erst 1971, was sie selbst und ihre Ehe betraf? Und bis dahin ungelesen? Das konnte nicht für sie gelten. Im Tagebuch des Toten zu lesen, kostete sie allerdings Überwindung, zumal sie befürchten mußte, insgesamt keine vorteilhafte Rolle darin zu spielen. Aber: Was eines fernen Tages die Nachwelt lesen dürfte, das sollte sie doch wohl zur Kenntnis nehmen können. Es betraf schließlich ihr Leben. Er hatte über sie und ihre gemeinsamen Jahre geschrieben, ohne sie zu fragen. Und wann immer sie einen Blick hatte hineinwerfen wollen, war es von ihm grimmig verweigert worden. Zeitweilig hatte er das Tagebuch in einem Banksafe aufbewahrt.

Nun war sie in der Lage, all das ungestört zu lesen, was er über sie gedacht und geschrieben hatte. Wer war schon in der Lage, das eigene Leben kontinuierlich beschrieben zu finden, und dann noch in den Worten eines bedeutenden Schriftstellers, ihres ehemaligen Ehemannes? Nein, das würde sie sich nicht entgehen lassen. Skrupel hatten die Eltern schließlich auch nicht gehabt, als sie einst die Aufzeichnungen der toten Tochter in Venedig an sich genommen und Arnoldo, dem Witwer, vorenthalten hatten. Nach der Lektüre hätte sie am liebsten alles vernichtet. Aber sie hatten es beide nicht übers Herz gebracht. So lagen Lilis Hefte und Briefe noch hier im Haus, mitsamt den Typoskripten, den Abschriften, die Arthur seiner Sekretärin diktiert hatte, mit drei Durchschlägen: zwei für die getrenntlebenden Eltern und einen für Heinrich, den Bruder.

Er, Heini, konnte ganz unbesorgt sein. Sie würde der Versuchung widerstehen, Arthurs Tagebuch als ihr Eigentum zu betrachten. Nicht eine Zeile würde sie unkenntlich machen, kein einziges Blatt entfernen. Sie war keine dieser Dichterwitwen, die vor der Nachwelt verstecken wollten, was ihnen nicht paßte.

Und doch verging einige Zeit, bis sie sich endlich die Mappe des Jahres 1900 vornahm, jenes Jahres, in dessen zweiter Hälfte sich zwischen ihr und Arthur alles so rasch entwickelt hatte. Wie selbstsicher war er ihr vorgekommen! Ein über die Grenzen Österreichs hinaus bekannter Dichter, zu dem sie aufschauen, der ihr Schutz bieten würde.

Und was las sie? Er habe Sehnsucht danach gehabt, ein völlig anderer zu sein: schön, schlank und ritterlich. Das hatte er ausgerechnet an jenem Apriltag notiert, an dem sie bei ihm zu Besuch gewesen war. Er fühle sich erotisch wie krank, und dann steht da: »Möchte alle haben.« Aber an sie, Olga, hatte er offensichtlich nicht gedacht. Sie waren noch per Sie gewesen: die gerngesehene Gesprächspartnerin und der Mann ihres Herzens.

Im Mai jenes Jahres, das wußte sie auch ohne sein Tagebuch, hatte sie ihm Blumen zu seinem 38. Geburtstag geschickt. Und nun las sie, daß er diesen Tag als »ziemlich jämmerlich« empfunden habe, von unerträglichem Kopfweh war die Rede. Notiert hatte er auch: »Anonym Blumen (Dora), Blumen von P. M. und D. M.« D. M. war sie, Dina Marius. Sie war also nicht die einzige gewesen. Woher auch? »Sehr klug, wollte sie wäre schöner«, hatte er über sie geschrieben. Immerhin mit dem Nachsatz: »sie wird es gewiß«. Überhaupt war von ihr im ersten Halbjahr 1900 nur nebenbei die Rede. Das hatte sich im Juli geändert, als sie mit ihrer Schwester Urlaub auf dem Semmering machte. Denn dort, ganz in der Nähe, war auch er gewesen.

CHRIS LAUER

LIED UNSERER ZEIT

Gedichte

DIE LIEBE IST SIEGER; STETS REGE IST SIE BEI LEID

Die Wärme zieht aus dem Wetter
In die Farbe der Blätter,
Die auf den Pflastersteinen liegen
Wie die eingerollten Zungen
Mythischer Tiere.
Die Kinder bücken sich,
Um sie mit nach Hause zu nehmen,
Sie umgreifen die Stengel,
An deren Ende das Schweigen einen langen Schatten wirft.

Aber wer schweigt?

Denn die Sprache der Blätter ist trocken und geht im Rhythmus des Winds.

Meine Liebe trägt einen Zweireiher,
Unter ihren Fingernägeln befinden sich noch Brocken
Von Unbarmherzigkeit,
Die sie aufnahm,
Als sie meine wundgeschürften Hände hielt
Und mir sagte, ich solle am Geburtshaus meines Vaters
Zwischen dem Efeu
Nicht länger nach Einschußlöchern tasten,
Denn Geschiedene seien Menschen,
Die Menschen ans Leben verloren hätten.

Ihre Stimme war eine Schwalbe
Unter dem Dach meiner Hingabe.

Wir probten das Zuhören zum ersten Mal
Rücken an Rücken auf dem Rasen,
Es dauerte lange,
Bis wir stillhielten und in den Gesprächspausen

Ankern konnten.
Meine Finger funkten Nachrichten in den Klee
Und der Klee wurde zu den Worten
In meinem Mund,
Die ich aussprach,
Die ich nicht aussprach,
Damit über uns Palindrome
(Die seltensten Fluginsekten)
Weitersummten.

REISE

Ich denke an: mit Feigenblättern überdachte Galerien,
Nackte Körper, die sich aus den Fenstern lehnen, müßig winkend,
In Stoffe eingewebten Zigarettenrauch; ein Überbleibsel
Jener Leuchtstofflampen-Nächte, die, im Kellerdunst zergangen,

Kaum andere Spuren hinterlassen.

Ich denke an: Olivenbäume, die in Burgruinen wurzeln,
Kinder-Statuetten auf dem Deck verschmutzter Cacilheiros,
Und an die fremde Frau, die mir zerbrochene Hymnen aus den
Händen
Rezitierte: Zukunftsnebel, der sich letztlich wenig später

Für ein anderes Morgen löste.

Auch denke ich vielleicht noch manchmal an die rötlich-braunen
Strähnen,
Die ich mit meinen Fingern gern gelegentlich durchkämmte.
Echsen, gelbe Straßenbahnen, Azulejos – ich blinzle dir ins Auge
Und drehe meinen Kopf, als ob es mich dann doch nichts angehen
würde,

Mit wem ich heute abend schlafe.

ECHO UND NARZISS V

Vor dem Ausgang ein Durchatmen.
Über die Geduld schrieb Rilke, und ich? Über
Die Kraft, die man beim Warten verfastet.
Unterm Nabel trage ich 60 Gramm Fehlbarkeit

Und, eingekerbt in einer Ellenbeuge, die
Wahrheit, daß unter aller Unruhe der
Kummer liegt. Vorhin noch ein Seitenrascheln,
Vor mir dann: Zeilen hemmungsloser Schönheit –

Doch eine eigene Erzählung auch die Lücken im
Regal. Recht hatte er: Im Schweigen bluten
Frage und Antwort ineinander, und öfter
Erscheint mir jetzt zum Weinen einfach

Der Genuß von Kandiszucker.

DAS EINZIGE

Wir gehen die Allee entlang, das Ocker abgelegener Ruinen
Mit Felsenerde fast verwechselnd. Du streifst die
Äste der Zypressen, die wie Steinsäulen die Straße säumen,
Trägst Worte vor aus einem unbekannten Buch:

Heiliggesetztes übergeht
Der Entwurf.

Brokatwärme legt sich über unsere Glieder, und ich
Frage dich, was es bedarf, um von dem Wunsch,
Begehrt zu werden, zum eigenen Begehren zu gelangen.
Du drehst dich um und zeigst auf die Zypressen,

Die zur Mitte hin nur mehr ein silberstreifiges Flackern
Auf den Gesichtern der Passanten sind.

LIED UNSERER ZEIT

Der Streudienst zieht der Kleinstadt
Ein Paillettenkleid an. Du meinst:
In Zeiten des Kriegs braucht es neue Ideen.
Mehrgewichtig hängt der Mond über uns,
Ein Pfefferkorn, das in der falschen Suppe treibt.
Der Streudienst zieht der Kleinstadt
Ein Paillettenkleid an. Du meinst:
Wie wäre es mit Särgen, ausziehbar
Wie Handzuginstrumente,
Weil der Tod ein guter Spieler ist
Und er die Luft zwischen seinen Händen
Aus kleinen und großen Lungen nehmen kann.
Andernorts wird der Schopf der Nation frisiert,
Werden Menschen wie Läuse ausgekämmt
Und Äste gesucht, die tragen.
Der Streudienst zieht der Kleinstadt
Ein Paillettenkleid an. Du meinst:
Bis dahin ist es gar nicht so weit
Und wo Schaukeln
Von den Bäumen abgeschnitten werden,
Dauert es gar nicht mehr lang.

GUSTAV REGLER

PARIS BEI NACHT

Wenn dann der Mann von Radio Française bonne nuit gesagt hat, fast wie ein braves Kind bei einer Abendgesellschaft, zu der es noch fünf Minuten zugelassen wurde,
wenn die Geisterhäuser des Sacré-Cœur, des Panthéon, der Notre-Dame und des Napoleongrabes mit einem Ruck ihr Licht abdrehen und der Horizont noch unwirklicher wird ohne die unwirklichen Fassaden,
wenn sich clochards unter oder auf den Seinebrücken ihr Lumpenbett zurechtklopfen und noch einen letzten Schluck aus der Flasche nehmen,
wenn auf dem Pont Neuf die Lieblingstaube von Henri Quatre nah bei seinem gußeisernen Herzen den Kopf in die Federn steckt,
wenn das Barmädchen Suzanne auf ihre Nase eine kleine Wolke von Puder tupft, die Flaschen wegstellt und sagt: »Il fait tard«,
dann ist Nacht in Paris, und der kuriose Glaser nimmt sein Fahrrad aus dem Stall und sein mittelalterliches Gewand aus dem Schrank, wirft es über und stößt vorwärts in die Straßen, die sich aufatmend erholen von dem Getöse der Wagen und dem Gift der Verbrennungsgase, und hat eine ganze Stadt für sich, deren Ruhe endlich wieder nach der Geschichte riecht, die sie schuf, nach den Königen, die ihre Avenuen breit in ihr Herz legten, nach den Dichtern, die ihre Cafés, nach den Malern, die ihre Hügel bevölkerten.
Und Glaser, der eine der besten Autobiographien unserer Zeit schrieb, als Deutscher in der französischen Armee kämpfte, Gefangener der Maginotarmee wurde und das Wunder erlebte, daß keiner der Kameraden ihn dem Henker verriet, Glaser pfeift auf seinem Rad, grüßt die herumstreunenden Hunde und Katzen und die schlafenden Schiffe in der Seine, schlägt ein Kreuz vor dem Kriegerdenkmal, das wie ein Pegel geformt ist, als mäße es die Flut des vergossenen Bluts, schnüffelt ein Mönchslächeln beim Passieren des Riesenbahnhofs der Weinfässer und ist bald im zeitlosen Land der Nacht, wo er sich einbilden kann, daß es nur ihn gibt in diesem Gewirr von Straßen, wo von Balkon zu Balkon sich die Geschichten spannen wie mehr oder weniger saubere Wäsche, und er überlegt, während er seine Lenkstange die Seine entlangführt, aus welchem Jahrhundert sie stammen und warum er allein übriggeblieben ist, die Geschichten nachzuschmecken wie einen Medoc und wie würzige Schnecken aus den Weinbergen von Reims.

Er schwenkt heute Nacht zum Norden. Er wird nie wissen, warum. Bald ist er nah der Place de la République. Am Gitter eines Parks hält er an; entzückt setzt er den Fuß vom Pedal auf den Asphalt; ein echtes Idyll bietet sich seinen Augen.

Ein Hirte schläft dort mit Hund und Ziege; er schläft den Schlaf des Gerechten, der nicht berührt ist, weder von der Arroganz der Afrikaner, die sich seit kurzem für ein Jahrhundert der Verachtung an den hilflosen Parisern rächen, noch von den lasterhaften Buben des Café Monaco, noch von den Mädchen der Rue de Lappe, die ihn lange vor Mitternacht sahen, als er sich sein nächtliches Haus ohne Dach baute.

Der Holzkasten mit den runden Käsehäufchen deckt seinen Osten, die braune Ziege seinen Westen, seine Füße wärmt ein Hund, der an eine größere Herde gewohnt war in seinen guten Zeiten.

Um den Hals des Hirten hängt die Schalmeienflöte, deren archaische Tanzweise er am Tag in die benzinvergifteten Boulevards geblasen hat.

Glaser ist voll brüderlicher Rührung; er sieht, daß die Ziege aufgewacht ist, sucht in den Tiefen seiner Mönchskutte und wirft eine Brotkruste vor das Tier, die sie ohne den Körper zu bewegen mit der Zunge erfaßt.

Glaser riecht nun Ziege und Käse. »Der einzige authentische Geruch in der Stadt der Parfüme!« murmelt er und stößt sein Rad wieder an.

Place de la République. Er winkt hinauf zu der bronzenen Dame mit dem ausgestreckten Lorbeerkranz, den sie immer noch nicht vergeben hat.

Hinüber zum Quai de Jemmapes. Der Wassergraben Saint-Martin zieht Glaser an. Jean Jaurès! Der Canal de l'Ourcq. La Villette ist nah. Glaser hat es nicht bedacht, hat die Schlachthäuser seit Jahren vermieden. Nun blökt und bäht es in den Morgen, der voll Mord ist. Und andere finstere Geräusche mischen sich hinein:

Das Quietschen der Schweine, eh ihnen die Elektroden angelegt werden. Der kurze, aber brutale Knall der Pistolen, die an die Ochsenstirnen angelegt werden. Paris, das fleischgierige, schläft. Der Radfahrer aber erinnert sich der Ziffern, die er einmal studiert hat. Man tötet hier von sieben bis elf Uhr morgens. Gegen Mittag müssen sich die Seelen der Tiere drängen wie die Menschen im Bombenkeller. In einem Jahr 370 000 Großvieh. 230 000 Kälber. 800 000 Hammel. 50 000 Pferde. 840 000 Schweine, die Spanferkel, Apfel im Mund, eingeschlossen.

Wer hat ihn hierhergetrieben? Einer, der ihm die Freude an seinem einsamen Paris verderben wollte? Ein Poltergeist?

Er sieht über die Mauern der Korrale Menschen wimmeln; es gibt viertausend Schlächter und Verkäufer; um 22 Uhr beginnt der Verkauf durch Ausschreier. Vorher hat jeder eine Frühvesper genommen; man serviert als Minimum-Portion ein Pfund Entrecôte pro Person; sie sollen wissen, warum sie töten. Die viertausend sprechen übrigens einen fast unverständlichen Jargon; man nennt ihn »Louchébem«; Glaser versteht kein Wort davon. »Ich will auch gar nicht verstehen«, grummelt er und dreht sein Rad herum. »Was hätte ein solcher mir schon zu sagen!« Stößt sich ab und zielt wieder nach dem Zentrum. Sein zweiter Fehlgedanke diese Nacht: Er will zu den Hallen, vergißt, daß er da dieselben Tiere steif und blutig vorfinden wird, er aber denkt nur an das Meer von Gemüse, an die Früchte und Blumen, an die Räder von Käse und die Körbchen mit Himbeeren; er fährt, als flüchte er und hätte selbst zu lange die Pistole an starke Stierköpfe gesetzt und zu viele Gurgeln von Schafen geschlitzt. Erreicht die Hurenstraßen von Saint-Martin und fühlt sich in der lauwarmen Atmosphäre der lächelnden Mädchen fast beruhigt. Sie kennen ihn; sein Mönchsgewand erregt ihren heidnischen Widerspruch. Er steigt ab, begrüßt einige, wehrt ihren Versuchen, sein Kleid aufzudecken, schiebt sein Rad weiter zu den mittleren Hallen: der Segen der Erde breitet sich aus!

Hügel von weißem Blumenkohl, die Köpfe wispernd zur Seite gedreht, Riesenkränze von leuchtender Brunnenkresse.

Körbchen von Himbeeren und Walderdbeeren aus Chambord, wie sie die Lippen der Poitiers schleckten.

Trauben der Touraine, die die Tafel von François Premier überkrochen in saftigem Reichtum.

Durchsichtige Säcke von frischen Zwiebeln neben Häuten, die von neuen hellen Kartoffeln strotzen.

Kisten von Pfirsichen von Orléans, deren Duft über die Träume der Jeanne d'Arc wehte. Melonen aus dem Süden van Goghs. Eine Brandung von leichten und heftigen Wohlgerüchen. Feigen aus erster Evahand. Blaugrüne junge Mandeln. Mundreife Birnen. Feste Äpfel aus Lothringen. Reineclauden, schon fast verfallend in ihrem fließenden Zucker.

Glaser geht herum mit seinem Rad und schnuppert. Es ist wie das Atmen an der Küste oder im Gebirge: man saugt alles tiefer ein; wie ein Elixier, wie die Gesundheit selber, wie die Reinheit, denn nichts ist tot hier; der Duft scheint die Garantie zu geben, daß das Leben noch weitergeht, daß die Beete wieder blühen werden, daß die Bäume sich mit grünem Schatten füllen, daß der Reichtum für alle Zeiten gesichert ist, daß dies alles durch den Menschen hindurchgehen und ihn leicht machen und die Brutalität aus seinen Knochen wegnehmen wird und die Mordlüste aus seinen Adern.

Da stößt ihn jemand von hinten an; ein Warnungsruf, ein fader Geruch von Blut, und dann bewegt sich dicht an ihm vorbei die Riesenwand eines geschlachteten Ochsenkörpers; die Wand wankt mit ihrem Fett unter einem verschmierten Menschen, der stark genug scheint, Berge zu versetzen. Gelbes Fett; zersplitterte

Knochen, das Gitter eines Brustkorbs, alles unheimlich still, und da es seine Formen noch verrät, merkwürdig zwischen Tod und Leben.
Glaser tritt betroffen zur Seite und bemerkt erst jetzt, daß er schon an die Fleischhallen gekommen ist.
Sein Traum zerschellt unter den dumpfen Geräuschen von Sägen, die durch Wirbelsäulen fahren, von aufklatschendem Rücken, von der ganzen Hilflosigkeit, die er hinter den Eisenstäben vor sich hat.
Wie unter einem Zwang tritt er ein, etwas beschämt, daß er so weit sich in seinen Träumen verlor, obwohl er vor einer Stunde in La Villette so heftig belehrt worden war, daß es nicht vegetarisch zugeht in dieser Stadt, daß Paris nicht Kalkutta ist, daß es hier keine heiligen Kühe, sondern nur abgemurkste gibt.
Er hat sie nun vor den Augen, während er langsam die erste Halle abschreitet; sein Mönchskostüm ist ein grotesker Gegensatz zu der heidnischen Fülle hier. Die Tiere hängen wie in der Vorratskammer eines Sardanapal, der hundert geladene Fürsten füttern will.
Glaser geht fast feierlich die Reihen entlang. Durch die Türen schaut noch die ungewisse Nacht herein. »Es ist ein lichtscheuer Beruf«, murmelt er und fühlt sich sehr in Gegnerschaft zu alldem, was hier so natürlich ist, daß keiner der schweren Männer auch nur leise erraten könnte, was der als Mönch verkleidete Radfahrer da unten denkt.
Er sieht einen alten Freund auf dem Trottoir seine Salatköpfe aufstellen; Jean ist unrasiert und sieht wie ein frierender Puck aus in seiner Lederjacke und mit den kurzen Beinen.
Aber Glaser betrachtet ihn und seinen offenen Laden mit Wohlgefallen; Jean wird einen Witz bereithalten, wenn Glaser herauskommt. Aber hier kann einem ja wohl nur ein morbider Gedanke kommen.
Es ist ein seltsames Leichenhaus. Männer mit Rot beschmiert gehen herum wie stumme Chirurgen, die aber nur zum Erledigen ihrer Opfer gekommen sind. Andere ziehen schwitzend und keuchend unter der Last der Delinquenten ins Freie. Immer neue Männer steigen aus den Kellern, wo Tausende von Leichen aufgehäuft zu sein scheinen.
Glaser beäugt die zersägten Wirbelsäulen, die triefenden Hälse, die starren Schwänze, die leeren Bauchhöhlen. Glaser sieht den schiefen blassen Blick der Kälber und wird böse. Konnten nicht einmal die ihre Saison ausleben? Es ist Oktober jetzt.
Er steht vor der Reihe der jungen Tiere; sie strecken ihre fußlosen Beine gerade aus, als wenn sie nach jemand treten wollten. Die Beine, die sich in den Wiesen plötzlich vor geheimer Lebenslust hochgezogen fühlten und so drollige Sätze machten, als wenn sie etwas abschütteln wollten. Das Leben, das sie gerade

geliehen bekamen für ein paar lächerliche Monate? Er sieht den Grasteppich vor sich, während er durch das glitschige Blut stapft; die Blumen, den Klee, den Segen der Jahreszeit – aber hier rundet sich kein Zirkel mehr, der Markt entscheidet, ruft seine Ware aus ganz Frankreich zusammen, ein Rhythmus zerknackt in der Monotonie dieser jungen Leichen, Sentiments werden zur Unwirklichkeit, Todesklage wird lebensfern, die dicken Männer, die zwischen den schwerbehangenen Galgen und ihren spitzen Eisenhaken herumgehen und die glatten Schenkel beäugen, wissen es besser.
Glaser kennt sie, wenn auch nicht beim Namen. 28 sind es, sie sind die Grandseigneurs dieser Markthallen: les mandataires de la viande. Er liest vor einigen Kojen ihre Namen, Medouin, Chaudet.
Ein seltsamer Mann steht nah der Waage. Einige verkaufte Ochsen hängen dort bereit zum Wiegen. Der Mann ist in grauem Zivil, mit weißem Stehkragen und dunklem Schlips, sein Filzhut ist frisch gebügelt und zum Grüßen gefaltet; der Mann sieht adrett aus, mit etwas saurem Ernst steht er in dem Gewölbe und Glaser weiß nicht recht, wo er ihm schon einmal begegnet ist.
»In einem Buch«, denkt er, da zieht der Mann ein scharfes ungeschütztes Messer aus der Tasche seines Mantels, ganz unvermittelt und gar nicht passend zu seiner korrekten Aufmachung, und da weiß Glaser, der Dichter mit dem Fahrrad, an wen er erinnert. An die zwei trockenen Henker, die am Ende des »Schlosses« von Franz Kafka in der Wohnung des Verurteilten erscheinen, gut erzogen die Hüte ziehen und den völlig Willenlosen dann hinaus in den Steinbruch vor der Stadt führen – natürlich bei Morgengrauen, und während er fern am Stadtrand einen Menschen sich aus dem Fenster vorbeugen sieht, ohne zu bemerken, daß im Steinbruch da hinten etwas vorgeht, zieht einer der Herren das Messer und ersticht ihn.
»Das Messer! Dasselbe!« murmelt Glaser und sieht, wie der Mann einen verkauften Ochsen umdreht und ihn sachlich betrachtet.
Es ist diese Sachlichkeit, denkt Glaser, die alle haben, welche Leben in Tod verwandeln. Und sie sind alle auch so kleinbürgerlich fein gekleidet. Ich frage mich, was sie so auf Feierlichkeiten achten läßt.
Er sieht den Mann hantieren und geht hinaus, seinen Freund Jean Ricard zu befragen.
Jean kommt mit ihm. »Très simple«, erklärt er. »Das sind die Höflichkeitsbeamten. Schau, er schneidet dem Tier den Schwanz ab. Das zählt nicht als Gewicht. Da, auch noch einige Fettklumpen vom Hintern. Jetzt erst kann es gewogen werden. Es war unhöflich von dem Tier, so viel Fett anzusetzen.«
Der düstere korrekte Mann wirft die starren Schwänze in eine Ecke. »Ich werde mir einen schenken lassen«, sagt Jean mit etwas lüsternem Ton. »Das gibt eine Suppe – mit Karotten!«

Er zieht Glaser weiter in die Halle hinein. Der ist immer noch grimmig und feindselig gesinnt.
Er stellt fest, als er die Fleischverteiler sägen, hacken und schneiden sieht, wie die blutigen Männer alles tun, um das Gesicht der lebendigen Kreatur zu verwischen, aber selbst geteilt, gespalten, geschlitzt, geköpft, am Haken mit seinem festen Fers-Strang sind sie noch Tiere; auch hier noch deutet für Glaser alles auf den Mörder, erinnert an die Wiesen, wo die Unschuld der Lämmer sprang, wo die Ruhe der Kühe verdaute und wiederkäute.
Wieviel Morden an einem Tag in der einen Stadt? denkt er, schon völlig zum Vegetarier bekehrt.
»Sie machen einen Umsatz von 300 Milliarden jährlich«, sagt Jean, der die kleine Pause vor seinem Gemüseladen genießt. »Schau dir das an!« sagt er schwärmerisch. »All diese zarten Kalbskoteletts! Diese Seiten mit geschmorten Champignons! Schau die Filets! Mit Sauce béarnaise und meiner Kresse.«
Glaser muckt auf: »Kannst du deine Gemüse nicht sauber lassen!«
Aber Jean, ein unsentimentaler Pariser aus Malakoff, lacht. »Alles ist sauber, was schmeckt. Wieviel pots au feu mit Lauch und Karotten! Und die Nierchen« (er faßt liebevoll in eine Bauchhöhle, wo die dunkelroten Kugeln noch kleben) »in Burgunder! Und mit jungen Zwiebeln! Und hier bei Chaudet die frische Leber mit Äpfeln und in Majoran!«
Jean macht eine weite Geste durch die kühle Eisenhalle: »Das ist alles in ein paar Tagen verwandelt und auf dem Tisch: als riz de veau, als Schmorbraten, als Grillfleisch, als beefsteak tartare mit Kapern, Paprika und Anchovis, und als Schweinekäse –«
Er deutet auf die sauber abgebrühten Schweinsfüße, die ordentlich wie ein Ballettchor bei Hedonier auf der Bank liegen: »Appetitlich, was? Und hier der Teil für Irish Stew. Zusammen mit neuen Kartoffeln, meiner Sellerie. Und die provençalische Ratatouille mit etwas Speck drin und Knoblauch und Schwein und Ochs gemischt.«
Jean schwelgt, während er auf dem von Blut glitschigen Boden die stummen Tiere abgeht.
»Das ist, was Zola den Bauch von Paris genannt hat. Sie müssen das alles im Zusammenhang sehen, mon ami. Die Vorspeisen draußen: Radieschen, Oliven, Sardinen und Selleriestangen, dann die ganze Karte von Gegrilltem, Geschmortem und Geräuchertem, das ist hier!«
Sein Feinschmeckerblick überfliegt die Braten und Suppenstücke.
Glaser empfindet die Komik seines Ekels und der Freßlust des Gemüsehändlers.
»Paris pickt sich das alles aus, wählt, kombiniert, genießt schon, während es die Karte studiert.«

»Im Zusammenhang des Menüs«, grummelt Glaser. Jean ist so überzeugend, daß er den Groll nicht länger pflegen kann.
Sie sind am Portal angekommen. Einer der Schwanzabschneider steht wie ein dunkler Wächter wieder an der Waage. »Schauen Sie, da drüben verkauft meine Frau Lily Erdbeeren und Himbeeren. Das schließt die Tafel.« »Quoi? O, c'est gentil!«
Der Schwanzabschneider ist herangetreten und überreicht Jean einen blutigen Ochsenschwanz. »Ich tausche mit einem Kopf Salat«, sagt Jean. »Nicht nötig«, sagt der Schwanzabschneider.
Irgendwo schlägt eine Glocke. Der Himmel ist schon grau. Träger rennen umher mit gefüllten Schiebekarren.
Jean übersieht seine unverkauften Körbe. »Es war keine schlechte Nacht«, sagt er und schwenkt seinen Ochsenschwanz.
»Und wieviel verdienen denn die 28 Grandseigneurs der Fleischhallen«, fragt Glaser. Jean ist im Bild. »3 bis 10 % Kommission auf die 250, die täglich verkauft werden. Das bringt jedem ungefähr 240 000 Francs pro Nacht.«
»Heißt, 2.000 DM«, rechnet Glaser aus und schwingt sich auf sein Rad.
»Hat einen gesunden Appetit, die Stadt«, sagt er und hört, als er abfährt, mit Erstaunen, daß Jean ihm nachruft:
»Non, on mange trop. Man ißt zuviel.«
Da ist Glaser schon an der Seine, wo die Kähne erwachen. Ist da nicht ein bekannter Ton? Tatsächlich! Der Hirte kommt mit seiner Ziege den Kai entlang. Seine Finger tanzen auf der Flöte. Der Hund jagt die Tauben auf.
Der Alpdruck der Nacht hebt sich über die Notre-Dame hinauf. Die Sterne vergehen im grauen Meer der Dämmerung. Das fleischgierige Paris erwacht.

EUGENIO MONTALE

FLIEH NICHT

Gedichte

SCIROCCO

O rasendes Stürmen des Scirocco
der den trockenen, gilben Boden verbrennt;
und hoch am Himmel, voll
schwacher Lichter
zieht ein Pulk von Wolken
vorüber und ist verloren.
Ratlose Stunden, Schauder
eines Lebens, das wie Wasser
durch die Finger rinnt;
flüchtige Ereignisse,
Licht und Schatten, Erschütterung
unsteter Erdendinge;
o zerbrechliche Flügel, Luft
jetzt bin ich
die Agave, die sich an den Felsspalt
klammert und aus den Armen
der Algen dem Meer entkommt
seinen klaffenden Schluchten;
und im Aufruhr aller Essenzen
spüre ich heute
mit meinen geschlossenen
nicht mehr aufspringenden Knospen
mein Erstarren als Qual.

WAS DU VON MIR ERFAHRN
ist nur ein blasses Glosen
Schattentunika
meines Menschenloses.

Und auch nicht nur ein Tuch
der ruhige Azur
ein Siegel, das verschlug
die blaue Himmelsflur.

Gewiß, es gab ihn, wild
den Erlebnistaumel
den Schoßriß einer Scholle
vor meinem blinden Auge.

So blieb denn diese Schlacke
mein ureigenes Wesen
das ewige Verflackern
unerfüllten Wissens.

Siehst du einen Schatten
Ists nicht er, bin ichs.
abreißen würd ich ihn
als Geschenk für dich.

FLIEH NICHT in den Schatten
des Gemüsegartens
wie der junge Falke, der jäh
in die Hitze stürzt.

Zeit ists, das schüttere
todmüde Röhricht zu verlassen
und dem Schattenriß des schwindenden
Lebens nachzuträumen.

Wir regen uns, blind
vom flirrenden Staub des Perlmutts
der das Auge stachelt
und uns zermürbt.

Auch du, im zehrenden Spiel kühler Wellen
spürst im Unmut dieser Stunde
daß wir unser unstetes Leben
nicht in den Orkus eines Strudels stoßen.

Wie jener bröckelnde Felsring
scheint unsre gedörrte Seele
im Spinnennetz der Wolken
zu splittern und verwittern.

Wo in Selbsttäuschung
ein Aschefeuer auflodert
verzehrt sich im Schein
der Gewißheit das Licht.

Aus dem Italienischen von Richard Pietraß

ALBRECHT BETZ

EIN HUMANISTISCHER REBELL

Über Jacques Decour

Als seine Übersetzung von Goethes »Triumph der Empfindsamkeit« in der Pléiade-Ausgabe erscheint, im November 1942, ist Jacques Decour bereits seit einem halben Jahr tot: Die *Brigade Spéciale* der Pariser Polizei hatte ihn am 17. Februar – gemeinsam mit seinem Freund, dem Philosophen Georges Politzer – verhaftet und am 20. März der deutschen Besatzungsmacht, genauer: deren Repressionsorganen übergeben. Ähnlich erging es dem Dritten im Bunde, dem Physiker Jacques Solomon. Gemeinsam mit anderen Widerständlern wurden sie Ende Mai auf dem Mont Valérien exekutiert: drei junge Intellektuelle, ein heroisches Trio der Résistance, Patrioten, deren Kommunismus im Antifaschismus wurzelte.

In den Monaten ihrer Gefangenschaft hatten sie – um den abstoßenden Euphemismus der Nazi-Verwaltung zu zitieren – als »Sühnepersonen« gegolten; eine Art *otage en réserve*, Individuen, die im Zuge von »Gegenmaßnahmen« bei Attentaten der Résistance hingerichtet wurden. Daß der Goetheaner Jacques Decour, der sich sein kurzes Leben lang entgegen allen politischen Widrigkeiten für deutsche Literatur und Sprache engagierte, just von Deutschen füsiliert wurde, gehört zu den tragischen Paradoxien der Epoche. Ein hochbegabter Mittler zwischen Frankreich und Deutschland, ein Germanist, dessen Leben und Produktion – als Autor, Übersetzer, Deutschlehrer und Publizist – mit 32 Jahren brutal beendet wurde von den Okkupanten. Auf dem Peloton hätte er ausrufen können: »Dummköpfe, ich sterbe für euch!«

Auch sonst ballen sich im Frühjahr 1942 die Widersprüche. Das »Dritte Reich« ist auf dem Gipfel seiner Macht und demonstriert sie auch in Paris. Im März wird in der Salle Wagram die aufwendig inszenierte Propaganda-Ausstellung »Le Bolchévisme contre l'Europe« eröffnet; im Mai folgt in der Orangerie, gleichsam als arischer Gegenpart, die (von Cocteau begrüßte) große Arno-Breker-Schau.

In der Übersetzung von Maurice Betz erscheint der erste Teil von Ernst Jüngers Kriegstagebuch »Gärten und Straßen«, mit starker Resonanz im literarischen Milieu. Ende des Monats beweist die Nachricht vom tödlichen Attentat auf Heydrich in Prag, daß die Nazi-Herrschaft nicht unangreifbar ist. In der besetzten Zone wird das Tragen des gelben Sterns für Juden obligatorisch. Die neue Regierung Laval intensiviert die Kollaboration.

Am Morgen des 30. Mai schreibt Jacques Decour (Geburtsname Daniel Decourdemanche) den Abschiedsbrief an seine Eltern. Darin heißt es gegen Schluß: »Laßt meine Schüler der Première durch meinen Vertreter sagen, daß ich sehr an die letzte Szene des ›Egmont‹ gedacht habe.« Ausgewählt – und mit den Schülern der Première des Lycée Rollin übersetzt und interpretiert – hatte er Goethes Freiheitsdrama nicht von ungefähr; bereits im Vorjahr hatte er mit ihnen Schillers »Wilhelm Tell« studiert. Zwei Helden des Widerstands in einer Situation äußerster Bedrückung, mit ihrem Beispiel Hoffnung gebend: Mut und Verachtung der Gefahr – in der Gewißheit, daß die Geschichte *à la longue* ihnen, und nicht den Usurpatoren (im Stück den Spaniern), recht geben und die Freiheit am Ende triumphieren würde.
Die Passagen aus Egmonts Schlußmonolog, auf die Decour in seinem Brief anspielt, konnten von seinen Schülern unmittelbar auf ihre Gegenwart bezogen und so die Klassik und der Humanismus aktualisiert, von Gips befreit werden:

> Und wie das Meer durch eure Dämme bricht, so brecht, so reißt
> den Wall der Tyrannei zusammen und schwemmt ersäufend sie
> von ihrem Grunde, den sie sich anmaßt, hinweg! (…)
> Auch ich schreite einem ehrenvollen Tode aus diesem Kerker entgegen,
> ich sterbe für die Freiheit, für die ich lebte und focht
> und der ich mich jetzt leidend opfre. (…)
> *(auf die Wache zeigend):* Und diese treibt ein hohles Wort des Herrschers,
> nicht ihr Gemüt … euer Liebstes zu erretten, fallt freudig,
> wie ich euch ein Beispiel gebe.

Dieses »Comme je vous en donne l'exemple«, eher humanistisch als christlich geprägter Aufruf zur Nachfolge, zur imitatio, wurde später auch Titel von Aragons schmalem Nachrufband.

Übersetzen, Sich-Bewegen zwischen verschiedenen Ausdrucksweisen, Rhythmen und Metaphern, kurz: die Eroberung und Assimilation einer anderen Kultur durch die Aneignung ihrer Sprache und Literatur, wird für den jungen *agrégé* und Deutschlehrer zur täglichen Praxis. Was Decour künftig seinen Gymnasiasten mit Enthusiasmus zu vermitteln sucht, ist die spezifisch deutsche Färbung des Humanismus. Die idealistische – und holistische – Dimension kann aber nicht kritiklos bewundert werden; komplementär fruchtbar wird sie vielmehr im Kontrast zum französischen Rationalismus, Sensualismus und zum skeptischen Denken.
Die erste Übersetzung des neunzehnjährigen Germanistik-Studenten wird bereits in einem großen Blatt (»Le Temps«) gedruckt. Es ist die einer in Deutschland populären Novelle Theodor Storms: »Immensee«. Ein erster Übersetzungsauftrag

für ein Sachbuch folgt 1932: »Les Dessous de la Diplomatie«, ein Bericht über die Rolle der Geheimdienste (Montaigne-Aubier). Auch die folgenden Übersetzungen (mit Ausnahme der Goethes) zeichnet er mit seinem Geburtsnamen Daniel Decourdemanche; für die literarische Produktion der dreißiger Jahre verkürzt er seinen Autorennamen hingegen zu Jacques Decour. Seine frühen Romane gefallen einer einflußreichen Person im Verlag Gallimard, die sein väterlicher Freund und Mentor und zugleich eine bedeutende Gestalt der intellektuellen Résistance werden wird: Jean Paulhan.

Es ist ein chronologischer Glücksfall, daß der junge Austauschlehrer Decour unmittelbar nach den Reichstagswahlen vom Herbst 1930 für ein halbes Jahr nach Deutschland entsandt wird. Die Auswirkungen des politischen Rechtsrucks (die Nazis verzehnfachen die Zahl ihrer Mandate) erlebt und beschreibt er – atmosphärisch und ganz real – in der Provinz. Magdeburg, an dessen Domgymnasium er unterrichtet, wird in seinem Bericht zu »Philisterburg«: Porträt einer mittelgroßen Stadt, in der die krisenbedrohten Kleinbürger sich immer mehr für Nationalismus und Nazismus empfänglich zeigen. Decour ist um Objektivität bemüht, gleichwohl spürt der Leser, wie oft der junge Franzose sich zügeln muß, um angesichts der ihn umgebenden Spießigkeit *keine* Satire zu schreiben. Dennoch findet »Philisterburg«, als der schmale Band 1932 in Paris erscheint, unter den *bien-pensants* wenig Freunde.

Für Decour bedeutet der Deutschlandaufenthalt einen Realitätsschock, der ihm die Augen öffnet: Dem humanistischen Deutschland der großen Gestalten wie Lessing und Herder, Goethe und Heine steht – spätestens seit der Reichsgründung – eines gegenüber, das anfällig ist für Chauvinismus und Militarismus, für autoritäre Disziplinierung und Großmachtgehabe. Es ist durchaus gefährdet, in Irrationalismus und Barbarei abzugleiten.

Dieses Image hatte seit Bismarck das Deutschland der »Dichter und Denker« – jenes von Madame de Staël geprägte idyllische Bild – zu überlagern begonnen. Diese Bipolarität hat Decour fortan vor Augen, vor allem als das Goethe-Jahr 1932 vom Hitler-Jahr 1933 abgelöst wird. Auch wenn er sie nicht ausdrücklich erwähnt: Die beiden Städtenamen, wichtige Erinnerungsorte, die für diese Polarität standen, waren Weimar und Potsdam; verkürzt: Geist und Schwert. Weimar, Ort der Blüteperiode der deutschen Klassik, war der kulturelle Ehrenpunkt des bürgerlichen Deutschland gewesen. Potsdam hingegen galt vor allem Pazifisten als historischer Ausgangsort und Kultstätte des deutschen Imperialismus.

Als Decour 1933, im Alter von dreiundzwanzig Jahren, Vater wird und eine Familie zu ernähren hat, gilt es für ihn, das unzureichende Lehrergehalt zu ergänzen. Die naheliegende Zusatzquelle heißt: Übersetzungshonorare. Da er noch über

keine Reputation als Übersetzer verfügt, muß er die Texte annehmen, die ihm von den Verlagen angeboten werden. Das ist der Grund für ein – aus heutiger Sicht – Sammelsurium von Titeln.
Da sind zunächst zwei Studien zur Sexologie. Sodann mehrere Romane von Exil-Schriftstellern eher zweiten Ranges. Den Anfang macht Alfred Neumanns »Roman eines Staatsstreichs. Die Jugend des Napoleon III.« (1935). Es folgt ein Bestseller, den Decour an anderem Ort ironisch kommentiert: Vicki Baums »Karriere der Doris Hart« (1936). Dann schließt sich an: »Der Sohn Hannibals« von Louis Wolf (1938). Mit großer Verspätung, für die die Verlage verantwortlich sind, erscheinen – schon im Krieg – »Die Geheimnisse des reifen Lebens« von Hans Carossa (1940), Wilhelm Worringers Studie »Formprobleme der Gotik« (1941) und schließlich Goethes »Der Triumph der Empfindsamkeit« (1942).
Für Zeitschriften übersetzt Decour, der gleichzeitig eine erhebliche Aktivität als Publizist und Kritiker entfaltet, Kleists »Über die allmähliche Verfertigung der Gedanken beim Reden« (1936), zu Kriegsbeginn dann Heines »Warnung an Frankreich« (1939).
Ohne Namensnennung, aus Sicherheitsgründen, überträgt Decour zu Beginn der Okkupation einen Text seines Freundes und Mitkämpfers Georges Politzer aus dem Französischen ins Deutsche: eine analytische Abrechnung mit Alfred Rosenberg, dem Chefideologen der Nazis, »Revolution und Konterrevolution im XX. Jahrhundert« (1941). Auf dem Titelblatt dieser scharfen Polemik, die auf einer Ronéo vervielfältigt wird und illegal nach Deutschland gebracht werden soll, liest man: »Eine Antwort auf ›Gold und Blut‹«. Das war der Titel einer Rede Rosenbergs am 28. November 1940 im Pariser Abgeordnetenhaus, in der er das Ende der Ideen von 1789 und des westlichen Liberalismus verkündete. Natürlich mit rassistischen Konnotationen: Das frische Blut des durch den Nationalsozialismus neugeborenen Deutschland werde die Welt erlösen von den degenerierten Mächten des Kapitals, der untergehenden Welt einer parasitären westlichen Finanzoligarchie. Die »Blitzsiege« des letzten Jahres seien der Beweis für die Überlegenheit und den Elan der völkisch-vitalen Kräfte sowie für die Richtung, in die die Weltgeschichte sich bewege.
Politzer und sein Übersetzer Decour hatten leichtes Spiel, Rosenberg seine Pseudo-Wissenschaftlichkeit und seinen Obskurantismus vorzuhalten: seine mythisierende Vernebelung historischer Tatsachen, seinen Führerkult und seine Substitution des Begriffs der Klasse durch den der Rasse etc.

Welche Stationen und Parallelaktionen führten den literarisch ambitionierten Germanisten, den für seine genaue Sprache geschätzten Übersetzer und bei seinen Schülern beliebten Lehrer in die Résistance? Mitten in seiner ersten beruflichen Phase – Unterricht am Gymnasium in Reims (1932–36) – beteiligt sich der junge Antifaschist Decour bereits am »Comité de vigilance des intellectuels et artistes«, einem Zweig der AEAR (»Association des Écrivains et Artistes révolutionnaires«). Nach dem Sieg der Volksfront wird er im Herbst 1936 Mitglied der Kommunistischen Partei (PCF). Für das Schuljahr 1936/37 wird er an das Gymnasium Descartes in Tours versetzt, gründet die »Maison de la culture de Tours« und den Filmclub »Ciné-Liberté«, liefert Artikel für die »Voix du Peuple de Touraine« und macht sich einen Namen in der Partei. Schließlich, im Herbst 1937, gelingt ihm die Versetzung nach Paris: Am Lycée Rollin wird er bis zu seiner Verhaftung 1942 unterrichten.

Ebenfalls 1937 begeht Frankreich das dreihundertjährige Jubiläum der »Abhandlung über die Methode« von Descartes. Tenor der Würdigungen, vor allem von seiten der politischen Linken, ist: Rationalismus, Klarheit, methodisches Denken und Eigenverantwortung sind Kernbestand des französischen Geistes. Die Philosophen der Aufklärung hätten die Fackel weitergetragen bis 1789; der humanistische, emanzipatorische Anspruch der Menschenrechte bedürfe zu seiner Erfüllung in der Gegenwart des Kampfes für soziale Gerechtigkeit. Wirklicher Fortschritt sei weithin identisch mit dem Abbau gesellschaftlicher Ungleichheiten, der Veränderung der ökonomischen Basis, der Eigentumsverhältnisse.

Es ist offenbar die Grundüberzeugung vieler PCF-Mitglieder, daß der angestrebte Kommunismus den realen Humanismus verwirkliche, die Ausbeutung des Menschen durch den Menschen abschaffe, daß er die Selbstbestimmung und die Anerkennung eines jeden erlaube. Wie utopisch diese Hoffnungen im Frankreich der dreißiger Jahre, einem Jahrzehnt permanenter Krise, auch erscheinen mögen: Decour hält an ihnen als Fernziel fest, was ihm erlaubt, die enormen Widersprüche der »eigenen« Seite auszublenden. Um drei von ihnen, die besonders kontrovers und mit massiver Polemik diskutiert werden, zu nennen: die Rolle der die P.O.U.M. bekämpfenden Stalinisten im Spanischen Bürgerkrieg; die Moskauer Prozesse; der Hitler-Stalin-Pakt.

Auf Initiative von Aragon wird Decour im Herbst 1938 – bis zum Kriegsausbruch im September 1939 – Chefredakteur der Monatsschrift »Commune«, die Aragon und Romain Rolland gemeinsam herausgeben. Sie ist das Kulturorgan des PCF und verfügt – im Vergleich zu ihren überwiegend politischen Organen – über einen breiteren inhaltlichen Spielraum. Den nutzt Decour, um schon im Februar 1939 trotz der in Frankreich und Europa herrschenden Atmosphäre ein Heft herauszubringen, das den deutschen Humanismus feiert. Er bestimmt ihn so: »Es ist ein rationaler Glaube an Wert und Würde des Menschen, eine zivilisierte Achtung seiner Freiheit, ein militanter Kult seiner Vernunft.« Man spürt diesen

einleitenden Sätzen an, daß ihr Autor das gute, das »andere« Deutschland als ebenfalls vernunftgeleitet in die geistige Nachbarschaft Frankreichs bringen möchte. Daß es seit der Renaissance existiert, steht für ihn außer Frage; seit 1933 aber ist es ins Exil gezwungen. Eine starke Gegenströmung gab es immer, erinnert Decour: »Deutschland hat zwei einander entgegengesetzte Traditionen geerbt, die des Schwerts und die des Geistes.« Aber: »Alle großen Geister, die Deutschland hervorgebracht hat, waren Humanisten, deren Sprache gleichzeitig zutiefst deutsch und universell gewesen ist.«
Den ersten Beitrag nach seiner Hefteinleitung reserviert Decour seinem Favoriten (und berühmtesten deutschen Paris-Emigranten) Heinrich Heine; von ihm übersetzt er Passagen zum deutsch-französischen Verhältnis; Heines Luzidität, seinem bei allem emanzipatorischen Elan stets ironisch-skeptischen Blick fühlt er sich wahlverwandt. Bei der Auswahl aktueller Exilschriftsteller – von Heinrich Mann (»Ansprache Henri Quatres« aus dem gleichnamigen historischen Roman), von Thomas Mann (ein Auszug aus »Lotte in Weimar«), von Brecht (Szenen aus »Furcht und Elend des Dritten Reichs«) und einem Kapitel aus Feuchtwangers Roman »Exil« – kommt Decour die eigene Praxis als Autor wie als Übersetzer gleichermaßen zustatten. Im zweiten Teil dieser wichtigen Februar-Nummer folgen – entsprechend der bipolaren Unterscheidung des Beginns – Analysen der Nazi-Ideologie, der Brutalität des Rassismus und der inszenierten »Kristallnacht«.
Zu ergänzen ist, daß Decour in Paris auch eine öffentliche Veranstaltung mit Exilschriftstellern organisiert: mit, unter anderen, Alfred Döblin, Anna Seghers, Ludwig Marcuse und Franz Werfel.

Im Herbst des »schwarzen Jahres« 1940, dem Jahr der *grande débâcle* und des Beginns der Okkupation, startet das Freundestrio der drei kommunistischen Intellektuellen Decour, Politzer, Solomon seine Widerstandsarbeit mit der Vorbereitung eines ersten Titels der illegalen Kampfpresse: »L'Université libre«. Folgen werden, im Februar 1941, »La Pensée libre« und, vorgesehen für Februar 1942, »Les Lettres françaises«. Wie erwähnt, werden die Freunde Mitte Februar verhaftet. Die erste Nummer der »Lettres françaises« kann erst im September erscheinen, zeitgleich mit Vercors' »Schweigen des Meeres«, dem ersten Band der Éditions de Minuit.
Die Übersetzungen Decours, die jetzt noch herauskommen, wurden alle vor dem Krieg abgeschlossen, auch jene der »Geheimnisse des reifen Lebens« von Hans Carossa, deren Wahl im Rückblick erstaunt. Denn der bürgerlich-konservative Arzt Carossa, unpolitischer Autor einer »heilen Welt«, ließ sich von den Nazis mißbrauchen und von Goebbels zum Präsidenten eines Europäischen Schriftstellerverbands ernennen: als Gegenpol zum Internationalen PEN-Club. Carossas

autobiographisches Buch war jedoch schon 1936 erschienen, als er sich noch nicht kompromittiert hatte. Jetzt diente er, politisch naiv, dem neuen Regime als Feigenblatt.

Niemand hatte das vor dem Krieg voraussehen können, auch nicht, daß Goebbels die kollaborationsbereiten Autoren der besetzten Länder zu ihrem ersten Treffen in die Goethestadt Weimar einlud. Es muß Decour maßlos empört haben, daß namhafte französische Schriftsteller der Einladung im Oktober 1941 Folge leisteten. Um so mehr, als zu Goethe – der den Begriff Weltliteratur gegen den literarischen Nationalismus geprägt hatte – nun, in Decours Augen, käufliche »Verräter« pilgerten, die sich aushalten ließen und wissen mußten, daß der Humanist Goethe sie verachtet hätte. Die Titel seiner Polemiken in der Untergrundpresse sprechen für sich: »Offener Brief (…) an die früher französischen Schriftsteller, Braunhemden-Schriftsteller, Der Faun der Kollaboration: Goethes Deutschland verdammt das Deutschland Hitlers.«

Die klare Trennung des einen vom anderen Deutschland ist für Decour zentral. Suchte man nach einem gemeinsamen Nenner für seine sarkastischen Texte und ihren polemischen Biß, ihre Frontstellung gegen den Obskurantismus, der sich auch in Frankreich verbreitet, so müßte er heißen: *Gegen die intellektuelle Kollaboration!*

Der Germanist und Übersetzer spürt das Falsche in der neuen Bedeutung des Begriffs: Der Schleier der Partnerschaft verhüllt die Akzeptanz der Unterwerfung. Die Intellektuellen, die dieses Wort und seine Aura positiv benutzen, sind sprachliche Falschmünzer: Ihr Geld ist ein Amalgam unedler Metalle, die äußere Korrektheit dient der Täuschung. Sie profitieren davon, daß das Kräftefeld in der Matrix der gesellschaftlichen Machtverhältnisse sich verschoben hat, neue Ungleichheiten entstanden sind, die sie – wie sich zeigt: fürs erste – für dauerhaft halten.

Decour, dessen früheres Gymnasium Rollin heute seinen Namen trägt als den eines Märtyrers und großen Résistance-Kämpfers, war sich der drohenden Gefahren und des Risikos durchaus bewußt. Nur um seiner Sicherheit willen zu leben hätte für ihn ein Ausweichen vor der Gewalt bedeutet und seinen Humanismus durch den Kompromiß beschädigt. Der Untergang des Helden war, wenn nicht vorprogrammiert, so doch wahrscheinlich. Das legte Decour am Ende die Identifikation mit einer klassischen Dramengestalt Goethes nahe: Egmont. Wie er schätzt er seinen Tod positiv ein: Er hat das Gefühl, daß er für die Freiheit seines Volkes stirbt. Decours letztes Bild in seinem Abschiedsbrief ist das vom fallenden Blatt, das zu Humus wird: für künftige Regeneration. Der Rebell, der ein Beispiel gibt.

GABRIELE HELEN KILLERT, RICHARD SCHROETTER

ALLE ARTEN VON WUNDERN

Alberto Savinio, Multitalent und engagierter Freigeist

Für ihn war das Leben weder tragisch noch komisch, weder schön noch häßlich, böse oder gut, sondern vor allem: originell. Er selber war einer der originellsten Schriftsteller. Was die Vielzahl seiner Talente und Betätigungsfelder betrifft, so wird man unter den Modernen kaum jemanden finden, der es mit ihm aufnehmen kann. Er liebte und praktizierte eine gewisse Leichtigkeit des Seins und war doch alles andere als ein künstlerisches Leichtgewicht. Er sah und schulterte mancherlei Probleme und gehörte als Schriftsteller eher zu den Daseinsverliebten als zu den Problematisierern.

Alberto Savinio zählt hierzulande nicht zu den Vergessenen, er gehört zu den überhaupt noch und immer wieder neu zu Entdeckenden. Ursprünglich heißt er Andrea Francesco Alberto de Chirico und ist der jüngere Bruder des Malers Giorgio de Chirico. Um keine Verwechslungen aufkommen zu lassen und dem eigenen Ruhm nicht im Wege zu stehen, nannte er sich Alberto Savinio. Und als Alter ego in seinen Romanen Nivasio Dolcemare.

Geboren am 25. August 1891 in Athen, wuchs Savinio schon als kleiner Kosmopolit heran. Der Vater, ein Ingenieur aus Florenz, leitete den Ausbau der peloponnesischen Schmalspurbahn. Zu Hause sprach die Familie italienisch, in den diplomatischen Kreisen, in denen die Eltern verkehrten, wurde französisch, deutsch und englisch gesprochen. Draußen auf der Straße hörte er Griechisch, Türkisch und das hybride Volapük der Obszönität. Bevor die beiden das Land ihrer Sehnsucht, ihr Heimatland Italien kennenlernten, verschlug es sie erst einmal in das Land der Italiensehnsüchtigen: nach Deutschland. München schien der Baronin de Chirico der ideale Studienort für ihre Söhne zu sein, weil es damals die hellenischste Stadt im deutschen Kaiserreich war und weil zwischen Athen und München enge diplomatische und kulturelle Beziehungen bestanden. Doch nach wenigen Jahren in der »Hauptstadt des Trinkerathletentums« zog es den jungen Alberto nach Paris, in die Metropole der Avantgarde. Auf einem Foto sehen wir ihn gentlemanlike im maßgeschneiderten Anzug mit Krawatte, Stöckchen und »milchkaffeefarbener Melone« ganz *comme il faut*, ein feiner junger Herr aus gutem Hause und lebenshungriger Ästhet mit leicht spöttischer Maske. Unter der Melone rumort es nietzscheanisch. »Die Kunst, meine Damen und Herren, ist die einzige Tätigkeit, die uns interessiert, sie ist nicht nur Gebet, Hingabe, Opfer, sondern vor allem Besitzergreifung, Eroberungsakt, willentliches, gebieterisches, triumphierendes Erschaffen. – Und was wird geschaffen? – Das Paradies.«

Alberto Savinio und der drei Jahre ältere Giorgio de Chirico waren nicht nur leibliche Brüder, sie bildeten auch eine verschworene Bruderschaft im Geiste, eine intellektuelle Seilschaft und exklusive Frontstellung der Avantgarde. De Chirico gilt allgemein als der Begründer der metaphysischen Malerei. Doch das stimmt nur zur Hälfte. Seine berühmten Bilder, etwa »Das Rätsel eines Herbstnachmittags«, »Rätsel der Ankunft« oder »Geheimnis und Melancholie einer Straße«, Bilder, die zu den Inkunabeln der klassischen Moderne gehören, entstanden in Anwendung eines kunstphilosophischen Programms aus dem Geiste Nietzsches, das die beiden Brüder in ihren Münchner Jahren 1906 bis 1909 gemeinsam entwickelt hatten. Wobei der jüngere der führende Kopf war.

Savinio hatte mit fünfzehn bereits am Konservatorium in Athen intensive Klavier- und Kompositionsstudien betrieben und eine Oper komponiert, mit zwanzig wird in München sein »Phantastisches Heldengedicht« nach eigenem Libretto aufgeführt. Wie andere große Multitalente, etwa E. T. A. Hoffmann, Nietzsche, Joyce oder Thomas Bernhard, gab er die Musik nie ganz auf, aber seine proteushafte Natur suchte nach immer neuen künstlerischen Ausdrucksformen. Er schrieb Romane, Erzählungen, kulturkritische Essays, Texte fürs Theater, fürs Ballett, führte Regie, entwarf Bühnenbilder und kreierte eine hochironische, beinah parodistische Variante der metaphysischen Malerei des Bruders.

De Chirico malte den zwanzigjährigen Alberto im Hamlet-Kostüm als leicht rundlichen, um nicht zu sagen übergewichtigen Denker vor dem Hintergrund einer Landschaft des mythischen Thessalien, in der ein verspielter Zentaur seine Runden dreht. Auch wenn Hamlet als Metapher eher eine Selbstprojektion des grüblerischen, melancholisch temperierten de Chirico sein dürfte: Das Bild ist eine Hommage an den Bruder als kindhaften Seher und Schöpfer eines neuen Mythos und eine Anspielung auf Nietzsches Vergleich zwischen Hamlet und dem dionysischen Menschen, die beide einen Blick in das Wesen der Dinge getan haben.

Metaphysische Poesie

Die Natur liebt es, sich zu verstecken, lautet ein berühmtes Heraklit-Wort. Das heißt, das Wesen der Dinge gibt sich uns nur als Schein zu erkennen, als ein Kontinuum rätselhafter Zeichen. Die Kunst deutet die dunkle Wahrheit, den Nicht-Sinn, die stumme Fatalität, indem sie Gleichnisse schafft, mit Hilfe eines Vokabulars suggestiver Symbole und kühner Metaphern gleichsam Rätsel in Rätsel übersetzt. So arbeitet die Mythologie, und auch der moderne Künstler ist ein Produzent von Mythen, mit denen er die Vorgeschichte fortschreibt und weiter deutet, wenn er seine undurchdringliche Gegenwart in Gleichnissen erforscht. Das ist – grob skizziert – der kunstphilosophische Kern der metaphysischen Poesie, die Apotheose des Geheimnisses.

»Und was werde ich lieben, wenn nicht das, was Geheimnis ist«, lautet das Motto eines frühen Selbstbildnisses de Chiricos. Wie in Trance malt er seine Bilder von enigmatischer Schwermut: lange Schatten werfende Türme, Arkaden, Reiterstandbilder auf leeren Plätzen, einsame Zeichen für die Seinsverlorenheit in magischem Licht.

Auch Savinio, von gänzlich anderem Temperament als sein Bruder: agil, geistreich, heiter und gesellig, rufen die Geheimnisse. In den »Chants de la mi-mort«, den Gesängen des Halbtodes – der Titel ist angeregt von Schopenhauers Analyse des Zustands äußerster Klarheit zwischen Wachheit und Traum –, hält Savinio an de Chiricos Chiffren der Einsamkeit zwar fest, aber in einer lichteren Tonart. Er inszeniert in der metaphysischen Kulisse ein mythisches Variététheater der Puppen, eine Art Walpurgisnacht in der Unterwelt der Gefühle, dem Terrain des Unbewußten, das an die anarchische Sphäre des Roi Ubu, überhaupt den dämonischen Humor eines Alfred Jarry erinnert und die erhabene Leere und Verlorenheitsstimmung der Bilder de Chiricos ironisch travestiert. Diese damals, 1914, als kühn empfundenen dramatischen Gesänge sind gleichsam Alberto Savinios Entreebillett in die Pariser Avantgarde. Apollinaire, der Mentor und enthusiastische Makler so vieler ans Licht drängender Talente, druckt das Werk in Ausschnitten in seiner Zeitschrift »Soirées de Paris«. Der Text erfüllte aufs schönste den von ihm proklamierten *esprit nouveau* mit seiner Forderung, das Leben zu steigern und mittels *chocs* unerhörte Überraschungen zu erzielen.

»Viele wissen nicht, daß Ironie keine Frotzelei ist, sondern die Suche nach dem Geheimnis der Dinge, eine subtile Art, in dieses Geheimnis einzudringen.« Eine überraschende, ungewöhnliche Sicht bietet Savinio mit seiner Definition von Ironie, die einen großen assoziativen Hallraum eröffnet. Sie wahrt die Sokratische Distanz, das Nichtwissen, ohne die Neugier und Sensitivität für das Rätsel des Lebendigen zu verleugnen. Ironie ist für Savinio also kein beliebig eingesetztes rhetorisches Mittel, sondern eine Weltanschauung, Ausdruck einer geistigen Konstitution und seine ganz eigene Signatur der metaphysischen Poesie. Er vermischt den hohen Stil mit dem niederen, würzt ihn mit seinem scharfen burlesken Geist und erweitert so das Spektrum. Wir befinden uns bei Savinio schon weit in der tumultuarischen Sphäre des Surrealen, weshalb André Breton ihn auch emphatisch als Vorläufer der surrealistischen Bewegung reklamiert hat. Breton deutet Savinios phantasmagorischen Text aus psychoanalytischer Sicht.

Tatsächlich ist die Kindheit für Savinio eine hochbrisante krisenhafte Epoche. Einerseits ist es die Zeit einer berückenden Intensität sinnlicher Offenbarungen, der mythischen Erfahrung des landschaftlichen Raums. Andererseits ein stetiger Prozeß der Erosion des Glücks und der Poesie durch die Zwänge der Anpassung. Mit einem Wort: Der Sieg des Realitätsprinzips ist die Tragödie der Kindheit. Diesem Thema widmete Savinio zwei Romane, einen mit eben diesem Titel »Tragödie der Kindheit« und einen zweiten »Die Kindheit des Nivasio Dolcemare«. Es sind satirische Bildungsromane in Erinnerungsbildern, kleinen farcenhaften Reminiszenzen aus dem familiären Milieu, die Komödie der Erziehung, wobei das bürgerliche Personal operettenhaft travestierte Götter sind. Andererseits liebt Savinio die wahren griechischen Götter »wie ein Sohn« und besteht auf ihrer lebendigen realen Gegenwart.

Es ist die schöne Fremde der Frühzeit, der eigenen im Licht der mythischen, die der erwachsene, desillusionierte Erzähler in Erinnerung ruft. Durch Ironie geläutert, leben die alten Götter und Naturgeister im Erzählen wieder auf mit ihrem Lyrismus von Freiheit und Ewigkeit. Die Psyche belebt sich nicht durch Psychologie, sondern durch gesteigerte Empfindung.

Glücksmomente der Geborgenheit und Vertrautheit mit den Geheimnissen der Natur findet der kleine Alberto bei den Einheimischen, die der adligen Familie de Chirico als Personal dienen. Die lokale Aristokratie, sprich: der Hof, die auserlesenen Mitglieder der verschiedenen europäischen »Kolonien« und das diplomatische Korps, dieses »mürbe Saloneuropa« der Peripherie, dem auch der Vater angehörte – diese Kreise haben nichts von jenem Zauber. Vom Glück verstehen sie nichts.

»Ich hatte kein Fieber mehr. Ich durchquerte die Stadt mit dem Gepränge eines Triumphators. Ich lag zwischen den Kissen in der Kutsche wie ein fauler König in seinem von Ochsen gezogenen Wagen. Erde und Himmel glänzten. Die Stadt war neu hergerichtet (…) Trotz des ungewöhnlichen Lichts, in das die Stadt getaucht war, spazierten die Menschen mit zugenähten Lidern in den Straßen umher (…) Aufgrund was für einer Gemütsverhärtung, was für einer stoischen Haltung es ihnen gelang, so ruhig, so unveränderter Stimmung zu sein, ist eines der vielen Rätsel jener geistigen Rohheit der Erwachsenen, die man euphemistisch ›Ernst‹ nennt.

Ich wollte schreien: ›Macht die Augen auf, macht Platz für meine Freude!‹ Aber wozu? Besser, die wußten nicht, in welcher Lage sie waren. Dann tat es mir leid. Diese Hungerleider sahen mich, der ich an einer üppig gedeckten Tafel saß, mit Hundeaugen an. Das Herz tat mir weh. Warum öffnet das Glück nicht allen seine Arme, macht nicht aus allen seine Kinder?« (Übersetzung: Anna Leube)

Es ist das Glück des Kindes und das Glück des Kind gebliebenen Dichters, wenn die Welt in »ungewöhnlichem Licht« sich neu zeigt. Wie dem kleinen Alberto in der morbiden Klarheit nach überstandenem Fieber, so wurde de Chirico auf der

Piazza Santa Croce in Florenz nach einem längeren Darmleiden die Offenbarung einer ungewöhnlich intensiven poetischen Spektralität zuteil, aus der heraus er dann das Bild »Rätsel eines Herbstnachmittags« schuf. Es ist das erste Werk der *Pittura metafisica*, deren geheimnisvolles Leuchten im Betrachter wieder jene Offenbarung auslöst, der es sich verdankt. Daß der profan gestimmte Mensch, der »mit zugenähten Lidern« durch die Geheimnisse spaziert, dieses Glück, dem Geheimnis nahe zu sein, nicht kennt, macht das Kind traurig. Es ist die Einsamkeit des Künstlers, die Melancholie, die am Grunde jeder Kunst liegt, der schwarze Grundstoff auch und gerade der humoristischen, burlesk gewürzten Poesie eines Savinio.

»Um die gleiche Zeit wurde ich in die Mysterien des Theaters eingeweiht. Es war ein Sommertheater, dem der unendliche Himmel als Dach diente. In den Pausen während der Aufführung ertönte von jenseits des Zauns der rhythmische Atem der Brandung. Meine Nasenpapillen erbebten, es roch nach Algen und Sägemehl. Die verworrenen Töne des Orchesters, das die Instrumente stimmte, riefen in meinem Bäuchlein die kolikartigen Krämpfe hervor, die den großen Glücksmomenten vorausgehen. Hier auf der Bühne des Lanarà gedieh der Mythos, die poetische Luftspiegelung: das Leben unter seinem stolzen, unschuldigen, metaphysischen Aspekt. Auf der Bühne wurde es dunkel. Ein dumpfes Dröhnen der großen Trommel füllte die Finsternis. Und als das Licht wieder leuchtete, war unter uns Apollo. Apollo war eine Frau: Apolla. Sie schwieg, unbewegt. Unter einem kleinen Kranz goldener Schneckchen betrachteten die Sternaugen die Nacht. Blickten sie auf einen Stern? Versanken sie im Unendlichen? Es fehlte dem androgynen göttlichen Wesen die menschliche Präzision des Schauens. Kein Tuch, keine Zutat, nichts beeinträchtigte die vollkommene Linie des fleischfarbenen Trikots. Spuren alten Schweißes verbreiteten einen geheimnisvollen Schatten unter den Achseln. Unter der eng anliegenden Wolle zeichnete sich schwärzlich das heilige Delta wie ein Todessymbol ab. In den griechischen Kirchen hatte ich mehrfach das Auge Gottes gesehen, eingeschlossen im Dreieck. Die Komödianten betrachteten verzückt das amphibische Geschöpf.«

Eine der Urszenen der »Tragödie der Kindheit«, sie steht im Zentrum des gleichnamigen Romans. Apollo-Apolla, dieses göttliche Zwitterwesen, das die Komödianten und auch Nivasio, der Künstler als Kind, so verzückt betrachten, wird von der tumben Gesellschaft, diesen befrackten bourgeoisen Tritonen und krinolinengeschmückten Najaden, ausgepfiffen und von der Bühne gejagt. Sie fürchten und verdrängen in ihm nur das Zerrbild ihrer eigenen abgetöteten Begierden, das Aufleben einer Wahrheit, die ihrem Bürgerfrieden unzuträglich ist. Dem Kind aber enthüllt sich im kaum verhüllten Hermaphroditen plötzlich der Gott der

Kunst, das zwischengeschlechtliche Wesen aus dem Grenzland zwischen Traum und Wirklichkeit.
Das Modell des Künstlers ist für Savinio das Kind, das sich im freien Spiel die Welt aneignet. Auch Denken heißt für ihn Spielen, Weiterspielen, Philosophieren ohne System, ohne Herr-Knecht-Verhältnis zwischen Subjekt und Objekt. Alle Dinge, und seien es die geringsten, sind Subjekte, haben die Dignität von Rätseln. Es kommt darauf an, offen zu sein für ihre Winke, für alle Arten von Wundern.

Buntschriftstellerei

Savinios Verhältnis zur Welt besteht aus hochdifferenzierten Zu- und Abneigungen. Wie der kleine Nivasio mit dem Küchenjungen Xenophon, pflegt er geselligen Umgang mit Heraklit, Giambattista Vico, Nietzsche und Schopenhauer, extrem eigenmächtigen Denkern und inspirierten Selbstdenkern wie Lukian oder Stendhal. In diesem exklusiven Zirkel freier Geister bewegt sich Savinio, und diesen Austausch mit befreundeten Geistern mag man Bildung nennen. Er hat ein amouröses Verhältnis zum Geistigen und zu den Künsten und betreibt diese auch als Liebhaber. Konsequenterweise lehnt er den modernen bürgerlichen Berufskünstler ab, den Routinier und Spezialisten. Wie Savinio ständig unterwegs ist, zwischen Mailand und Paris, Rom und seinem Haus in Versilia, so wechselt er die Künste wie ein Jongleur die Bälle, um den Geist in Bewegung zu halten. Und ebenso beweglich, sprunghaft assoziativ, quasi *improvisando* ist sein Stil, von großer Geschmeidigkeit und sinnlicher Plastizität. Indem er die entferntesten Dinge aufruft und in überraschende Nähe zueinander rückt – Achilles und den Boxer Jack Dempsey, Homer und die Gänseleberpastete, die Bibel und Captain Grant –, knüpft er ein weites Netz im phantastischen Echoraum der Kultur und macht den Leser zum staunenden Reisegefährten. Wie Heine becirct und umgarnt er uns mit seinem Witz, seinen metaphorischen Zauberkünsten, auch mit jener flanierenden Leichtigkeit, mit der er die verschiedensten Bereiche berührt. »Buntschriftstellerei« nannten das die antiken Autoren. Savinio bezeichnet diesen Habitus von spielerischem metaphorischem Denken als »Lyrismus« und sieht ihn am vollkommensten bei Nietzsche verwirklicht.
»Der Lyrismus ist eine Lebensform, Intelligenz, Aktion jenseits von alldem, was man im praktischen Leben, im physischen – und im metaphysischen – für einen Zweck hält. (Auch Gott ist ein praktischer Zweck, sogar der erste und höchste praktische Zweck, den der Mensch sich hienieden geschaffen hat.) Die Menschen verwechseln das, was einen Zweck braucht, um sich selbst zu rechtfertigen, mit dem Lyrismus, der keinen Zweck braucht, weil er jenseits aller Zwecke

ist (…) Nietzsche ist ein Lyriker. Er ist der lyrisch vollkommenste Mensch, den ich kenne. Sein Werk, sein Leben selbst sind lyrische Fakten. Sein Philologismus, seine Philosophie des Hammers, sein Wille zur Macht, sein Politizismus, seine Ideen über die Staaten und über den Krieg sind Formen des Lyrismus. Ergo müssen Nietzsches Philologie, Philosophie und Politik more lyrici betrachtet werden, abgelöst von jeglichem Zweckdenken, als ein Spiel. Nie darf man sich bei einem Gedanken Nietzsches fragen: ›Was bedeutet das?‹ (…) Nichts, ihr dunklen Menschen, hat in Nietzsches Worten die Absicht, die ›ihr meint‹.« (Übersetzung: Christine Wolter)

Diese markante Nietzsche-Exegese ist auch ein Bekenntnis in eigener Sache. Am entgegengesetzten Ende einer Skala verwandter Geister verortet er Guy de Maupassant. Selten hat wohl jemand ein tollkühneres Stück Biographie geschrieben als Savinio mit seiner großen Essay-Erzählung »Maupassant und der andere« und dabei in poetischer Camouflage so viel Eigenes durchblicken lassen. Savinio steigert die Figur des Schriftstellers ins Mythische, verwandelt ihn zur Strafe in einen Stier. Er ist als Mensch ganz und gar der niederen, der animalischen Sphäre verhaftet, und die grobe Mechanik des Physischen – die Syphilis – bringt ihn schließlich um, so wie das 19. Jahrhundert im Ersten Weltkrieg an seinem profanen materialistischen Ungeist zugrunde ging. Aber auch als Erzähler ist Maupassant, der Repräsentant einer naturalistischen Literatur, für Savinio gescheitert.

»Maupassant war ein Mensch ohne Ideen, ohne irgendeine Idee – das heißt ohne ›urteilende‹ Ideen. Urteilende Ideen zu haben (die einzige Voraussetzung, die das Recht auf den Titel ›großer Künstler‹ verleiht) bedeutet, daß der Künstler der Materie seiner Kunst gegenüber eindeutig Distanz wahrt und ihr gegenüber eine übergeordnete Rolle spielt (…) Der Dichter hat, worüber er auch immer spricht, und sei es über die schwersten Dinge, die Fähigkeit, sich vom Boden zu erheben: Er bringt die Kühe zum Fliegen. Maupassant fehlt die Fähigkeit, sich vom Boden zu erheben. Maupassant bleibt auf der Erde: dem Traurigen, Hoffnungslosen, Sterblichen der Erde verhaftet. Deshalb sind seine Erzählungen wahr, unbestreitbar wahr, entsetzlich wahr, doch vergänglich und sterblich wie die Menschen und die vergänglichen und sterblichen Dinge.« (Übersetzung: Anna Leube)

Unsterblich haben Maupassant dann in Savinios Lesart doch noch einige großartige visionäre Geschichten gemacht, die er kurz vor seinem frühen Ende schrieb, und die hat ihm der »andere«, der »schwarze Untermieter«, sprich: der Wahnsinn in die Feder diktiert. Die Nemesis hat ihn als Mensch zerstört und, das ist die böse Pointe des Ironikers und Moralisten Savinio, eben damit als Dichter gerettet.

Das Doppelbödige an der Geschichte ist, daß Maupassant Savinios Schatten ist, daß er an dieser mythisierten Figur die eigene verdrängte Nachtseite ausleuchtet. Die Kunst des assoziativ-weiträumigen und immer dichteren Einkreisens beherrscht Savinio wie kein zweiter, auch in anderen großen Porträt-Essays etwa über Henrik Ibsen oder Jules Verne. Buchstäblich aus dem letzten Hemd des Dichters, dem »absurdesten und unzeitgemäßesten Herrenhemd«, das man je sah und das Vernes Neffe aufträgt, aus dieser verblichenen Hemdbrust läßt Savinio, der dem Neffen auf einer Abendgesellschaft begegnet, auf zwanzig Seiten das Porträt eines Mannes hervorgucken, der beinah im Vaudeville-Milieu versackt wäre, dann aber gerade noch rechtzeitig von der strengen Jungfer Wissenschaft verführt wurde, sich der modernen »Kolbenmythologie« zu verschreiben, und fortan puerile »Bildungslektüre in angenehmem Gewande« verfaßte, was ihm ein Vermögen einbrachte. Mit feinstem Spott reportiert der Autor die Erfolgsstationen dieses Käpt'n Nemo in Pantoffeln, der seine drei Schiffe nur bestieg, um der ehelichen Häuslichkeit zu entkommen, und am Ende im Ehebett doch ganz real »den Toten spielte«. Aus dieser moussierend komisch und leicht snobbish geschriebenen Geschichte strömt uns der Bratenduft bourgeoiser Zimmerfluchten entgegen, die das Pflanzbeet von Abenteuerschriftstellern sind.

Die Metamorphosen des Malers

Apollo, der Gott der Kunst, allein weiß, warum Dido auf einem der Bilder Savinios eine Rubensfigur mit Pelikankopf ist, während Äneas mit schimmernder Rüstung einen anmutigen Giraffenkopf trägt. Warum ferner Niobe, aber auch die Muttergottes auf seinem Verkündigungsbild einen Pelikanschnabel tragen. Wir wissen nur, daß diese Bilder von einer großen Suggestivkraft, einer ketzerischen Frische und kindlichen Durchtriebenheit sind, der wir mit keiner noch so raffinierten kunsthistorischen oder psychologischen Deutung beikommen. Wir ahnen, warum er in einer seiner Erzählungen die Figur der Psyche (aus Apuleius' Fabel »Amor und Psyche«) mit einem Pelikanschnabel versieht und in einen Hühnerstall sperrt, denn die Seele des Abendlandes ist nun einmal eine geschundene. Warum er sich selber als Uhu mit Frack und Binder als *old fashioned man* mit unbeschreiblich illuminierter Sehermaske porträtiert, bedarf wohl keiner Erklärung. Diese Homunculi aus Öl, Kreide, Tempera und Übermut, diese frühzeitlich postheroischen Zwitterwesen sind Vexierbilder: Chiffren der schmerzlichen Unvollkommenheit, des Risses, der durch die Schöpfung geht, und travestierte Anbetungsfetische, Totems eines Ahnenkults wie die ägyptischen Tiergötter. Darunter die Eltern, die Monster der Kindheit. Farbenprächtiger ist der schwarze Humor wohl selten auf eine Leinwand gebracht worden, fast pop-artig, comic-artig und postmodern in seinem hemmungslosen Zitatcharakter. Savinio hybridisiert nicht nur die Spezies, wie in seinen Büchern die Erzählformen und

Textsorten; auch die Kunstgeschichte tritt bei ihm als wilder Synkretismus aufs Proszenium. Der neue Mythos erobert die klassischen Räume, antike Köpfe, wie frisch aus dem Meer gezogen, fixieren den Betrachter mit dem Staunen der Frühzeit. Das ganze Pandämonium gemalt in gespielter Amateurhaftigkeit, zum Zeichen, daß die Welt ein großes unaufgeräumtes Spielzimmer ist.

Sprachspiele und göttliche Tippfehler

Ein unaufgeräumtes Spielzimmer ist auch der Kosmos der Sprache. Sie überrascht uns, die wir versuchen, die Zügel in die Hand zu nehmen, immer wieder mit ihrem Eigensinn. Savinio glaubte, daß ihm die Geister sogar beim Tippen auf seiner Schreibmaschine, »dieser getreuen Komplizin des geheimen Wörterbuchs«, dazwischenfunken und auf diese Weise anrichten, was wir als Tippfehler bezeichnen.
Die Geister, die Wissenschaft und Technik zu verscheuchen hoffen, sind immer mit von der Partie. Und niemand, der sich heute mit elektronischen Geräten und ihren Tücken herumschlägt, wird bezweifeln, daß auch die Monster mit der Zeit gehen und immer besser, immer raffinierter werden, immer tückischer zuschlagen. Savinio faszinieren solche Sabotageakte gegen die Anmaßungen der Vernunft. Tippfehler, Versprecher, alle Arten von sprachlichen und akustischen Fehlhandlungen sind Indizien für die verborgenen Mächte, die Metaphysik der Dinge, die er mit kriminalistischer Energie aufspürt. Das Kind hört »Derelefant«, wenn von dem Elefanten die Rede ist, und ist schon ein kleiner Nonsens-Poet. So spielt die Natur selbst, aus ihren Tipp- und Lesefehlern sind auch wir Homunkuli letztlich wohl hervorgegangen. Im Sprachspiel trifft der menschliche Spieltrieb auf den der Sprache. Und es ist schwer zu sagen, wer wem die Bälle zuspielt.
»Immer wenn neben mir ein Kalauer ›explodiert‹, bleibe ich stehen, als hätte sich vor meinen Augen ein Loch aufgetan (...) Der Kalauer hat einen schlechten Ruf. Unter einem Kalauer versteht man im allgemeinen einen Witz, der auf einem Wortspiel oder einer Zweideutigkeit beruht, und die Menschen, die Kalauer reißen, sind offen gestanden nicht zu empfehlen. Der Hang zum Kalauern ist meistens angeboren, denn zum Witzereißer wird man geboren wie zum Karambolespieler oder Bauchredner. Und dennoch dürfen wir den Kalauer nicht auf die leichte Schulter nehmen: Dahinter verbirgt sich eines der außerordentlichsten Geheimnisse der Psyche. Vor allem muß gesagt werden, daß Kalauer nicht nur von professionellen Witzereißern produziert werden, sondern oft auch von hervorragenden Männern: von Dichtern, Philosophen, Künstlern. Wir alle kennen unzählige von Shakespeare. Denselben Hang zum Kalauern hatten auch Goethe und Victor Hugo. Und während wir die des typischen Witzereißers für unedle Kalauer erklären, bezeichnen wir jene als edel, die sich in Dantes Göttlicher

Komödie, in Petrarcas Buch der Lieder und in den Evangelien finden, und auch jene, die Apoll durch den Mund der Pythia von sich gab, deren Orakelsprüche nicht minder doppeldeutig beziehungsweise kalauerhaft waren. Ist die These vielleicht zu gewagt, im Kalauer offenbare sich der Schimmer des Göttlichen? Wir dürfen nicht vergessen, daß die Griechen in der zufälligen Begegnung von Wörtern die Stimme der Götter sahen. Im Witzereißer verbirgt sich zu einem wenn auch winzigen Teil die Freude des Demiurgen, die Freude dessen, der Gott Konkurrenz macht.« (Übersetzung: Christine Wolter)

Wider den falschen Ernst

Mit seiner Apologie des Kalauers und überhaupt des Sprachspiels führt Savinio einen ernsten moralistischen Diskurs gegen den falschen Ernst des Lebens, der Probleme der »ernsthaften Menschen«, des Dürstens nach Problemen, den falschen Ernst der Selbstbehauptung, der religiösen Absolutheitsansprüche, kriegerischen Auseinandersetzungen, des Todes. In diesem Sinne zitiert er seinen Geistesfavoriten Stendhal: »Der Kalauer ist unvereinbar mit dem Mord. Der Mensch, der mit den Worten spielt, befindet sich allzu hoch oben in der Sphäre des Geistes, ist allzu weit entfernt von den dunklen Regionen, wo das Leben ernst genommen wird und Morde begangen werden.«
Der falsche Ernst ist kulturfeindlich, politisch höchst gefährlich, ja zerstörerisch. Ihm verdanken wir den Chauvinismus, den hysterischen Patriotismus, er wurzelt im Minderwertigkeitskomplex, im Horror vor sich selbst, der in Größenwahn und blutigen Terror umschlägt.
Savinio lebte unter der Pest des Unernstes, im Faschismus. Wir schreiben das Kriegsjahr 1940 auf 41. Hitler und Mussolini haben sich in einem Teufelspakt, dem inzwischen auch Japan beigetreten ist, gegen die zivilisierte Menschheit verschworen. In einem Artikel fordert Savinio seine Leser auf, mit ihm einen Gegenpakt freier Geister zu schließen und sich auf die »Glückseligkeit« des geistigen Spiels einzulassen, dieser »höchsten und vollkommensten Ablenkung von der Langeweile, vom Ärger, vom Neid, von Traurigkeit, Haß, Zorn, Schmerz und Tod«.
Er ist fast fünfzig. Drei künstlerisch produktive Jahrzehnte mit den Stationen München, Paris, Rom und Mailand liegen hinter ihm, eines wird ihm noch vergönnt sein. Jetzt sitzt er – ein gefesselter Proteus – auf dem Land in seinem Haus in der Versilia nahe Viareggio fest und schreibt, unzufrieden mit den leblosen Wissensschablonen herkömmlicher Enzyklopädien, *peu à peu* sein eigenes höchst persönliches Lexikon. Hebt den Schleier von Geheimnissen wie dem der Liebe, der Dummheit, des Geruchssinns, der Grammatik, des Germanentums, der Poesie, des Schamgefühls, des Wesens Hitlers, Mussolinis, der Tragödie und

des Trinkerathletentums – um nur einige der über zweihundert Stichworte zu nennen. Erstaunliches erfahren wir, etwa über den Buchstaben A. Sein großer Erfolg liege darin, daß das A Staunen und Schmerz zum Ausdruck bringe, also zwei der drei »Gefühlszustände«, aus denen das Leben bestehe. Der dritte sei die Langeweile. Das Leben des Künstlers besteht aus Staunen. Das Leben des Geistesmenschen besteht aus Schmerz. Wären wir alle entweder Künstler oder Geistesmenschen, meint Savinio, so wäre die Welt in Ordnung. Aber die große Mehrheit lebe in der Langeweile.

Das meiste, was aus Langeweile geschieht, ist relativ unschädlich. Aber es gibt, so der Autor, eine menschliche Leere, die unersättlich ist. Diese Menschen gleichen den Fässern der Danaiden. Savinio nennt sie deshalb »Faß-Menschen«. Mussolini, Hitler sind solche Fässer ohne Boden. Wie die kosmischen schwarzen Löcher, die alles schlucken, was in ihre Nähe kommt, verschlingt die »gähnende Leere« der Diktatoren (mit Procura ihrer Untertanen) ganze Völker, die sie mit Krieg überziehen. Besonders bei den Deutschen müsse man auf das Schlimmste gefaßt sein. Der Deutsche hat aus Savinios Sicht einen Horror vacui vor sich selbst. Das sei das »germanische Drama«. Nicht um sie zu beherrschen, weil er sich überlegen fühlt, macht er sich über andere Völker her, sondern um sich mit ihnen zu vermischen und »als Deutscher zu verschwinden«. Der deutsche Eroberungsdrang ist, so verstanden, sozusagen die mißglückte Selbstbefreiungsmission eines notorischen Untergehers.

Probleme sind bloß Zeitvertreib

Europa bzw. Europäertum sind für Savinio keine geographischen Begriffe, sondern Chiffren für eine humane, christliche Kultur, allerdings mit einer Einschränkung: Das »Gespenst Gottes« vermassele die schönste, friedlichste Kultur. Deshalb bitte ein Christentum ohne Gott. Die christliche Auffassung vom Leben sei nicht an die Idee von Gott gebunden. »Deutlicher gesagt: Für das christliche Lebensgefühl ist Gott als Prämisse nicht nötig. Noch deutlicher: Das Vorurteil Gott belastet das christliche Lebensgefühl und schadet ihm. Das wahre Christentum ist gottlos (...) Und wenn ich gottlos bin, dann nicht aus Überlegungen heraus, sondern weil ich ein Christ bin.«

Der Teufel ist ein Logiker. Savinio aber auch, wie dieser schräge Algorithmus zeigt. Europa liegt so gesehen noch in weiter Ferne. Savinio graust es vor Bevormundung durch jegliches »theokratische« System. Die einzige Göttin, die er anerkennt, ist »die Göttin Intelligenz«. Statt Dunkelmännertum: helle Geistigkeit. Savinios Konzept des »Lyrismus«, des zweckfreien geistigen Spiels ist gleichsam die romanische Version von Schillers »ästhetischer Erziehung«. Das

Lechzen nach »Bedeutung«, nach dem »Drama«, der gierige »Problemdurst« der Zweckmenschen deuten für Savinio auf eine »arbeitslose Seele« hin. Der gute Europäer aber sei »so weise zu erkennen, daß das Leben kein Problem ist«. Daß Probleme höchstens »ein Gegenstand der Liebhaberei sind, ein Zeitvertreib, ein sportlicher Vorwand«.

Wenn es Savinio mit etwas ernst ist, dann mit seiner Apologie des geistigen Spiels wider den falschen Ernst, dem wir den hysterischen Patriotismus und ehedem die traurigen Ideale des Herrenmenschen verdanken. Er weiß, wovon er spricht. Er sah die Vertreter des mörderischen Ernstes durch die Länder marschieren bis in seinen friedlichen Garten. Was uns allein weiterbringt auf dem Weg, den abergläubisch dressierten, fanatisierbaren »Faß-Menschen« in uns auszutreiben, ist das Ideal des selbstgeschaffenen Menschen im Sinne Montaignes. Zarte Ansätze einer Höherentwicklung sieht der Autor – jetzt wird es heiter – etwa im Bartverzicht des europäischen Mannes, also im Verzicht auf die Attribute der Männlichkeit als Ausweis seiner »äffischen« Herkunft. Bedauerlicherweise sei die unanmutige Virilität im Zuge der Gleichberechtigung auf die Frauen übergegangen. Überragende Frauen, »ob sie nun schreiben oder malen oder nur sprechen, haben etwas Angestrengtes an sich, etwas Übertriebenes, Gezwungenes. Daher der unangenehme Eindruck, den die überragende Frau auf mich macht.« Selbst in der weiblichen Mode mache sich eine unschöne Militanz bemerkbar. »Wir bewundern den Mut oder besser gesagt das fehlende Bewußtsein der Lächerlichkeit jener Frauen, die sich ein Täschchen umhängen, das aussieht wie eine Gasmaske im Futteral.«

Heute, da die »überragenden Frauen« viel lässiger geworden sind, kann man es sich auch als Leserin, die gelegentlich gern stichelt, leisten, Savinios Beobachtungen originell zu finden. Man muß nicht immer mit ihm übereinstimmen, um Leonardo Sciascia recht zu geben: Man muß Savinio einfach gern haben. Als bekennender Stendhalianer vertritt er ohnehin keine Meinungen im landläufigen Sinne. Er diskutiert nicht nach Art von Stammtisch-Troglodyten. Er hat Anschauungen, souveräne Vorlieben und Abneigungen. Vor allem hat er Ironie, ein Bewußtsein der Zweideutigkeit, also immer auch Anteil am Gegenteil. Weshalb auch seine Idiosynkrasien und selbst seine Irrtümer – allesamt Gedankenspiele – so anregend sind.

Alberto Savinio hatte vor, aus diesen verstreuten »Lexikon«-Artikeln, die, erstaunlich genug, während des Krieges unter anderem in der Architekturzeitschrift »Domus« erschienen, ein Buch zu machen. Doch dazu kam es nicht, er starb 1952 mit einundsechzig an einem Herzinfarkt. Erst ein Vierteljahrhundert nach seinem Tod gab Sciascia nach Vorgaben Savinios einen Sammelband mit dem Titel »Nuova Enciclopedia« heraus, der (in der Übersetzung von Christine Wolter) 1983 bei Insel erschien. 2005 hat Die Andere Bibliothek eine um

sechzehn, von Karin Fleischanderl erstmals übersetzte Beiträge erweiterte Auswahl herausgebracht, ediert von Richard Schroetter. Den neuen Titel »Mein privates Lexikon« kann man beim Wort nehmen. Hier ist nichts aus zweiter Hand. Savinio verkörpert den Gegentyp des Philisters. Wie Stendhal war er stolz auf seinen »reinrassigen Dilettantismus«. Seine Bildung ist Lust, Luxus, aber auch eine Isolierschicht gegen die Notdurft, den »Ernst« des Lebens. Geselliger Austausch mit befreundeten Geistern und mit seinen Lesern. Lesern? Savinio kann man nicht lesen, wie man einer jagenden Löwin nicht hinterherspazieren kann. Man wird mitgerissen von einem unbändigen Allegrissimo hakenschlagender Imaginationen. Aus dem Nichts einer scheinbaren Nebensache setzt er zu weiten Assoziationssprüngen an. Persönliche Erinnerungen und historische Reminiszenzen, Vergangenes und Zukünftiges, Aperçus und Beschreibungen umkreisen in fließender Bewegung den Gegenstand, die Beute. Wobei die Abschweifungen, der Blick auf scheinbar Gleichgültiges, nur – um im Bild der Jagd zu bleiben – Finten und Eskapaden sind, die der Gegenstand selbst erzwingt.
So spaziert Savinio auf den Spuren Giacomo Leopardis, der dort begraben liegt, durch Neapel. An jeder Mauerecke Erinnerungen: Das Café d'Italia, wo der genäschige »kleine Graf« immer sein Eis schleckte, ist verschwunden. Auch das ehedem berühmte Gambrinus, wo Savinio sich verabredet hat, ist futsch. Dort firmiert jetzt eine Bank. Und so streunt der verwirrte Sucher wie ein herrenloser Hund mit dem Phantomschmerz verlorener Orte im Herzen herum. Und uns weht aus dem Echoraum der aufgerufenen Erinnerungen, dem Fluidum des Textes ein Hauch von Vergänglichkeit um die Nase: das poetische Phantombild des Unendlichkeits-Dichters Leopardi.
In den dreißiger Jahren und später, während die Ernst-Menschen, Waldmenschen mit Klumpfüßen, einem verklumpten Gemüt ihr Mordgeschäft betrieben, publizierte Savinio in zahlreichen italienischen Kunstzeitschriften und Feuilletons und schrieb einige seiner schönsten Bücher, wie »Die Tragödie der Kindheit«, aber auch das wahrhaft unheimliche Buch über Maupassant. Bücher, in denen er die Erinnerung an das Paradies wachhält, auch wenn er immer wieder wie Dürers Melencholia den Kopf schwermütig auf die Hand stützt, gleichsam in den Pausen der Hoffnung.
»Alldem, was in der Welt geschieht, und all den skeptischen Behauptungen der ›Realisten‹ zum Trotz, dürfen wir niemals die Wiedererrichtung des Paradieses auf Erden aus dem Auge verlieren, dürfen auch nie aufhören, darin die einzige und wahre Bestimmung der Menschheit zu sehen. Die Kunst ist das Bild, die Stimme, der Gedanke dieser Idee – und das, wenigstens das, darf und kann niemand leugnen. Die Kunst trägt in sich die Erinnerung an das verlorene Paradies, aber gleichzeitig enthält sie auch das Versprechen eines wiedergefundenen Paradieses.«

RÜDIGER GÖRNER

IM WORTHAFEN

Triest als literarische Lebensform

Keine Stadt ist wie die andere, und keine ist so anders wie Triest. Ihre Architektur erinnert in den Außenbezirken an Süditalien, in ihrem Kern an Wien, ist stellenweise kakanisch-slawisch, ein natürlicher Hafen in noch natürlicherer Bucht, die Serenissima in Reichweite, aber auch die das Auge beleidigenden Industrieanlagen von Mestre. Das Ausladende der terrassierten Bucht lädt zum Bleiben ein. Der Castello di San Giusto thront über verblichenen Jahrhunderten. Wie auf einem Riff ragt in Blickweite Duino in die Zeit.

Und doch: »Triest ist die Leiche im Keller in den deutsch-italienischen Beziehungen«, befand Stefan Zweig unumwunden in einem Memorandum, das er für Sir Arthur B. Baxter, den kanadisch-englischen Journalisten und Vertrauten des britischen Premierministers Neville Chamberlain, am 4. Januar 1940 verfaßt hatte. Es galt, die Briten aus dem Dämmerschlaf der Beschwichtigungspolitik gegenüber Hitler wachzurütteln und mittelbar auch die Achsenmacht Italien davor zu warnen, daß ein Großdeutsches Reich sich nach einem siegreichen Krieg geradezu zwangsläufig Triest einverleiben würde. Nachweislich befaßte sich Zweig mit diesem Schreckensszenarium seit September 1939, als er in einer Beilage zu einem Brief an Siegmund Warburg mit Richtlinien für eine »Beeinflußung Italiens« klarsichtig konstatiert, Deutschland werde spätestens 1941 »einen Zugang zum Mittelmeer sich erzwingen« müssen und deswegen »nach Triest durchstoßen«.

Wörter nach Triest tragen in die Heimstatt heterogener Literaturen – mit solchen Worten verhält es sich wie mit den sprichwörtlichen Eulen und Athen. Aber fragen wir je, was mit den Eulen dort geschieht? Wir lassen sie die Dämmerung ausbrüten, damit sie unbelastet ihren Flug beginnen können – einer athenisierten Minerva zugehörig; denn man vergißt, daß diese das Handwerk schützende Göttin ursprünglich altitalienischer Herkunft war. Ich habe sie immer in den Terrassenhügeln im Rücken Triests vermutet, dort könnte sie mit ihren Eulen hausen, vor sich diese zauberische Bucht, Patronin der Hafenarbeiter, die keinen Handgriff machten, ohne dabei zu singen, sie, die Dichterin des Alltäglichen, durch deren Gesang die Verrichtungen an den Molen zu besonderen Vorgängen wurden.

Hegel war nie in Triest, Winckelmann immerhin, wenn auch nicht zu seinem Glück. Aber dennoch wußten die Dichter in Triest viele Lieder zu singen von

Hegels Satz: »Wenn die Philosophie ihr Grau in Grau malt, dann ist eine Gestalt des Lebens alt geworden, und mit Grau in Grau läßt sie sich nicht verjüngen, sondern nur erkennen: die Eule der Minerva beginnt erst mit der einbrechenden Dämmerung ihren Flug.« In der Sprache ist alles Übertragung: vom Gedachten ins Wortbild, das dann seinerseits zu denken gibt. Dieser Satz Hegels will besagen: Nur der zeitliche Abstand zu den Geschehnissen erlaubt angemessene, sprich reflektierte Erkenntnis und Einsicht.
Man verdeutliche sich die einstige Bedeutung Triests als drittgrößte Stadt im Habsburgerreich und als zweitgrößter Hafen nach Marseille im Mittelmeerraum, seit den Tagen Karls VI. ein Freihafen und nach der Eröffnung des Suezkanals 1869 Haupthandelsplatz asiatischer Waren, die für Mittel- und Nordeuropa bestimmt waren. Als eine Stadt, die ihre Identität aus (Kultur-)Grenzen gewann, wie Claudio Magris befand, der sie als »literarische Hauptstadt in Mitteleuropa« bezeichnete.
Man trage noch ein Gedicht hierher, eine Novelle, eine Prosaetüde, in diese Stadt voller Spuren nicht nur deutschsprachiger und slawischer, sondern auch jüdischer, griechischer, armenischer und türkischer Provenienz, eine Stadt, die weiterhin Literatur hervorbringt, Zeugin eines einzigartigen Kulturhybrids, eine Drehscheibe im Küstenknie der nördlichen Adria, eine Stadt, die Literatur geworden ist. »Trieste ha una scontrosa/grazia«, heißt es in Umberto Sabas Gedicht über seine Stadt und ihren »spröden Charme«. Zum Bronzedenkmal erstarrt, geht Saba an der Ecke via Dante und Via San Nicolò stehend auf seine bevorzugte Buchhandlung zu. Inzwischen ist auch Italo Svevo zur Bronzefigur geworden, zu bewundern auf der Piazza Attilio Hortis.
Saba befand sich in Triest in Gesellschaft von »vielen Traurigkeiten«, suchte Edoardo Weiss auf und ließ sich vom ersten italienischen Jünger Freuds analysieren. Welche Gedichte ihm das einbrachte, bleibe dahingestellt; gewiß ist, daß er dadurch die Bedeutung seiner Amme schätzen lernte. An der Psychoanalyse scheiden sich in Triest die literarischen Geister, denn Italo Svevo, alias Ettore Schmitz, Italiens Marcel Proust, schmähte – auch durch seinen Protagonisten Zeno Cosini – die Psychoanalyse, obwohl (oder weil) er die »Traumdeutung« ins Italienische übersetzt hatte. Svevo läßt seine drei Helden, Alfonso Nitti in »Ein Leben« (1892), Giulio Brentani in »Senilità« (1898) und eben Zeno Cosini in »Zenos Gewissen« (1923), an der Wirklichkeit scheitern. Zu seinen frühen Bewunderern gehörte der damals gleichfalls noch unbekannte James Joyce, der Svevo, bereits des Deutschen kundig, im Englischen unterrichtete. Svevo fand sich zumindest teilweise in den Charaktereigenschaften Leopold Blooms im »Ulysses« wieder.
Triest um 1910 – Nora Barnacle, Joyces Lebensgefährtin und unverheiratete Mutter ihrer gemeinsamen Kinder Giorgio und Lucia, verdingte sich zunächst in der Villa Veneziani bei den Svevos als Büglerin. Auch wenn es nun ein Triestiner

Gemeinschaftsmuseum für Joyce und Svevo gibt, im sozialen Leben bestanden Grenzen zwischen beiden. Als der Museumsdirektor Riccardo Cepach auf einer Photographie von 1908 Joyce in einer Gruppe mit Svevo hinter der Villa Veneziani beim Bocciaspielen identifizierte und damit belegen konnte, daß die beiden gesellschaftlich engeren Kontakt gepflegt haben dürften, war dies dem Times Literary Supplement im Januar 2021 immerhin einen ganzseitigen Artikel wert.
Joyce trat als Dandy mit berückender Tenorstimme in Erscheinung, und Nora wurde von Tullio Silvestri als »schönste Frau, die er je gesehen« habe, porträtiert. Joyce schreibt in dieser Zeit seinem Bruder Stanislaus: »Die Triestiner legen großen Wert darauf, ›modisch‹ auf der Höhe zu sein, oft hungern sie, um in guten Kleidern auf dem Pier prunken zu können« – und meinte damit wohl auch sich und Nora, wobei beide am Anfang ihrer dortigen Zeit, vor allem in den ersten Wochen in Pula, wo sich zunächst die Berlitz-Schule und damit Joyces Arbeitgeber befand, eher auf exzentrische Weise heruntergekommen gewirkt hatten. Joyce flirtete mit den Jüdinnen der Stadt, besonders mit Amalia Popper, der Tochter eines wohlhabenden Kaufmanns, und fand es interessant, daß auch Nora begehrlichen Blicken ausgesetzt war, vor allem von Roberto Prezioso, dem Herausgeber des »Piccolo«, einer einflußreichen Zeitung, in der Joyce einige seiner Vorträge über Irland veröffentlichte. Die Italiener empfanden ihre englandkritische Haltung als Entsprechung ihrer Ablehnung Österreichs. Daß es zwischen Joyce und Prezioso, der Nora seine »Irlandia« nannte, dann doch zum Eklat auf offener Straße kam, gehört in die Geschichte der Triestiner Klatschspalten.
Triest und seine Landschaft sind eine literarische Erfindung zwischen dem Meer und dem mürben Kalkstein des Karsts, eine Erfindung, die Text um Text weitergeht. Ihr moderner Urheber hieß Scipio Slataper, der (in Florenz) den lyrischen Essay »Mein Karst« veröffentlichte – zwei Jahre bevor im Triestiner Hafen das in Sarajevo ermordete Erzherzogspaar vor der Weiterfahrt nach Wien aufgebahrt wurde. Slataper, der im Dezember 1915 in der vierten Schlacht am Isonzo mit siebenundzwanzig Jahren fiel, war ein Nietzscheaner mit Verachtung für antislawische Vorurteile. Er unterrichtete drei Jahre lang Italienisch an der Universität Hamburg und lieferte damit ein Beispiel für die eigentümliche Affinität Triestiner Intellektueller zur nördlichen Hemisphäre. Es paßt ins Bild, daß Slataper ein vehementer Fürsprecher Friedrich Hebbels' war; ihm verdanken wir einen eindrücklichen Essay über dessen »Judith«, veröffentlicht im November 1910 in »La Voce«. Wohl nirgends im Süden fand die skandinavische Literatur – von Ibsen bis Strindberg – ein intensiveres Echo als in Triest. Italo Svevo, Roberto Bazlen waren die Vermittler, ebenso James Joyce, der gerade in seinen rund zehn Triestiner Jahren ein Anhänger Ibsens war. Slataper gab sich in seinen Artikeln über Triest betont kritisch. Die Stadt habe keine wirklichen kulturellen

Traditionen, sondern lediglich »Menschen aus allen Teilen der Welt absorbiert«, die, »verführt von der Leichtigkeit des Verdienens und jeder Art von Privilegien und verlockenden Garantien«, hierhergekommen seien.
Auffallend übrigens, daß Rainer Maria Rilke bei seinem ersten Aufenthalt im benachbarten Schloß Duino 1911/12 Triest eher gemieden hat. Es scheint ihm zu österreichisch gewesen zu sein. Als Briefabsender schreibt er beharrlich: »Schloß Duino bei Nabresina, oesterreichisches Küstenland« oder »Littoral Autrichien«. In Duino, das er als exponierten Grenzort verstand, reflektierte er zu dieser Zeit das Problem Österreich, wie in einem Brief an Sidonie Nádherny vom 8. März 1912: »Oesterreich hat so viel auf dem Gewissen: daß es, von Anfang an, den an ihm beteiligten Völkern ihre Nationalität und die Stärke dieser Nationalität verdarb, sie ihnen zur Hälfte wegnahm und einschränkte, ohne eine neue National-Einheit aus den Elementen zu bilden, die ihm solche Opfer gebracht hatten. Jeder gab sich halb auf, aber dabei blieb es auch eigentlich, Oesterreich blieb immer im Bau, es ist eine chronisch gewordene Vorläufigkeit (…).«
In unserer Zeit trauert man dieser Vorläufigkeit hinterher, die in Triest zumindest eine Form gefunden hatte. In der subtilen Triest-Prosa von Angela Krauß, »Theater am Meer« (2007), findet sich eine entsprechende Pointe. Sie trifft dort einen Archivar, der behauptet, die Triestiner lebten nicht in der Vergangenheit, sondern in der Zukunft. »Nur die Besucher leben in der Vergangenheit, wenn sie etwas suchen, das es nicht mehr gibt.« Er hält die Melancholie für eine von den Österreichern importierte Erfindung. Aber der Archivar muß auch einräumen: »Die Melancholie Triests scheint in ihrer geographischen Lage zu stecken: Einst waren wir das Tor zur Welt. Vom Ende der Monarchie bis zum Ende des Eisernen Vorhangs sind wir das Ende einer Sackgasse gewesen. In Europa eröffnen wir neu!«
Die Melancholie – Ferruccio Fölkel, Literat und Historiker des jüdischen Triests, erfaßte sie in einem Gedicht, das sich wortspielerisch mit den Ambivalenzen der Stadt auseinandersetzt:

TRISTE TRI(E)STE

Ich muß die Bora wiedergewinnen
oder hier zugrunde gehen
in meiner Heimatstadt
in meinem tristen Triest
in meinem Triest triste
das ich unmöglich lieben kann
aber auch nicht hassen.
(Aus dem Italienischen von Renate Lunzer)

Sie zeigt sich in der Literatur über und aus Triest immer wieder, diese melancholisch gefärbte Ambivalenz, so auch bei Ilma Rakusa, die als 1946 Geborene im Nachkriegsfreistaat Triest aufwuchs: »Triest verdanke ich den Sinn für sprachliche und kulturelle Vielfalt, für den Reiz der Mischungen und Schichtungen, der kreativen Uneindeutigkeit. Soll ich ergänzen: der Ambivalenz? Ja, die Stadt hat viele Gesichter und nicht wenige Widersprüche. Ich erlebte sie lieblich und streng, paradiesisch und abweisend.« In ihrer Perspektive, von einer ungetrübten Kindheit bestimmt, gleiche Triest einem Oxymoron, versinnbildliche es doch »glückliche Trauer, trauriges Glück«. Doch damit verbindet sich der Schock über die Entdeckung, daß ausgerechnet hier das einzige Konzentrationslager auf italienischem Boden stand: die Risiera di San Sabba, wo slowenische Partisanen in der »Reisfabrik« gequält, gefoltert, getötet wurden. Rakusa weiter: »Triest bekam Schatten, die Mussolini-Architektur zeigte ihr wahres Gesicht. (...) Viele Funde machten mich ratlos, andere entsetzt. Über meine Liebe zu Triest legte sich ein Schleier, die definitive Melancholie.«

Inzwischen ist die Entzauberung Triests selbst zum Mythos geworden. Der Klagenfurter Schriftsteller Bertram Karl Steiner fragt, wo Österreich in Triest zu finden ist. Und antwortet: in den Fragen, die man an Triest stellt, etwa: Warum mußte Grillparzer hier seiner Medea begegnen? Warum wollte Herzmanovsky-Orlando hier Medeas Wohnsitz ausfindig machen? Steiner fragt seine Zeitgenossen: »Was sagt ihnen der abgründige Mythos der Besitzer von Miramare?« Genau hier knüpft Magris mit seinem Roman »Verfahren eingestellt« an. Bei Rakusa lesen wir: »In Triest lernte ich, was Licht, Farben und Gerüche sind.« In Magris' Roman gewinnt diese Bemerkung über Gerüche eine makabre Note, da bis Kriegsende penetranter Leichengeruch vom vierzig Meter hohen Krematoriumsschornstein des Lagers Risiera di San Sabba herüberwehte. Und im Prunkschloß Miramare feierte man noch am 20. April 1945 Hitlers Geburtstag, was bei Magris eingehend beschrieben wird. Unter den Gästen ist auch der Triestiner Lagerkommandant Odilo Globocnik, vormals ein Scherge in Treblinka. »Verfahren eingestellt« gleicht einer Abrechnung mit Triest, wortgewaltig vorgetragen von einem Autor, der längst die wichtigste literarische Stimme der Stadt ist. Bevor die Wehrmacht sich Miramares bemächtigte, residierte Herzog Amedeo di Savoia-Aosta dort, bis 1943 Statthalter von Mussolinis Gnaden in Äthiopien. Die Zahl der Opfer der knapp fünfjährigen faschistischen Schreckensherrschaft dort dürfte dreihunderttausend übersteigen.

Über Miramare stand kein guter Stern. Aber in Triest mag es immer wieder vorkommen, daß Sternschnuppen auf die bronzenen Standbilder der Dichter fallen. Ilse Aichinger hat darauf in einem 1962 entstandenen Gedicht träumerisch angespielt:

TRIEST

Ich sah in den Blätterschatten
den Umriß geharnischter Länder,
aus der Sonne kamen
die vielen Vögel zu mir,
sie lehrten mich
die Künste des Maschenbindens
überm gefalteten Meer
und einer von ihnen ließ sich
auf meinen Rippen nieder
und besprach mich
und vor den Taubengrotten
auch meinen Stern.

Joseph Zoderer braucht mehr als die Hälfte seines Triest-Romans »Dauerhaftes Morgenrot« (1987), bis für den ortskundigen Leser annähernd deutlich wird, daß es sich um die Triestissima handelt: »In der Fischhalle stellt er sich wieder in einen der offenen Eingänge und genießt die hallende Leere des mit einer gläsernen Haut überwölbten Raumes. (…) Die Fischhalle reicht bis ans Meer, eine Böe packt eine eingerollte Plane und klatscht sie an die Mauer.« Inzwischen ist diese Fischhalle feiner geworden und beherbergt das kommerzielle Kulinarium Eataly, und doch ist trotz der Panoramafenster etwas übriggeblieben von der Atmosphäre von Zoderers Roman, der »Duft von verbranntem Wachs und Weihrauch, der sich vermischt hatte mit billigen oder teuren Parfüms und den hereingewehten Abgasen der Stadt, auch mit der salzigen Meeresluft«. Zoderer hielt sich im Herbst 1985 in Triest auf, um an seinem Roman zu schreiben. Im Tagebuch notiert er: »Der Schrecken, der mich in der Nacht, am Morgen und jetzt panikartig anfällt, ist die Frage: ja, was tu ich hier, was will ich schreiben, wo ist denn meine Geschichte? Und die Ruhe kommt aus der Antwort: ich muß sie hier finden.«

Was also geschieht, wenn man Wörter nach Triest trägt? Als Verben geraten sie ins Präteritum und rascheln mit den Schatten der Blätter, hören das Klirren der Harnische ringsum als Signale einer stets lauernden Gefahr. Aus der Eule der Minerva werden viele Vögel und dann doch wieder nur der eine, auf den alles ankommt, der zu sprechen gelernt hat, den sternenhaften Leuchtpunkt deutend. Nichts von den Sehenswürdigkeiten findet sich in diesem Gedicht, kein Hinweis zum Beispiel auf den theresianischen Canal Grande, der architektonisch Venedig zitiert. Das Gedicht reduziert die Monumente der Geschichte auf im unklaren verbleibende »Taubengrotten«. Das Mare Nostrum, das sich heute wieder neu erfinden müßte, Europas mittelmeerischer Bestimmung zuliebe, ist »gefaltet«, harrt demnach seiner Entfaltung. Die natürlichen Flugkünste der Vögel werden zu einem »Maschenbinden« in den Lüften. Das Gedicht suggeriert: Wer Triest sagt, sagt damit schon alles, löst poetisch das Markante dieser Stadt auf.

Und der Hafen? Ist Worthafen geblieben, wo Metaphern anlegen, Bedeutungen Anker werfen, an Land gehen oder sich wieder hinaustreiben lassen aufs Meer; denn sie, die Wörter – zumindest der hier angeführten Schriftsteller – wissen jetzt, wo die Eule der Minerva auch nistet.

UMSCHAU

GISELA VON WYSOCKI: DAS KOSTBARE GESCHENK DER FERNE

Über Italo Svevo

Die Jury hat mir das Geschenk dieses Preises gemacht. Und sie hat außerdem dafür gesorgt, daß ich das mir bisher unbekannte Werk Italo Svevos kennenlernen konnte. Daß ich es angestaunt habe, wäre das bessere Wort.
Nicht der gewitzte Essay war mir hier möglich, der so traumhaft sichere Fährten legt. Der durch seinen Blick fürs Ephemere in Windeseile ganze Himmel aufreißen kann. Bei Italo Svevo mußte ein anderes Instrumentarium ins Spiel gebracht werden. Ich kann nicht behaupten, daß mir der Zugang zu seinem Werk in den Schoß gefallen wäre. Abwartend beobachtete ich den raschen Ablauf der Eindrücke; zu Beginn ein odysseisches Abenteuer. Später sah ich in ihnen Markierungen unumgänglicher Stationen zu einem Werk, dessen kunstvolle Chiffrierungen mir keine andere Möglichkeit ließen. Dieses Schreiben spielte sich in einem Zwischenraum von Handeln und Nichthandeln ab und schuf sich schließlich grandios eine eigene Bühne.
Eine meiner Bestürmungen des Werkes richtete sich auf seine Erzählweise, die Sprache. Sie sei, wie mir einige literarisch durchaus kenntnisreiche Kommentare vor Augen führten, gewissermaßen nicht der Rede wert. Es handele sich um eine bescheidene, unauffällige Gerätschaft. Ich habe sie anders wahrgenommen. Die Sprache schien mir die wahre Auskunftgeberin zu sein. »Ein Leben« und »Senilità«, die beiden Romane von 1892 und 1898, bildeten das Zentrum meiner Überlegungen. Ich stand hier Figuren gegenüber, die sich szenenreich durch eine Reihe von Risikozonen bewegten. Sie befanden sich in einem Zustand unendlicher Verwundbarkeit. Verwachsen mit ihren Blessuren, um ihr Überleben kämpfend. Man hatte es mit Geschöpfen zu tun, die für diese Welt nicht kompetent, nicht gut genug ausgestattet waren. Sie machten irgendwann dicht, gaben auf. Der eine der beiden Protagonisten war am Ende tot, der andere verkrümelte sich ins Alter. Ich werde keine Ruhe geben, ich werde ihn finden, den Einstieg, sagte ich mir. Er wird mir diesen und jenen Hinweis geben, dann werde ich wissen, warum mich beide Romane irritierten, begeisterten, angespannt sein ließen; mich lesen, weiterlesen ließen.
Mir fielen Details auf. Ich beobachtete, wie die Akteure aus dem Nichts auftauchten. Sie näherten sich nicht, sie waren da. Vom ersten Moment an einem Vergrößerungsglas ausgesetzt, das den Beschreibungen eine übernatürliche Deutlichkeit verlieh. Und das Fluidum der Entlarvung. Da kommt dann ein Kuß zu früh. Und einer jungen Frau gelingt es nur kurz, den richtigen Ton zu treffen. Romanfiguren hatten schon bessere Tage gehabt. Als scharf umrissene Wahrnehmungsobjekte waren sie Teil der neuen Zeiten, ihr Erfinder ein Vorläufer von Musil, Joyce und Brecht.
Da gab es zum Beispiel Alfonso Nitti, die Hauptfigur in »Ein Leben«, Mitarbeiter eines Finanzunternehmens, unterwegs in einer Welt der Umstände, der Sachlagen und Dienstgrade. Einer, der über die Runden zu kommen versucht; was ihm nicht gelingen wird. Ursprünglich sollte der Titel »Ein

Lebensuntauglicher« lauten. Eine einsichtsvolle Korrektur. Denn die Lebensuntauglichen hatten ihre Zeit gehabt; mit Tschechow, Turgenjew, Gontscharow. Das Leben selbst hatte etwas Untaugliches angenommen. Aus Svevos Werkstatt stammt der erste Angestelltenroman Europas. Die Beschleunigung der Produktionsprozesse kommt ins Bild, die Austauschbarkeit der Beschäftigten, das Damoklesschwert der Entlassung. Svevos antizipatorischer Blick erfaßte die Zeichen einer sich auflösenden Weltordnung. Eine Nähe zum Untertitel der »Minima moralia« Adornos wird erkennbar, er lautet »Reflexionen aus dem beschädigten Leben«.

Ich dachte daran, daß es in den soziologischen Seminaren in Frankfurt Beiträge über Svevos Romanwerk hätte geben müssen! Die Veranstaltungen dort standen, was nicht verwundern wird, in enger Verbindung zu Werken der Literatur. Ich selber hatte, als die Studenten sich ein ganzes Semester mit den soziologischen Aspekten des Lachens beschäftigten, einen Vortrag über das bei Proust geschilderte Lachen gehalten, das falsche Lachen bei den Abendeinladungen von Madame Verdurin. Italo Svevo hätte den Seminaren »Zum Problem von Individuum und Gesellschaft« oder »Neue Theorien der Kulturindustrie« den Charakter belebter Schauplätze gegeben.

Er hat früh das Destruktionspotential ausfindig gemacht, das dem verheißungsvollen zivilisatorischen Fortschritt zugrunde liegt: Bändigung und Versagung. Eine Entdekkung, die in seine Sprache hineinspielen wird, ihr die wunderbar fettfreie Kontur der Abgetakeltheit gibt. Sprache, die den Jetztzeit-Ton der Ereignisse trifft. Die das Buchstäbliche, Maßstabsgetreue, Spruchreife aufzeigt. Sichtweisen durchspielend: die Zentralperspektive einer Moderne, die vor Gegenwärtigkeit, vor schierer Diesseitigkeit geradezu aus den Fugen gerät. Eine Zeitform, der Svevo den Namen Welt der »verläßlichen Maximen« gibt.

Ich lerne sie in den Bürokorridoren eines Finanzunternehmens kennen. Es ist das Revier des schon erwähnten unglückseligen Bankangestellten Signor Nitti. Revier und Kriegsschauplatz. Täglich wird hier der Stand der Rangstufen und Machtbefugnisse ausgetestet: ein Gebiet der maßgeschneiderten Phantasmen. Wer aus der Angestelltencrew legt die qualifizierteste Form von Ungezwungenheit an den Tag? Wer die spektakulärste Machart von Robustheit? Wer die schlagkräftigste Dialogführung – schnell wie ein Schußwechsel? Svevo lesen heißt zuschauen, wie die Vernunft aus ihren Verankerungen gerissen wird. Mit der Präzision eines Schachweltmeisters setzt er seine Figuren in Gang, um sie entgleisen zu lassen. Er hat, selber ein Bankangestellter, im Milieu seines Berufsfelds den Schlamassel kommender Zeiten decodiert. Atemberaubend, so empfand ich diese Abrechnung mit der Geschichte der Aufklärung. Ein fehlerhaft verschraubtes Konstrukt bricht auseinander. Der Soziologe Georg Simmel, ein Zeitgenosse Svevos, hat die Dinge auf den Punkt gebracht mit den Worten »der Apfel vom Baum der Erkenntnis ist unreif gewesen«.

Nichts geht mehr, so sieht es aus. Nicht einmal das Fieber der Leidenschaft ist noch eine Option. Der Roman »Senilità« erzählt die Geschichte des Versicherungsvertreters Emilio Brentani. Auch dieser Held steht mit leeren Händen da und fragt sich: Was macht die Welt so beängstigend ungeeignet für ihre Bewohner? Bereits der erste Spaziergang mit der vergötterten Angiolina gibt Signor Brentani die Gelegenheit, sich als hilflos Scheiternden zu präsentieren. Als er ihr die frohe Kunde überbringt, nicht nur ihr Haar, ihre Haut, sondern ihre ganze Person sei von oben bis unten aus Gold, zeigt sie auf einen schmerzenden Zahn und präsentiert ihm ihren aufgesperrten Mund, von dem es eben noch hieß, er sei ein »Schmuckkästchen«. Wir sehen seinem Bemühen zu, in der hübschen Angiolina nicht die umtriebige Kurtisane wahrzunehmen, die sie ist, sondern die ihm ergebene, anhängliche Geliebte. Wie in den Korridoren des Bankinstituts ist auch hier der Blick auf den phantomhaften Zug der Begegnungen gerichtet. Wenn das Mondlicht auf Angiolinas Gesicht fällt, trifft Brentanis Kuß nicht sie, sondern gilt, freudig hingenommen, etwas noch Schönerem, einem durch den Mond verursachten »kalten, weißen Licht«. Dies ist einer der vielen Kippunkte, an denen ich mich fragte: Wie existent sind sie eigentlich, die von ihren Einbildungskräften gesteuerten Kreaturen Italo Svevos?

Und wie steht es mit ihm, dem Autor, der ein Triester Bankangestellter war, später dann Chef einer Schiffsfarbenfabrik, dessen eigentlicher Name Aron Hector Schmitz lautete? Wie Ecken und Kanten hier aufeinanderstoßen, hat zirzensische Dimensionen. Ein Familienvater, zwischen Geldgeschäft und Fabrikanlage, baut sich unter erfundenem Namen die Existenz eines Autors zusammen. Er nimmt in Florenz italienischen Sprachunterricht, weil für seine Veröffentlichungen der Triester Dialekt unvorteilhaft ist. Das Ausmaß der Verschaltungen, die monströse Reichweite dieser Austauschmanöver, des Switchens zwischen den Bedeutungen, Zuschreibungen, kann nicht ohne Auswirkung auf, nicht ohne Schlagkraft für das Werk gewesen sein. Wie auch die Kränkung, keinen Leser für seine Romane gefunden zu haben.

Italo Svevo hat das Tohuwabohu der eigenen Geschichte in ein vorweggenommenes Zeitgenossentum verwandelt. Die Verkennung, das Ungeschick, der Fremdkörper des Daseins werden ihm zum Gewinn. Sie arbeiten für ihn, den Schriftsteller, den Nomaden, der im Bau der Sprache periodisch untertaucht. Die Beschreibung des heute verliehenen Preises applaudiert der Fähigkeit des »ästhetischen Eigensinns«. Svevo hat sie ausgeschöpft bis an den Rand der Möglichkeiten. Nicht nur, weil er seine Figuren durch die Hölle gehen ließ, sondern auch, weil er das auf eine verteufelt gute Art und Weise gemacht hat. Seine Dichtungen haben die kristalline Form der Unübersehbarkeit. Sie bringen selbst in die Schilderungen der Beengtheit und des Versagens eine Eindringlichkeit, in den Gestus der Erzählweise eine verwegene Entschlossenheit und gestalterische Finesse. Ein Vorgehen, das sich einen nicht nur neuen, sondern auch öffentlich zugänglichen Schauplatz eigenen Lebens geschaffen hat. Und dieser Schauplatz, so weit würde ich gehen, hat mit einer von Rampenlicht beleuchteten Bühne zu tun.

Und wo *sie* ist, gibt es auch ein »Ensemble«. Ich erkenne in den Brentanis und Nittis, in den Angiolinas, Annettas und Macarios ein Team von Mitspielern. Svevo hat seine Kollegen, seine Geliebten und seine Piesacker an die Rampe gestellt, er hat ihnen sein Drama anvertraut und ihnen abverlangt, einen großen Abend daraus zu machen. »Das Theater«, so zitiert ihn seine Frau Livia Veneziani in ihren Erinnerungen, sei »die einzige Form, in der sich das Leben direkt und genau darstellt«. Ähnlich Ludwig Wittgenstein: Nur dort, auf dem Bühnenboden, meinte er, trete die Sichtbarkeit menschlicher Wesen neu konturiert hervor; weil herausgelöst aus ihrer Umgebung, sich selbst überlassen. Das Theater als Sehschule.

Die schönste Geschichte, die ich in diesem Zusammenhang finden konnte, ist in Svevos Tagebuchnotizen zu finden. Er stellt sich dort die Frage, welcher Art von Beschäftigung sich Gott nach der Erschaffung des Menschengeschlechts zugewendet haben mochte. Svevo weist ihm die Rolle eines von Neugier erfaßten Zuschauers zu. Gott würde keinen Finger gerührt haben, so heißt es in der Eintragung, er hätte an die Schöpfung nicht einmal gedacht – wenn er nicht auf die Überraschung neugierig gewesen wäre, die er mit seiner kosmischen Unternehmung ausgelöst hatte.

Ich stelle mir vor, daß auch Svevos Neugier sich auf das Eigenleben seiner Personen richtete. Obwohl *er* es doch war, der ihnen eine Gestalt gegeben hat. Wohlgemerkt, es geht hier nicht um die von Svevo fürs Theater geschriebenen Skripte. Dort war die Bourgeoisie auf den Beinen und kümmerte sich um Klatschgeschichten, um Intrigen und Geheimniskrämereien. Mit den Bühnenmenschen Svevos sind die kunstvoll chiffrierten Figuren der Romane gemeint. Mit ihrem schnellen Hin und Her der Auftritte und Eindrücke, den pointierten Dialogen, dem Verlangen nach Profilierung. Als Prosaerfindungen bringen sie auf diese Weise ein Fluchtverhalten mit; gefesselt von der Scheu, auf die Unbekanntheit der Transzendenz zu stoßen. Sie entfliehen der Empfindung, dem *Inner circle* der Gefühle.

Wenn sie sich doch einmal kurz ins Bild schieben, zeigt Svevo uns seine Helden als hilflos ergriffene Toren. Sie starren, von Feierlichkeit erfaßt, in den nächtlichen Himmel oder denken an die abgehakte Bedeutung »großer Geister« der Kulturgeschichte. Einmal, für einen kurzen Moment, sehen sie sich einer unerwarteten Begegnung gegenüber: es ist Emilio Brentani, der beschämt am Bett der schwerkranken Schwester sitzt und wahrnimmt, daß seine Anteilnahme an ihrem Geschick nicht ausreicht, um bis zu ihr vorzudringen. Daß er statt dessen, so heißt es bei Svevo, »auf die Suche nach Bildern und Metaphern gegangen war«. Immer wieder gibt es Anzeichen einer solchen Erstarrung, bis hin zum Autor selbst, der unter dem Gedanken litt, den Tod des Bruders nicht lange genug betrauert zu haben. In den Romanen ist die Welt des Theaters gegenwärtig: die Künstlichkeit der Rolle, die einstudierte Emotion. Die Protagonisten sind verkettet, man könnte auch sagen, verlinkt mit den Begabungen der Darstellung, der Virtuosität der Auftretenden.

Die Beschreibung, die Svevo der eigenen Sprache zukommen ließ, klingt nach einer magischen Formel. Er charakterisierte sie als »kurz, brüsk und schmucklos«. Der spartanische Beiklang läßt die Aufgabenstellung erkennen: aus dem Verkehr zu ziehen, was der Erfahrbarkeit der Wörter, der Offensichtlichkeit der Phänomene im Wege steht. Die Sprache soll ein Ort sein, an dem der Autor seinem einstigen Leben begegnet. Nun aber nicht mehr in der früheren Gestalt, wie es halt jeder so auf seinem Buckel mit sich herumträgt. Anders. Einem Leben und seiner Geschichte, autobiographisch definiert, denen nun das kostbare Geschenk der Ferne innewohnt.

So gesehen bewegt sich die Formel »kurz, brüsk, schmucklos« auf ein Signal zu. Auf das Zeichen eines Aufbruchs und Absprungs. Sie hat ein Werk in Gang gesetzt, dem sich heute die Totalität einer ganzen Epoche ablesen läßt. Und das in einer Form, deren Plastizität ins Auge springt. Wir verdanken dies einem Ingenium, das vor dem eigenen Leben davonlief, um sich ihm schließlich in der Rolle des Zuschauers wieder zu nähern. Italo Svevo hat uns in Form eines aufs Detail gerichteten Sur-Realismus Einblicke in die Konventionen und die Sprachspiele seiner Zeit ermöglicht; in die Kultur der Erotik und, im Rahmen seiner Auseinandersetzung mit Freud, die Mythen der Selbsterkenntnis. Dies alles mit einem tiefen Blick für die Risse, für die Sprengkräfte im Zentrum der Zivilisation.

Ich hatte zu Beginn meiner Lektüre häufig an Franz Kafkas Erzählung »Der Bau« denken müssen. Ein Tier hat sich schutzsuchend in eine mit unterirdischen Gängen, Spalten und Gräben ausgestattete Erdhöhle verkrochen. Nun findet es den Ausgang nicht mehr. Das Bild schien mir angemessen für die in ihren Bürokorridoren herumgeisternden Angestellten. Svevo hat den Ausgang für sich gefunden. Etwas Besseres, als ins Theater zu gehen, konnte ihm gar nicht passieren.

JÜRGEN ENGLER: DIE EMBLEMATISCHE QUALLE

In Monika Rincks Band »Rincks Ding- & Tierleben« (2009) steht der Text »tiere im trend 2010«. Von gesellig Badenden in einem Bassin ist die Rede: In »schönen wendungen« ist man »strudelnd einander zugewandt«, um »im umlauf zu bleiben«. »In den meisten fällen war man nicht alleine, sondern in begleitung. Als beste begleitung hatten weichtiere zu gelten …« Mit den Weichtieren sind wohl nicht zuletzt Quallen gemeint. Dafür spricht, daß die Autorin einen weiteren Kurztext »quallen im kommen« genannt hat. Und tatsächlich erscheinen sie häufig in jüngerer Lyrik.

Metaphorisierung bedeutet, besondere Seiten und Aspekte von Dingen und Erscheinungen hervorzuheben, andere zu vernachlässigen oder auszublenden. So wird die filigrane Schönheit schwebender Medusen bewundert, die Funktion ihrer Tentakel und Mundarme aber, Beute zu machen und sie der Verdauung im Innenraum zuzuführen, ausgespart. Metaphern verdanken sich einerseits einem Akt poetischer Willkür, andererseits verlangen sie Genauigkeit im Darstellen bzw. Evozieren dessen, worauf sich der auswählende Blick richtet.

Marion Poschmann setzt uns mit dem Gedicht »vage Aussichten« (enthalten in »Geistersehen«, 2010) irritierter Wahrnehmung aus.

> du hast mir Quallen, hast mir Bullaugen
> gegeben,
> zwei runde Fenster in das
> unscheinbarste Meer.
> zu nah, daher zu fern. zu dicht. zu viel.
> zu sehr.
> zu transparent. ich nahm nicht wahr,
> wie direkt neben
>
> mir dieses Meer begann. ich sah die
> Quallen schweben,
> sah ihren Körper kaum, ein blasser
> Sack, nicht mehr
> erkennbar als ein Ding des Wassers.
> gläsern, leer
> der blanke Hintergrund, an dem
> Gedanken kleben,
>
> als käme Klarheit auf. als öffneten sich
> Fenster
> auf das, was war, auf nichts.
> Erinnerungsgespenster,
> so ungreifbar, zu zart. die Blicke
> scheitern hier.
>
> ein heller Wellenschlag wie ohne
> Oberfläche
> verdeckt, was nichts ist als eine
> Gedächtnisschwäche,
> ein schwimmendes Gesicht, schon
> innerhalb von mir.

Schon der Titel des Sonetts verweist auf ein Charakteristikum Poschmannscher Ästhetik: die von fluider Realität bedingte Unschärfe des Blicks, das Wechselspiel von Anwesenheit und Abwesenheit der Dinge. Die Qualle ist dafür emblematisch: »ein Ding des Wassers« und doch kaum ein Ding, da fast gänzlich verschmelzend mit seiner Umgebung. Eine Gestalt, schwimmend, verschwimmend, die ins Gestaltlose gleitet. Was kann der Blick wahrnehmen, für wahr nehmen, wenn die Konturen verblassen? Wirkliches und Mögliches, Dingliches und Geistiges, Äußeres und Inneres fließen ineinander und Gegenwärtiges wird als Ehemaliges empfunden: »Erinnerungsgespenster«.

Der englische Dichter William Wordsworth bemerkte, Dichtung habe ihren Ursprung in Gefühlsregungen, deren man sich in Zeiten der Ruhe erinnere. Erinnerungen und Erfahrungen, die im Gedicht Gestalt annehmen, entfalten sich im Gedächtnisraum der Hörenden und Lesenden wie die von Wasser benetzte Wüstenrose. »Schwankende Gestalten« sind die Reminiszenzen, die auftauchen, aber ebenso schnell, »so unbegreifbar«, sich wieder auflösen. Die »Aussichten« des Gedichts – »als käme Klarheit auf« – stehen im Konjunktiv; Ansichten sind Schwebstoffe.

Die Quallen reizen die Imaginationskraft, wie in Christian Lehnerts Gedicht »Der Strandgänger und die Qualle« (im Band »Windzüge«, 2015):

DER STRANDGÄNGER:

Denn gegenäugig ist das Hellerwerden,
und kaum verständlich ist, was bleibt.
Der Blick löst sich in Wasser wie in
Verben:
Was zuckt, was schwillt, was weint, was
treibt?

DIE QUALLE:

Daß ich in einem Strom vergeh …
Ich werd erfaßt von einer Welle.
Daß ich in Strömung aufersteh …
Ich bin der Strom an meiner Stelle.

Ich bin der Tag, der mich vergaß,
ich bin die Nacht in meinem Sog,
des Meeres durchsichtiges Maß …

DER STRANDGÄNGER:

Denn uns erfüllt ein Licht, das uns
nicht kennt,
die Welle, die uns fand und sich entzog,
weil uns ein dunkler Hunger von ihr
trennt …

Die Abfolge der Quartette und Terzette weist das Gedicht als französisches Sonett aus; zugleich läuft die Aufteilung dem Schema zuwider: Das erste Quartett und das Schlußterzett sind dem Strandgänger, die beiden übrigen Strophen der Qualle zugeordnet.

Der Strand bildet die Grenze zwischen Land und Meer, der Strandgänger ist mithin ein Grenzgänger. Was aber bedeutet diese Grenze? Der Dichter gibt Antwort, eine dichterische, gleichsam »vage«, zu erfühlende, nicht zu erjagende.

Die erste Strophe konfrontiert uns mit Tod und Leben. Der Vers »und kaum verständlich ist, was bleibt« mag uns an das auf den Strand gespülte, seiner wunderbaren Pracht ganz und gar verlustig gegangene Lebewesen denken lassen. Dann wendet sich der Blick des Strandgängers dem Wasser zu, dem Lebenselement der Qualle.

Die nächsten Strophen geben der Qualle das Wort: Anaphorisch wird das Ich betont. Das überrascht, denn nichts liegt ferner, als einer Qualle den Status des Individuums – des Unteilbaren – zuzubilligen, ist sie doch eine flüchtige Erscheinung des Lebensstroms, der in der Wortfolge des Gedichts Vergehen und Auferstehen umfaßt.

Im letzten Terzett wird von einem Wir gesprochen, mithin der Unterschied zwischen Strandgänger und Qualle eingeebnet. Beide, Angehörige *eines* Lebensraumes, sind von einem Licht erfüllt, »das uns nicht kennt«. Zwei Welten grenzen aneinander oder durchdringen sich, irdisches Dasein (»dunkler Hunger«) und ein darüber hinausweisendes Sein, das von Licht und Welle, gar Lichtwelle, symbolisiert wird. Hier ist auch auf die religiöse Konnotation des Auferstehens zu verweisen: Wortmächtig folgt der Theologe und Dichter Lehnert den mystischen Paradoxien eines Jakob Böhme und Angelus Silesius.

Auch Jan Wagner hebt in seinem Gedicht »qualle« aus dem Band »Australien« (2010) die wäßrige Natur des Lebewesens hervor. Aber er akzentuiert nicht das Schwebende, sich den Strömungen Hingebende, auch nicht das allmählich Pulsierende der Quallen, sondern ihre stoßweise Fortbewegung.

gefräßiges auge,
einfachste unter den einfachen –
nur ein prozent trennt sie von allem,
was sie umgibt.

stoße dich weiter vor
ins unbekannte: ein brennglas,
geschliffen
von strömungen und quellen: eine lupe,
die den atlantik vergrößert.

Die Metapher »gefräßiges auge« ist ein Amalgam aus sinnlicher Wahrnehmung und gedanklicher Abstraktion. Sie evoziert die Daseins- und Bewegungsweise der Meduse und zugleich die Existenzweise des Lebens überhaupt, das »eine prozent«, das belebte von unbelebter Materie trennt und sich durch die hier apostrophierten Eigenschaften auszeichnet: Stoffwechsel, Bewegung, Wahrnehmung. Die Kunst der Metapher erzeugt die Metapher der Kunst: Die »lupe, die den atlantik vergrößert« ist das Gedicht, das die Welt sichtbar macht. Und das »gefräßige auge« – ist es nicht das bildsüchtige Auge des Poeten? So ist die Anrede an die Meduse zugleich die Aufforderung des Dichters an sich selbst: »stoße dich weiter vor/ins unbekannte ...«
Noch dazu haben wir ein »konkretes Gedicht« vor uns: Die Strophengestalt kann als schematisierte Darstellung einer sich horizontal bewegenden Qualle aufgefaßt werden, sie stößt (sich) vor, über Satzspiegel und Seitenrand hinaus ins Unbekannte.
Die lyrische Phänomenologie aller drei Gedichte beruht wesentlich auf der Augenmetapher. Das ist naheliegend: Die gallertartige Konsistenz der Qualle erinnert an den Glaskörper des Auges. Betont wird die *Bildlichkeit* des Gedichts als erkenntnisstiftend. Doch vergessen wir darüber nicht die musikalische Organisation der Verse (zumal der Sonette) – die wechselnden Zäsuren der Alexandriner Poschmanns beispielsweise –, das Auf und Ab von Wörtern und Silben, die Korrespondenzen von Vokalen und Konsonanten, analog dem Ballett der Quallen.

CORNELIA JENTZSCH: BEOBACHTEND, WIE ALLES NÄHERKOMMT

Laudatio auf Ulrich Koch

Mit den wärmsten Worten empfahl der Büchner-Preisträger Arnold Stadler schon in den neunziger Jahren einen noch unbekannten Dichter dem österreichischen Residenzverlag. Trotz dieser Fürsprache und zahlreicher Veröffentlichungen ist der 1966 in Winsen an der Luhe geborene Ulrich Koch kaum bekannt. Ja, er ist noch immer fast ein Geheimtip. »Manchmal, wenn ich nachts wachliege, / überfällt mich die Angst, niemals gelesen zu werden, / und ich fühle mich erleichtert«, schreibt Koch in seinem Gedicht »Beifahrer«. Es stammt aus »Selbst in hoher Auflösung« (2017), dem zehnten Lyrikband, den der vielbeschäftigte Geschäftsführer einer Zeitarbeitsfirma veröffentlichte. Die Erleichterung darüber, niemals gelesen zu werden, ist keine kokette Attitüde. Sie besitzt einen ernsten Hintergrund. In Kochs Gedichtbänden spürt man, daß dem Autor alles Laute, Effektvolle und Medienwirksame widerstrebt.

Ich habe den Führerschein nie gemacht
und werde ihn nicht mehr machen.
Zu lange genieße ich es schon,
auf dem Beifahrersitz aufzuwachen
nach einem kurzen Tiefschlaf voller
Träume,
und erwachend dort anzuknüpfen,
worüber ich eingeschlafen war:
beobachtend, wie alles näherkommt ...

In den folgenden Zeilen offenbart sich der Dichter in seinem Selbstverständnis und

Selbstwert, auch in seiner Funktion. Er rast nicht mit dem Fuß auf dem Gaspedal durch die Wirklichkeit, sondern betrachtet neugierig und aufmerksam in einem traumähnlichen Zustand, gibt dem Beobachteten Raum und läßt es sich nach eigenen, eigensinnigen Gesetzmäßigkeiten zu Bildern formen. Es ist »der Verfall, der uns überredet zu bleiben«, sagt der Besitzer eines alten Hauses.

Dichter vermögen eine hochkomplexe Welt in wenige, präzise Worte zu übersetzen. Dies gelingt ihnen paradoxerweise am besten, wenn sie sich zurücknehmen und den Abläufen, Dingen, Bezügen, dem ganzen beweglichen, fluiden System, in das der Mensch auf natürliche Weise eingebettet ist, einfach nur beobachtend seinen Raum lassen. »Wie ich von meinem Rücktritt träume / hinter die Dinge, die sich vorwärts erzählen, / und, während alles eine Poetik erwartet, / die Poesie nicht erwarten kann.«

Auch Dinge besitzen eine eigene Ausdrucksweise, und bei Koch erfährt man, welche. In seinen Gedichten schlagen morgens »Strom- und Wasserzähler die Augen auf«, am Abend suchen »Erntemaschinen nach einem Schlafplatz«, während in »Vorgärten Kräne zitternd nach Gold oder Eßbarem scharren«. Ein Paar blickt auf die Wiese zurück, auf der es eben noch gemeinsam ruhte, und stellt erstaunt fest: »Man sieht nicht, wo wir gelegen hatten: / Das Gras wuchs weiter und schob uns zur Seite.«

Ulrich Koch besingt die Vitalität und Fülle dieser diskret uns umgebenden und oft unbemerkten Vielfalt. Diese Zurücknahme bezeugt den tiefen Respekt des Dichters vor allem, was um ihn herum geschieht. Nur so kann er hören, erhören, was ihm die Dinge sagen wollen, was unter den Oberflächen vorgeht, wie die geheimen Netzwerke funktionieren. Nur so kann Dichtung entstehen. Passiert, was er so beschreibt: »dann traten die Dinge / aus dem Dunkel / und betasteten mich / wie Blinde / bis ich wieder sichtbar war.«

Sichtbar werden heißt nicht nur gesehen werden, sondern vor allem, sich selbst sehen, also: erkennen. Was ist der Mensch, was macht ihn aus? Auch wenn Kochs Gedichte noch so alltäglich wirken, wenn sie sich Dorf, Bushaltestelle, Fuchsspur, Schlachterschürze, Autobahnbrücke oder Garagenflohmarkt widmen, werden grundsätzliche Fragen angesprochen. Einem Dichter verschlägt es nicht die Sprache, sondern es verschlägt ihn, wie es bei Koch heißt, »in die Sprache«.

Bemerkenswert unspektakulär sind die Orte und Landschaften, die Ulrich Koch in seine Verse aufnimmt. Verlockende Metropolen interessieren ihn kaum, eher die stillen und sich ähnelnden Dörfer und Kleinstädte, von denen er sagt: »Trostlose Gegend. Sprache: / nicht das richtige Wort.« Für Lyrik scheinen sie unergiebig, und dennoch oder gerade deshalb halten sie ein erstaunlich lohnendes Rohmaterial für ihn bereit. Gerade diese zivilisatorischen Biotope provozieren bei ihren Bewohnern nämlich eine beharrliche Suche nach Glück, Klarheit und dem Sinn der Welt. Die Stimmung dieser leicht zu übersehenden Sphären mit ihren scheinbar immer gleichen Statisten fängt Koch in verblüffenden Miniaturen ein. Da gibt es »Sonntagnachmittage, vom Regen ans Fenster genagelt«, die Nachbarin lebt im »Einbaum ihres siebzigjährigen Körpers«, wie vorm Schlafengehen die Betten wird die »Dämmerung aufgeschüttelt« und Gräber gleichen »gekenterten Booten«.

Für den Rezensenten Martin Brinkmann von der »Zeit« waren Kochs »liebenswert misanthropische« Gedichte bereits 2009 eine Entdeckung. Er nannte ihn den »Sänger der entvölkerten Vorstädte und menschenleeren Provinzen«. Durch ihn erhalten sie eine besondere Würde. »Ich wünschte, hier wäre eine Amsel und die Amsel / ein Türglöckchen, das läutet beim Betreten der Welt beim / Verlassen des Gedichts.«

Ulrich Koch findet für diese unauffälligen, unbeachteten Orte eine besondere poetische Sprache, und das, obwohl er weder philosophische Entwürfe bietet oder historische Einordnungen vornimmt, noch seine Verse mit dezenten Verweisen auf Klassiker aufwertet. Natürlich gibt es auch bei ihm Bezüge zu Dichtungsgeschichte und Weltliteratur, doch sie sind eher selbstironisch und beiläufig. »Hälfte des Lebens« zählt zu den bekanntesten Gedichten Hölderlins, darin verschränkt er seine tragische Liebe zu Susette Gontard mit den politischen Ereignissen in einem Deutschland, wo der Wind die Fahnen klirren läßt. Kochs »Hälfte des Lebens« handelt von Küchenschubladen, aus der Fremde Zugezogenen und einer »mehrstimmigen Stille« auf den Straßen.

Vertraut ist auch jener Passus aus dem Gedicht »Stufen« von Hermann Hesse, in dem es um die Bewältigung verschiedener Lebensphasen geht: »Und jedem Anfang wohnt ein Zauber inne, der uns beschützt und der uns hilft, zu leben.« Bei Koch dagegen heißt es in nüchterner Bestandsaufnahme, es geht um das Zusammenleben von Mann und Frau: »Wenn du gewußt hättest, wenn ich gewußt hätte, / daß allem Anfang ein fauler Zauber innewohnt / und nach dem ersten kurzen Glück / die schlaflosen Nächte vor dem Fernseher folgen.«

Die dänische Grande Dame der Poesie Inger Christensen schrieb das wunderbare Schöpfungsgedicht »Alphabet«, beginnend mit dem Vers »Die Aprikosenbäume gibt es ...« In Anlehnung daran vermerkt Koch: »ES GIBT DIE ERINNERUNG / Es gibt den Sommer, / er brennt am Docht des Apfels ab.« Und Arthur Rimbauds vielzitierten Satz »Ich ist ein anderer« erwähnt er zwar, fügt aber gleich hinzu: »Wir kommen zu dritt.« Ein dezenter Hinweis auf die Schizophrenie digitalbasierter Gesellschaften, deren Individuen sich in widersprüchliche Rollen aufspalten, um zu bestehen.

Nein, Ulrich Koch ist weder Romantiker noch Utopist, weder Programmatiker noch Heroiker. Seine Dichtung, und das ist ihr Geheimnis, wendet sich ganz unprätentiös den poetischen Epiphanien des Nahen, Alltäglichen, Übersehenen und Abgeschliffenen zu, wo die »großen Träume (...) Höhlenmalereien in einem Schneckenhaus« sind, wie er bündig formuliert. Seine Verse beschreiben eine Wirklichkeit, an der das »Verwunderlichste ist, daß sie existiert«. Aber gerade an den unscheinbarsten Orten ertönt eine leise poetische Melodie, wahrnehmbar für jeden, der sie hören will. Im Gedicht »Frühe Prägung« sitzen im Friseursalon seiner Kindheit »die Wartenden (...) unter ihren / Haaren und lesen, die Schere / klappert, die Tür öffnet sich, und / das Glockenspiel des Augenblicks / erklingt«.

Ulrich Koch schreibt an gegen eine Entpoetisierung und Verzweckdienlichung der Welt, in der sich, wie er traurigschön formuliert, »die Engel an die Steinwürfe« gewöhnt haben. Wo einst jene »Musen gelegen hatten«, wächst »das Gras« jetzt nur noch »warm von den Klageweibern«. Die von den Musen oder auch Mnemoniden, Töchtern der Mnemosyne, der Erinnerung, besungenen Geheimnisse der Schöpfung sind gelüftet und rationalisiert. Darauf weisen Kochs Gedichte ebenso lakonisch wie beharrlich hin. Die antiken Schutzgöttinnen der Künste (Geschichtsschreibung, Tragödie, Komödie, Lyrik, Flötenspiel, Rhetorik, Philosophie, Wissenschaft und Astronomie umfassend) löst er durch Klageweiber ab: jene Frauen, die in antiken und altorientalischen Gesellschaften auf Bestellung und gegen Bezahlung rituelle Totenklagen übernahmen.

Im datendurchwachsenen Heute ist die unerklärbare Schönheit der Welt kaum noch eine relevante Größe. Geändert hat sich eigentlich nichts, nur der Blick des Menschen auf alles und sich selbst ist ein

grundsätzlich anderer geworden. Dichtung erinnert mit stoischer Hartnäckigkeit daran. Ihre nicht nur sprachliche Aufgabe besteht darin, Anmut, Harmonie und Grazie zu erhalten oder nötigenfalls zu revitalisieren. In diesem Sinn steht Koch in einer langen Tradition, er bleibt, wie er in dem Gedicht »Selfie« schreibt, »auf Schönheit aus, selbstvergessen, sprachverloren«. Und legt in immer neuen Variationen von ihr Zeugnis ab, wie im Gedicht »Blauer Montag«, in dem »der Kleinwagen des Pflegedienstes / einen Ölfleck in den Farben / der alten Meister« hinterläßt.
Zum komplexen poetischen Bild der Welt gehört jedoch auch, die zahlreichen Verluste zu notieren: eine verlorene Liebe, nahestehende Verstorbene, eine sich selbst beschädigende Gesellschaft. Kochs moderne Sonne »sinkt vom genauen ins Ungefähre, / in den ganzen Kitsch der Materie«, und bei den Schwänen des 21. Jahrhunderts vermag er kaum noch zu unterscheiden, ob sie »echt oder ferngesteuert« sind. In seinen Gedichten, dem »Stacheldraht der Schrift«, schlägt das Herz eines Poeten, der die Welt gern anders hätte.
Bemerkenswert ist die vielschichtige, reichhaltige Bildsprache seiner Gedichte. Sie frappieren mit bizarren Brüchen, abrupten Wortdrehungen, frech zusammengedachten Sinngegensätzen und der knappsten Frauenbiographie, die man sich denken kann: »Ihr Leben lang hat sie sich / nichts gewünscht und gehofft, / daß es nicht in Erfüllung geht.«
Ulrich Koch besitzt jenes besondere Vermögen, große Zusammenhänge und entscheidende Momente mit lässiger Leichtigkeit und Wortgewandtheit in Poesie zu verwandeln. Was seine Verse so sympathisch macht, ist ihre sublime Beiläufigkeit, hinter der in jähem Wandel ein enormes Reservoir an Nachdenkenswertem sichtbar wird.
Woher dieses Vermögen kommt, läßt sich in einem Gedicht erahnen, das beschreibt, wie er als Kind vermittels der Sprache die Welt zu entdecken versuchte. Auch die Worte mußte er sich erst erobern, mit denen er seine Entdeckungen benennen, bestimmen und bewerten konnte, mit denen er sich an sie erinnern wird. Aus diesem Gedicht sprechen Freude, Neugier, Vertrauen. Es trägt nicht umsonst den Titel »Echo«. Denn der Mensch ist das Echo der Welt und kann diese in der Sprache unendlich wiederholen, ja selbst aus der Vergangenheit wachrufen.

> Allem gab ich meinen Namen
> und las ihn von deinen Lippen ab (...)
> Ich hatte noch keine Sprache,
> aber einen Mund,
> in dem sie heranwuchs wie Gras:
> Ich war der Himmel, unter dem ich lag.

Bei all dieser Sprachvirtuosität, diesem Beobachtungsenthusiasmus erstaunt es, daß Kochs jüngster Gedichtband »Dies ist nur der Auszug aus einem viel kürzeren Text«, erschienen 2021 bei Jung und Jung, von nahezu sarkastisch-resignierten Tönen durchschattet wird: »Das Schweigen eines Lyrikers ist ein Rücktritt, von dem Niemand Notiz / nimmt. Das Gras weiß nicht, über was es da wächst.«
Diese Sätze sind einerseits Befund einer existentiellen Erfahrung; erst mit zunehmenden Lebensjahren begreift man wirklich, was Einsamkeit bedeutet. Erinnerung gerinnt zu »einem verlassenen Pool, in dem ein Blatt treibt«. Selbst liebende Paare bleiben nicht verschont, sie entflechten sich und werden zu »Doppelbegabten für Einsamkeit«. Was privat eine Katastrophe ist, scheint andererseits eine Art Grundelixier für Dichter, da Einsamkeit zu gesteigerter Sensibilität und Aufnahmefähigkeit führen kann. »Beim Schreiben strecken sich meine Arme / Nach etwas, das ich nicht benennen kann. / Wie ein Insekt seine Antennen aufrichtet, / Um Signale aus dem All zu empfangen. / Ich empfange nur Sprache.«
Doch es kommt noch etwas anderes hinzu: Als Ulrich Koch die Nachricht von der

Zuerkennung des Hölty-Preises erhielt, gestand er, daß er ernsthaft überlegt hatte, wegen ausbleibender Resonanz mit dem Schreiben aufzuhören.
Doch hätte er es wirklich gekonnt? Jahre zuvor, in einer »Nacht auf den 28. Mai«, hatte er notiert: »Das Schreiben hört nicht auf, es quält mich, endloser Schneefall.« Deshalb sei an dieser Stelle die leise und eindringliche Mahnung an Literaturvermittler, Preisvergeber, Medienvertreter und Literaturveranstalter hinzugefügt, ihrer Verantwortung gerecht zu werden und ihre Aufmerksamkeit nicht nur auf markante Spotlights zu richten. »Die schönsten Gedichte? / Die ultimativen, / im Rausch nicht geschrieben.«

HANS JOAS: DIE WOLKE ÜBER DER AUTOBAHN

Über die Unausweichlichkeit mystischer Erfahrungen

Adam Zagajewskis Porträts anderer Dichter, insbesondere solcher, die er bewunderte, lassen sich immer auch als Selbstporträts und programmatische Äußerungen lesen – als Überlegungen zur Dichtkunst, zu den Erfahrungen, die in der Dichtung artikuliert, und denen, die durch sie erst ermöglicht werden. Als er beispielsweise über Józef Czapski und Czesław Miłósz schrieb, betonte er einerseits die sie verbindende Tiefe ihres Verständnisses der historischen Entwicklungen des 20. Jahrhunderts, insbesondere seiner Gewaltgeschichte. Andererseits aber hob er ihre Fähigkeit hervor, an einer nicht-historischen oder, wie er sogar formulierte, »anti-historischen« Einstellung zur Wirklichkeit festzuhalten, zum Alltäglichen und zum Außeralltäglichen und zu den Weisen, wie das Außeralltägliche im Alltäglichen aufbricht. Immer wieder kam Zagajewski auf plötzliche Erfahrungen zu sprechen, die unser Leben von einem Moment zum anderen verändern, indem sie uns etwas offenbaren, was immer schon da war, eine ewige Wahrheit von größter existentieller Bedeutung für uns hier und jetzt, die wir aber nur schwer auf Begriffe bringen können.
Seine Essays sind voller Beispiele für solche Fälle. So erwähnt er an einer Stelle die Faszination durch das Gesicht einer Frau in der Pariser Metro – was offensichtlich eine modernisierte Version von Baudelaires »A une Passante« darstellt, die plötzliche Begegnung mit einer namenlosen Frau auf einer lauten Straße, die das Gefühl zurückläßt, soeben derjenigen begegnet zu sein, die einem für die große Liebe bestimmt war, ihr aber nur hilflos nachblicken zu können und sie nie wiederzusehen. Wie das Verlieben uns verändert, so kann auch die Vision einer möglichen Liebe unser Selbstbild und unseren Alltag in Frage stellen. Ein anderes Beispiel für eine solche Erfahrung ist eine Wolke, »die für einen Augenblick über der Autobahn stehenbleibt, als würde sie sie betrachten«. Hier könnte man von einer plötzlichen Dezentrierung sprechen, wenn das Ich von seiner natürlichen egozentrischen Einstellung zur Umwelt zu etwas anderem umschaltet, und das nicht nur im Sinne der Phänomenologie, wie Edmund Husserl sie gelehrt hat, sondern im Sinne der Vision, selbst Gegenstand eines anderen, gar eines nicht-menschlichen Bewußtseins zu sein. Die Geschichte, in die man als Handelnder und als Opfer notwendig verwickelt ist, verliert nichts von ihrer Kraft und Bedeutung, aber die »nicht-historische« Einstellung, die Zagajewski auch die »kontemplative« nannte, bleibt ebenso in uns, und die beiden Einstellungen schließen

einander weder aus noch eliminieren sie einander. In einem seiner Essays über Rilke sprach Zagajewski in einer an Kierkegaard erinnernden Weise von zwei Arten des Verrats, die man an sich selbst verüben könne – wenn man sich auf eine pur ästhetische Existenz zurückziehe zum einen, wenn man sein eigenes Inneres ganz von den Notwendigkeiten des Tages kontrollieren lasse zum anderen.

Ein Bild wie das von der Wolke über der Autobahn, die auf uns zurückblickt, und die Reflexionen über die Spannungen zwischen historischem Engagement und Kontemplation – beides steht für mich repräsentativ für wichtige Züge von Zagajewskis Persönlichkeit, Dichtung und Denken.

Ich erinnere mich an Adam nicht nur von den regelmäßigen Sitzungen im Committee on Social Thought an der University of Chicago, in dem wir über viele Jahre Kollegen waren – übrigens die einzigen Sitzungen, bei denen Adam, wie er schrieb, nicht das Gefühl hatte, sie dauerten zu lang. Besonders lebendig sind für mich auch die Erinnerungen an Diskussionen etwa mit dem (inzwischen verstorbenen) Chicagoer Kardinal Francis George oder an eine Thanksgiving Party in der Wohnung des bedeutenden Literaturwissenschaftlers David Wellbery, eines weiteren Mitglieds des Committee. Doch Adam und ich sahen uns auch in Berlin, etwa an der Katholischen Akademie, und zusammen mit dem gemeinsamen Freund, Sebastian Kleinschmidt, langjähriger Chefredakteur von Sinn und Form, wo viele seiner Gedichte und Essays auf deutsch erschienen. Wir kamen auch in Krakau zusammen und diskutierten nach einem meiner Vorträge ausführlich über meine Kritik am extrem einflußreichen Geschichtsbild eines welthistorischen Prozesses fortschreitender Entzauberung, wie es von dem großen Soziologen Max Weber entwickelt worden war. In seinem Essay »Inspiration und Hindernis« bezog Adam sich ausdrücklich auf diese Kritik, überließ freilich die schwierigen religionsgeschichtlichen Fragen großzügig der Entscheidung der Fachleute.

Dies ist nicht der Ort, um die Argumentation meines Buches »Die Macht des Heiligen« zu wiederholen. Ich möchte allerdings die Gründe, deretwegen ich nicht an die Entzauberungsthese glaube, mit den wichtigsten Einsichten aus Zagajewskis essayistischer Poesie und poetischer Essayistik in ein Verhältnis setzen. Versucht man diese Einsichten zu systematisieren – was er allerdings bewußt vermied –, dann kann das größte klassische Werk der Religionspsychologie von beträchtlichem Nutzen sein. Ich meine »Die Vielfalt religiöser Erfahrung« (1902) des amerikanischen pragmatistischen Philosophen und Psychologen William James – vielleicht das berühmteste Buch über Religion in der englischsprachigen Welt überhaupt. In den Vorlesungen XVI und XVII über »Mystik« behauptete James, »daß die persönliche religiöse Erfahrung ihre Wurzeln und ihr Zentrum in mystischen Bewußtseinszuständen hat«. Er fragte aber auch danach, was der Ausdruck »mystisch« eigentlich bedeute. Er war sich der Tatsache völlig bewußt, daß »die Worte ›Mystik‹ und ›mystisch‹ (...) oft nur im Sinne eines Vorwurfs gebraucht werden, mit dem wir Meinungen belegen, die wir als vage, weitläufig und sentimental betrachten und die nicht auf Tatsachen oder logischen Schlüssen beruhen«. »Benutzt man es in dieser Weise«, fügte er hinzu, dann »hat das Wort wenig Wert«.

Zur Klärung schlug er vier Merkmale vor, »die in einer Erfahrung vorkommen müssen, damit wir berechtigt sind, sie eine mystische zu nennen«. Ich möchte die vier Kriterien für eine präzise Bedeutung des Begriffs »mystisch« unter zwei Überschriften zusammenbringen. Die beiden Merkmale »Flüchtigkeit« und »Passivität« lassen sich als Indikatoren für das auffassen, was ich die

»Unausweichlichkeit mystischer Erfahrungen« nenne, während die beiden anderen Merkmale, nämlich »Unaussprechbarkeit« und »noetische Qualität« als Hinweise auf das aufgefaßt werden können, was ich als die »Paradoxie der Artikulation« bezeichne. Diese beiden Ideen möchte ich mit Zagajewskis eigenen tiefschürfenden Überlegungen in Verbindung bringen.

Zuerst zu Flüchtigkeit und Passivität. Auf beide Merkmale kommt Zagajewski ständig zurück. Er betont immer wieder, daß er auf »*Momente*« der Ekstase in unserem Leben ziele, auf ein plötzliches Erstaunen, auf eine Achtsamkeit, die so überwältigend und vollkommen ist, »daß sie ins Gebet übergeht«, wie er im Anschluß an Simone Weil schrieb. Er scheute nicht davor zurück, von »Inspiration« zu sprechen, einem Begriff, der heute bei manchen Dichtern oder Künstlern im Verdacht steht, überholt oder kitschig zu sein, ein bloßer Aberglaube antik-griechischen oder biblischen Denkens. Für Zagajewski war eben das Moment der Passivität an diesem Begriff so wichtig: Der Geist fährt in uns in Augenblicken der Inspiration und erfüllt uns; wir können diese Erfahrungen nicht intentional herbeiführen, sondern ihnen nur den Boden bereiten, uns für sie öffnen, an »Tagen ohne Eile«, in der »süßen Langsamkeit des Lesens und Nachdenkens«. Die Flüchtigkeit dieser Erfahrungen ist eine Folge der Strukturen des Alltagslebens. Solche Erfahrungen sind nämlich nicht nur schwer zu erreichen, sondern vor allem schwer festzuhalten, da gleich die praktischen Notwendigkeiten wieder einsetzen, der fragmentarische Charakter unserer Lebensführung sich bemerkbar macht, der aus der Vielzahl unserer Verpflichtungen und den Erwartungen anderer resultiert, oder uns die Zweifel der Vernunft überkommen. Das sind die »Hindernisse«, über die Adam im Zusammenhang mit Inspiration schrieb.

In einer bemerkenswerten Wendung distanzierte er sich aber auch von jeder romantischen Idealisierung außeralltäglicher Erfahrungen und pries statt dessen Selbstdisziplin, Routine, den täglichen Gang zur Arbeit, ob man sich inspiriert fühle oder nicht. Seine großen Vorbilder in dieser Hinsicht scheinen der französische Bildhauer Auguste Rodin gewesen zu sein, der seine Kunst als ehrliches Handwerk betrieb, und auch Rilke, der dem Bildhauer zeitweise als Sekretär diente und sein Leben ähnlich führte. Wie Rodin und Rilke war Adam kein Bohemien. Hier klingt eine zutiefst katholische Einstellung durch: Du solltest auch dann regelmäßig zur Kirche gehen, wenn du nicht von jedem Gottesdienst erwarten kannst, er eröffne dir außeralltägliche Erfahrungen, denn wenn du nicht gehst, wird dir die Erfahrung der Eucharistie mit Sicherheit nicht zuteil. Es war Zagajewski wichtig, sein Verständnis ekstatischer Erfahrungen sowohl von bloß hedonistischem Selbstgenuß als auch von jeder Unterwürfigkeit unter irgendeine religiöse Institution abzugrenzen. In diesem Sinn hatte seine Rede von »Erfahrung« immer eine moralische Dimension. Ganz deutlich wird dies, wenn er vom Gefühl der »Offenbarung« sprach, das in solchen Erfahrungen enthalten ist. Er benutzte in der Tat das Wort Offenbarung in ästhetischen Zusammenhängen und sah ohne Zweifel Rilkes berühmte Zeile »Du mußt dein Leben ändern« als repräsentativ für intensive ästhetische Erfahrungen und ihren lebensverändernden Charakter.

Damit komme ich zur zweiten Gruppe der Kennzeichen mystischer Erfahrung, nämlich »Unaussprechlichkeit« und »noetische Qualität«. Unaussprechlichkeit bezieht sich natürlich auf die Schwierigkeiten, unsere Gefühle, Sinneseindrücke und präreflexiven Reaktionen sprachlich auszudrücken. Nicht nur außeralltägliche Erfahrungen sind oft schwer zu artikulieren. Man denke nur an unsere ganzheitliche Fähigkeit, den Sinn eines Gesichtsausdrucks zu erfassen und die komplexe Aufgabe zu bestimmen, was genau im Antlitz des anderen uns seine Stimmung enthüllt hat. Oder man denke an den Geschmack von Wein und die unfreiwillig komischen Versuche, diesen auf Flaschenetiketten zu beschreiben (ein leichter Anflug von Grapefruit, vermischt mit Brombeere). Ich ziele hier aber nicht einfach auf diese Schwierigkeiten, sondern spreche von einem Paradox der Artikulation. Paradox erscheint ja die Tatsache, daß wir etwas, das schwer zu artikulieren ist, gleichzeitig als etwas empfinden, dessen Artikulation uns besonders dringlich ist. Falls wir nicht im Weinhandel tätig sind, müssen wir uns um die genaue Beschreibung des Geschmacks nicht wirklich kümmern, dagegen sind »mystische Zustände für die, die sie erfahren, anscheinend auch Erkenntniszustände«. So William James, der fortfährt: »Verbunden mit diesem Zustand sind Einsichten in Tiefen der Wahrheit, die vom diskursiven Verstand nicht ausgelotet werden. Es handelt sich um Erleuchtungen, Offenbarungen, die bedeutungsvoll und wichtig erscheinen, so unartikuliert sie im ganzen bleiben, und in der Regel haben sie einen merkwürdigen Nachgeschmack von besonderer Autorität.«

Alle diese Begriffe finden sich auch in den Schriften von Adam Zagajewski: Erleuchtung, Offenbarung, plötzliche Einsicht. In meinem Buch »Die Entstehung der Werte« von 1997 habe ich dafür den Begriff »subjektive Evidenz« verwendet. Etwas erscheint uns als evident gut oder böse, obwohl wir wissen, daß nicht alle unsere Ansicht teilen und wir diese anderen nicht einfach als blind bezeichnen dürfen. Zagajewski versuchte in seinen Essays, zwischen außeralltäglicher Erfahrung und diskursivem Geltungsanspruch zu vermitteln. Mit dem italienischen Lyriker Eugenio Montale sprach er von der Dichtung als einem »Traum geträumt in der Gegenwart der Vernunft«. Deshalb war Dichtung für ihn »Mystik für Anfänger«. Was aber ist dann Mystik für Fortgeschrittene? Seine Antwort: das Streben nach Schweigen, »nach dem Verschmelzen mit etwas, das größer ist als wir selbst«, Begegnung mit dem Transzendenten oder zumindest die Ausrichtung darauf. Aber Dichtung, auf Sprache angewiesen, kann offensichtlich nicht in Schweigen übergehen, nur lakonisch oder verkürzt werden, »ein sehr spezieller Kompromiß zwischen zwei Welten«. Hier ist der Punkt erreicht, an dem auch die Bedeutung von Musik für sein Denken aufscheint.

Genau an dieser Stelle schaltet Zagajewski nun auf eine andere Terminologie um, nämlich die von Phantasie und Imagination anstelle der Rede von Mystik. Während sein Tonfall äußerst bescheiden bleibt, wird doch die Stärke seiner Aversion gegen das klar, was er »die arrogante Antipathie gegen die Religion, die ein großer Teil der künstlerischen Avantgarde pflegt«, nannte. Sehr deutlich wies er auch die Ansicht zurück, nach Auschwitz, nach der Gewaltgeschichte des 20. Jahrhunderts, habe Dichtung endgültig ihre Unschuld, ja ihre Berechtigung verloren. Unter dem Schatten, den die Shoah auf alles in der Welt werfe, existierten alle Bestandteile des Daseins weiter. So unerträglich die Erinnerung an jüdische Kinder sei, die in den Tod geführt wurden, gebe es doch weiterhin Frühlingsbäume und »alte Frauen, die auf einer Bank im Planty-Park sitzen und sich an ihre Jugend erinnern«. Wie sollten wir nur ohne diese Erfahrungen und unsere Imagination unsere Ideale am Leben erhalten, »to hold in a single thought reality and justice« (W. B. Yeats)?

Adam Zagajewski war weder ein reiner Aufklärer noch ein reiner Romantiker. Mit dem bedeutenden katholischen Philosophen Charles Taylor teilte er die Überzeugung, daß wir heute beides zu sein hätten, zwischen beiden Orientierungen die Balance zu halten versuchen müßten, in manchen Hinsichten den Fortschritt unterstützen, aber es uns auch nicht verbieten sollten, Gefühle des Verlusts und der Trauer angesichts manchen Fortschritts zuzulassen. Was bedeutet das für unser Verständnis von Entzauberung? Ich glaube, es bedeutet, daß wir für alle Prozesse der Entmagisierung, der Entsakralisierung, der Schwächung von Transzendenzvorstellungen und der Säkularisierung höchst sensibel zu sein haben. Wir sollten aber auch beachten, daß es immer auch Prozesse neuer Magisierung gegeben hat, neue Idealbildungen, neue Versuche zum Verständnis von Transzendenz, religiöser Revitalisierung. Wenn das zutrifft, dann ist Max Webers Geschichte von der Entzauberung zwar nicht notwendig in ihren einzelnen Bestandteilen falsch, aber in der Art und Weise, in der sie diese zur These von einem einzigen Prozeß zusammenfügt: vom Kampf der biblischen Propheten gegen die Magie über die angebliche Regression des Mittelalters zur Erneuerung des prophetischen Kampfes in der Reformation zur frühneuzeitlichen wissenschaftlichen Revolution und von dort zur Aufklärung und einem kausal-deterministischen Weltbild, einer Welt ohne inhärenten Sinn, und dann zur tiefen Sinnkrise Europas im Fin de siècle und am Vorabend des Ersten Weltkriegs.

Dies ist ein zutiefst melancholisches Geschichtsbild, das für einen auch intellektuell vertretbaren religiösen Glauben in unserer Zeit keinen Raum läßt; es ist aber auch ein arrogant-eurozentrisches Weltbild, weil in ihm alle religiösen Menschen innerhalb und außerhalb Europas als bloße Relikte der Vergangenheit erscheinen. Um diesem Narrativ entgegenzutreten, ist es notwendig, aber nicht hinreichend, seine empirischen Defizite nachzuweisen. Wir brauchen auch eine alternative Geschichte, die uns ein Verständnis aller Formen von Säkularisierung erlaubt, aber im Rahmen einer angemessenen Konzeption von menschlicher Erfahrung, ihrer Dynamiken, der Probleme der Artikulation und der Verbindungen zwischen solchen Erfahrungen und den Fragen von Normen, Werten und Idealen. Ich betrachte die Essays und vor allem die Dichtung Adam Zagajewskis als einen der erhellendsten Beiträge des späten 20. und frühen 21. Jahrhunderts zum Verständnis der Unausweichlichkeit mystischer Erfahrungen und der Paradoxien ihrer Artikulation in der menschlichen Geschichte.

GYÖRGY LIGETI: »NEUE WEGE, DIE MIT SICHERHEIT ALLE IN DEN ABGRUND FÜHREN«

Ein Brief an Theodor W. Adorno

Vorbemerkung

Die äußerst folgenreiche Aufbruchssituation in der Musik nach 1950 hat mit Impulsen aus anderen Künsten, aber auch mit grundlegenden ästhetischen Fragestellungen zu tun. Und beides speiste sich aus äußerst vielfältigen Anregungen. Die Rezeption der Neuen Musik dieser Zeit war in diesem Punkt jahrzehntelang allzu limitiert. Insbesondere die Vielfalt der philosophischen, kunsttheoretischen oder auch literarischen Lektüreerfahrungen und deren Relevanz für die prägenden Komponisten wurde kaum hinreichend beachtet. Dabei sind diese Aspekte für ein tieferes Verständnis vieler ganz unterschiedlicher kompositorischer Ansätze sehr aufschlußreich. Sie machen die in weiten Teilen der musikalischen Avantgarde bestehende Distanz

gegenüber jener Musik nachvollziehbar, die mit der vor 1945 erlebten Verführbarkeit der Massen assoziiert oder zumindest als harmlos oder gefällig empfunden wurde. Aber gewiß noch wichtiger: Sie lassen den damit verbundenen emphatischen Wunsch nach Erschließung neuer Gestaltungsmöglichkeiten besser verstehen.
Theodor W. Adorno kann damit wie kaum ein anderer assoziiert werden. Das hat damit zu tun, daß die Kritik an der Vereinnahmung der Massen wie an seichten Kulturprodukten tief in sein Denken eingeschrieben ist. Hinzu kommt Adornos Vermögen, den kompositorischen Neuanfang besonders beharrlich und sprachmächtig, mit Seitenblicken auf andere Künste, aber auch mit apodiktischen Sichtweisen sowie einem Anspruch auf Deutungshoheit zu begleiten.
Unzählige Beiträge von Journalisten, aber auch von Musikwissenschaftlern oder Philosophen knüpften vor allem an die letztgenannte Facette seiner Schriften an: Es wurde zur Gewohnheit, Adornos Einseitigkeiten oder Überpointierungen herauszustellen oder sogar zu übernehmen (besonders seine Gedanken zum Materialfortschritt oder zu Fragen der Gesellschaftskritik sowie seine Fokussierung auf allzu wenige kompositorische Ansätze). Seine Bereitschaft zum Dialog und zum Teil sogar zur Revision früherer Positionen blieb indes oft unbeachtet. Der Tatsache, daß selbst die kritischen oder polemischen Texte zur Musik Offenheit und Ermutigung signalisieren, wurde dies in vielen Fällen nicht gerecht.
Das wiegt um so schwerer, als es in der Literatur eine deutliche Neigung gab (und zum Teil bis heute gibt), die Rezeption der Neuen Musik und insbesondere die Reflexion ihrer ästhetischen Dimension allzu sehr auf Adornos Impulse und Sichtweisen – oder was man dafür hält – zu fixieren. Gerade letzteres stellt aus heutiger Sicht eine grobe Verkürzung dar, bedenkt man die Bedeutung anderer Persönlichkeiten für die Musik der ersten Nachkriegsjahrzehnte, wie Willi Baumeister, Samuel Beckett, Henri Bergson, Bertolt Brecht, Gilles Deleuze, Michel Foucault, Martin Heidegger, Hermann Hesse, James Joyce, Paul Klee, Ezra Pound, Alan Watts oder Ludwig Wittgenstein (um nur einige, bewußt sehr unterschiedliche Namen zu nennen). Problematisch erscheint dies um so mehr, als die Fixierung sich oft sogar auf Details von Adornos keineswegs monolithischem Denken beschränkte – und es parallel dazu auch in der Rezeption der Strategien des musikalischen Aufbruchs eine oft prekäre Limitierung auf wenige Ansätze und entsprechende Polarisierungen und Abgrenzungsrituale gab.
Das Schaffen György Ligetis, der zu den prägenden Figuren der Musik seit 1950 gezählt werden kann, hat mit alledem ebenso zu tun wie dessen Rezeption. Denn im Widerspruch zu pauschalen Versuchen, Ligeti als Gegner Adornos und der mit ihm assoziierten »Darmstädter Schule« in Stellung zu bringen, sind für sein Musikdenken nicht wenige Aspekte grundlegend, die mit Adornos Vorstellungen verknüpft werden können. Genannt seien hier nur drei: erstens Ligetis Sensibilität für nichtmusikalische Entwicklungen und Anregungen (einschließlich literarischer und philosophischer Impulse), zweitens sein Anliegen einer produktiven, oft überraschenden Verschränkung von Gestaltungselementen der Musik früherer Jahrhunderte mit zentralen Ideen der Nachkriegsavantgarde und drittens das, was man als Versuch der Definition und beständigen Nachjustierung des eigenen musikhistorischen Auftrags bezeichnen kann.
In seinem hier erstmals abgedruckten Brief vom 4. November 1964 an Theodor W. Adorno, der in der Basler Paul Sacher Stiftung sowie im Frankfurter Adorno-Archiv einzusehen ist, klingen diese Aspekte unverkennbar an. Die recht umfassende

Beschäftigung des Komponisten mit den Schriften und dem Denken des Philosophen, die darin zum Ausdruck kommt und auch durch andere Quellen belegt ist, sollte bei Beschreibungen von Ligetis Ästhetik ab Ende der fünfziger Jahre generell in Betracht gezogen werden. Doch markiert der Brief zudem ein neues, für die Forschung fruchtbar zu machendes Stadium ihrer Beziehung, das von Neubewertungen und Veränderungen ästhetischer Positionen beflügelt zu sein scheint. In einem Brief an Ove Nordwall vom 2. August 1964 schrieb der Komponist, er habe sich mit dem Philosophen versöhnt und seine früheren, zuweilen kritischen Adorno-Kommentare seien nun »nicht mehr gültig«. Obschon dies nicht mit einer Konvergenz beider Positionen verwechselt werden sollte, zeigt der Brief an Adorno vom 4. November 1964 Ligetis erkennbar gewachsene Lust, den begonnenen Dialog auszubauen. Angesichts einiger vorangegangener Werke, die als Fortsetzung wichtiger Ideen der Avantgarde der fünfziger Jahre gedeutet werden können, erscheint dies kaum überraschend.

Für das Verständnis des Briefes mag es hilfreich sein, sich drei Punkte bewußtzumachen: Erstens war Adornos vieldiskutierte »Philosophie der neuen Musik« für den Komponisten in seiner Zeit in Ungarn (er las sie bereits 1949) zwar anregend und ermutigend, doch bald auch Anlaß schärfster Kritik: Wie wohl fast alle namhaften Komponisten der zweiten Hälfte des 20. Jahrhunderts war Ligeti höchst skeptisch gegenüber den vielen einseitigen Sichtweisen in dieser Schrift, namentlich auf Strawinsky.

Zweitens waren die substantiellen Berührungspunkte zwischen Adornos und Ligetis theoretischen Überlegungen, etwa im Hinblick auf die musikalische Form und die »Verräumlichung« der musikalischen Zeit, dazu angetan, ein gewisses Konkurrenzverhältnis zu befördern. Dies illustriert das in den fünfziger und sechziger Jahren in Darmstadt und andernorts besonders ausgeprägte Bemühen um Deutungshoheit sowie dessen zum Teil prekäre Folgen (bei der Reflexion von Einflüssen sind Kunstschaffende wohl in den seltensten Fällen objektiv).

Drittens avancierte Ligeti zu einem der wenigen nach 1920 geborenen Komponisten, über die sich Adorno in substantieller und dezidiert positiver Weise geäußert hat – und von deren Denken er wohl auch selbst wichtige Anregungen empfing. Gerade der »Schwierigkeiten« überschriebene Text, auf den Ligeti in seinem Brief reagiert, ist in dieser Hinsicht ein Kulminationspunkt, heißt es darin doch: »Der ebenso scharfsinnige wie wahrhaft originale und bedeutende ungarische Komponist György Ligeti hat mit Recht darauf aufmerksam gemacht, daß im Effekt die Extreme der absoluten Determination und des absoluten Zufalls zusammenfallen.« So enthusiastisch äußerte sich Adorno nur selten zu lebenden Komponisten. Besonderes Gewicht erhält das Zitierte dadurch, daß es auf einen zentralen Baustein seiner kritischen Diskussion kompositorischer »Entlastungstechniken« verweist (mit diesem für seinen Text wesentlichen Begriff sind Strategien der Reduktion von Subjektivität gemeint).

Das Lob ist sicher typisch für das schon im Jahrzehnt zuvor erkennbare Anliegen des Philosophen, als Wortführer auch der damals jungen Komponisten anerkannt zu werden. Unangefochten war diese Autorität allerdings nie, und die Anfang der sechziger Jahre gewachsene Bedeutung Ligetis im Musikleben kann dementsprechend ebenso ein Faktor gewesen sein wie die geringer gewordene Präsenz Adornos im Diskurs über Neue Musik. Zudem ist seine Reflexion von »Entlastungstechniken« der Versuch, die frühere Schrift zur informellen Musik zu präzisieren, die unter dem Titel »Vers une musique informelle« publiziert und von ihm selbst als wesentlicher theoretischer Beitrag angesehen wurde.

Genau darauf reagiert Ligeti in seinem Brief vom November 1964. Er hebt die aus seiner Sicht sogar »zu konziliante Haltung« des Philosophen hervor und knüpft so an seine auch bei anderen Gelegenheiten geäußerte Kritik am Text von 1961 an. Vor allem unternimmt er den Versuch, seine eigenen kompositorischen Ansätze (die Adorno bei seinen Ausführungen zur »musique informelle« wohl sogar im Sinn hatte, was er aber aus Ligetis Sicht nicht genug hervorhob) mit der im »Schwierigkeiten«-Beitrag formulierten Sichtweise zu verbinden. Gerade dieser Versuch dürfte manche von Adornos Überlegungen in späteren Schriften beeinflußt haben. Für die Musikwissenschaft bietet er – wie die Fortsetzungen des Dialogs zwischen Ligeti und Adorno in Briefen und persönlichen Begegnungen – Möglichkeiten, die Diskussion zum Ideal einer »musique informelle« zu vertiefen.

Im Tonfall zeigt sich das von Ligeti später explizit als »Freundschaft« bezeichnete neue Stadium der Kommunikation mit Adorno. Mit guten Gründen konnte er dessen enthusiastisches Lob als Nobilitierung seines Schaffens empfinden. Insofern überrascht es nicht, daß er nun seinerseits nicht allein Adornos kritische Reflexionen aufgreift und sogar noch zuspitzt (und dabei auch den längst hinreichend oft diskutierten Text vom »Altern der Neuen Musik« ins Spiel bringt), sondern ausführlich von den eigenen Werken spricht. Signifikant sind besonders seine Äußerungen zum »Requiem«, das im Folgejahr uraufgeführt wurde. In dem Brief versieht er dieses Werk mit einer ungewöhnlichen, von einigen kühnen Gedanken getragenen Interpretation. Insbesondere die Formulierung »Ein Jüdisches Requiem« erscheint in diesem Kontext überraschend.

Zu den zahlreichen Aspekten des Briefs, die zur Interpretation einladen, gehört auch Ligetis Hinweis auf »Wege, die mit Sicherheit alle in den Abgrund führen«. Er mag trotz der leise ironischen Wendung, die sich anschließt (indem der Komponist »aus diesem und jenem Abgrund« Grüße ausrichtet,) auf eine gewisse Geistesverwandtschaft mit dem Philosophen deuten. Dort, wo sie mit den Erfahrungen beider Persönlichkeiten in Diktaturen zu tun hat, weist dieser Aspekt über Sichtweisen zur Musik sogar hinaus. Er ist darauf beziehbar, daß der vorangegangene »Schwierigkeiten«-Text deutlich jene geistige Gemengelage hinter dem Eisernen Vorhang berührt, der Ligeti vor seiner Emigration selbst ausgesetzt war.

Mit Blick auf Ligetis »abgründige« Werke (außer dem »Requiem« etwa »Le Grand Macabre«) ist aber zugleich an den Satz von Christian Dietrich Grabbe zu denken, den Adorno in »Schwierigkeiten« zitiert: »Denn nichts als nur Verzweiflung kann uns retten.« Wie sehr der Philosoph dabei außer Weltbezügen auch die neuere Kunst zu reflektieren sucht, wird an dem anschließenden Verweis auf das Verstummen deutlich, das er in den Dramen und Romanen von Samuel Beckett realisiert sieht. Bemerkenswert deutlich nimmt Ligeti in seinem Brief gerade hierauf Bezug: Sein Orgelstück »Volumina« charakterisiert er als »Negation der Musik«. Und zu Beckett schreibt er: »an ihn dachte ich oft während des Komponierens des Stückes«.

Jörn Peter Hiekel

GYÖRGY LIGETI
Obere Donaustrasse 71/26
Wien 2, den 4. Nov. 1964

Lieber Herr Professor,
(entschuldigen Sie bitte mein fehlerhaftes und wahlloses Deutsch – ich halte mich eben nicht zu den grammatikalischen Regeln, die ich nicht genügend kenne; das ist aber vielleicht kein Nachteil, denn was ich Ihnen nun schreibe, ist an sich völlig regellos). Ich hatte einen sehr starken Eindruck von Ihrem Vortrag über die »Schwierigkeiten des Komponierens«, Schwierigkeiten, die ich wohl an eigener Haut spüre, sooft ich an der Arbeit bin.
Vieles hätte ich Ihnen gerne gesagt nachher, doch war es unmöglich für mich, mit ins Restaurant »Athen« zu kommen: wie ich es Ihnen erwähnte, bin ich etwas gestört in der Gegenwart von Menschen, die ich nicht näher kenne, und obwohl ich es *sehr* gerne gehabt hätte, mit Ihnen eine Weile noch gemütlich zusammen zu sitzen, war ich gezwungen, in Anbetracht dieser Hemmung, fernzubleiben.
Statt des Gesprächs nun dieser Brief.
Ein Teil Ihres Vortrages war mir (was den Inhalt betrifft) aus einigen Ihrer früheren Schriften bereits bekannt (die Gedanken über das Beispiel Sibelius, etc., etc. – mit denen ich vollkommen übereinstimme); was Sie aber über die gegenwärtige Problematik des Komponierens gesagt haben, und was neu war (die zweite Hälfte des Vortrages), war deshalb so ausserordentlich wichtig für mich, weil Sie Gedanken in aller Klarheit ausgesprochen haben, die bisher nicht gesagt worden sind und die ich selbst dumpf ahnte, ohne sie exakt formulieren zu können.
Die Diagnose, die Sie über das »Komponieren heute« aufgestellt haben, stimmt haargenau. In Frankfurt habe ich Ihnen erwähnt, dass mich in »Vers une musique informelle« einiges gestört hat, denn Sie haben dort eine etwas konziliante Haltung Werken gegenüber eingenommen, denen, gemessen an dem Niveau des gesamten Kontextes Ihrer Studie, mehr Kritik als Einverständnis gebührte. Im Wiener Vortrag blieb aber keine Spur jenes Einverständnisses übrig! Im Gegenteil: Die Fragwürdigkeit allen kompositorischen Bemühens, die Sie aufgezeigt haben, ist das einzig Wahre und Gültige in der heutigen Situation. Trost ist allein darin zu suchen, dass alles vollkommen trostlos ist. (Mir kommen die Komponisten heute – und diesbezüglich bilde ich selbst keineswegs eine Ausnahme – wie Schwerkranke vor, die sich selbst einreden wollen, sie hätten bloss einen leichten Schnupfen, der bald vorüberginge. Ahnungslosigkeit ist aber kein Heilmittel, und es ist besser zu wissen, dass ein Heilmittel überhaupt nicht vorhanden ist.)
Ich bin nun so unbescheiden, dass ich einiges im Zusammenhang mit meiner eigenen Arbeit hier vermerke. Sollte jemand den Anforderungen einer »musique informelle«, einer Musik, die weder »seriell« ist noch eine falsche Rückkehr zur »freien Atonalität« darstellt (– gegen alle Art von »zurück zu« bin ich bis zum Ekel empfindlich –), entsprechen zu dürfen, so glaube ich – mit gewissen Einschränkungen –, derjenige zu sein (worin aber keineswegs das Heil zu suchen ist). Sicher ist es unverschämt, über sich selbst solch Unbescheidenes zu behaupten zu wagen; doch bin ich eben unbescheiden und auch exhibitionistisch genug, um Sie es wissen zu lassen. Das tue ich deshalb, weil zwischen dem, was Sie diagnostisch verkündeten, und dem, was mich zur Zeit kompositorisch beschäftigt, weitgehend Analoges sich aufzeigen lässt.
(Allzu gerne wurde ich Ihnen die betreffenden Stücke – bei Gelegenheit – vollständig vorspielen.)
Im Orgelstück »Volumina« versuchte ich die Negation der Musik zu komponieren (»Volumina«, als Rauminhalte, wäre die Umkreisung der Hohlräume, die nach dem

Entziehen der Musik zurückbleiben), eine Art Anti-Musik, die keine »Form« sein will (die überhaupt nichts »will«). Sie sprachen über das Verstummen als die einzig würdige Haltung, die der Musik noch übrigbleibt. Ein »Verstummen« in Tönen auszukomponieren war gerade das, was ich in »Volumina« versucht habe (in Tönen, die, da sie »ne font pas la musique«, die leere Hülle einer nicht existenten Form fingieren). Die Töne, die erklingen, sind nicht die Musik selbst, sie sind Abfälle aller bisherigen Musik; und wenn man sie mit dem Besen wegkehrt, so bleiben die »Volumina« als Kehrseite dessen, was einst tönte. Sie nannten Beckett, und an ihn dachte ich oft während des Komponierens des Stückes – freilich ohne jede literarische Assoziation, sondern bloss als Analogie eines Habitus.

Die Musik, die mich zur Zeit beschäftigt, steht nicht nur zu dem in Gegensatz, was man »seriell« oder »postseriell« etc. etikettiert, sondern auch zu Cage, zu Neo-Dada, zu Happenings und zu allem ähnlichen (sie steht eigentlich nicht in Gegensatz, eher einfach abseits). Die Gleichsetzung Kunst=Leben (noch mehr: Kunst=Alltagsleben), wie es von den Happeningianern verkündet wird, scheint mir noch viel tiefer ins Ideologische verstrickt zu sein als das an sich ebenfalls ideologische Festhalten an der Konzeption des »autonomen Kunstwerkes«. Was mich betrifft, halte ich aber an dieser Konzeption fest: nicht an der eines »Kunstwerkes«, das gegenüber Geschichte autonom wäre, was wohl eine Wahnidee sein würde, sondern an der des »Kunstwerkes« als eines vom Alltag getrennten, daraus sich heraushebenden, artifiziellen Organismus. (Es ist kein Zufall, dass derjenige Zuhörer einer Vorlesung von Cage in Darmstadt, dem er auf eine Frage – die er nicht ganz verstanden hat – antwortete, nicht »Webern«, sondern »den Ton« sollte man hören, ich selbst war.)

Wenn ich nun die Idee des vom Alltagsleben (doch nicht von Geschichte) abgegrenzten Werkes verfolge, so ist sie die der anti-klassischen, der absolut irrégulièren Musik. Hier stimme ich mit Ihrem Gedanken, in dem Sie sich entschieden gegen alle Art von Entlastung richten, überein. Ich bin gegen alle etablierte Technik, gegen alles Gesicherte, Arrivierte. Systeme, Normen, Arbeitsmethoden, je »sicherer« sie zu sein scheinen, um so mehr werden sie zum Selbstbetrug. In der seriellen Musik wurde mit Sorgfalt ein System der Sekurität aufgebaut, in dem Nachtwächter mit pünktlich gehandhabten Nachtwächter-Kontroll-Uhren (schweizerischer Präzision) einen Schatz zu hüten wähnten, der längst vor der Verschaffung der Kontroll-Uhren und dem Engagement der Nachtwächter gestohlen worden ist. Und die »total unsichere« Musik des Cage-Kreises bemüht sich ebenfalls um die Vorspiegelung von Sekurität: Das Subjekt wähnt, sich dadurch in die Sicherheit zu retten, dass es aus dem Kompositionsprozess ausscheidet, sagend: »es wird ›komponiert‹ in sich, *ich* selbst bin aber *nicht* dabei, ich bin bereits in Sicherheit und bin für das, was sich ›komponierte‹, nicht verantwortlich«.

Demgegenüber meine ich, die einzige Möglichkeit, die einem Komponisten heute noch übriggeblieben ist – und hier komme ich zu dem von Ihnen Ausgesprochenen zurück –, ist die, der Unsicherheit in die Augen zu schauen, wissend, dass es ein Asyl nicht gibt. Eine Kompositionsart, die aller vorgespiegelten Sekurität ausweicht, die weder falschen Rückhalt in einem »System« noch in einem »zurück zu« sucht, könnte sich, wenn auch nicht als Ganzes, doch in einigen ihrer Aspekte der Ideologie entledigen.

Ich wählte für eine neue Komposition einen Text, der par excellence ideologisch ist, nämlich denjenigen der katholischen Totenmesse. Freilich hat die Textwahl mit Religion nichts zu tun (diese ist mir genauso fremd wie jede andere Ideologie). Für gewisse Aspekte der Todesangst und der

Trauer war mir der erwähnte Text willkommen (nicht zuletzt war mir die Neutralität der ausgestorbenen und dennoch verständlichen lateinischen Sprache, die sich mehr als eine lebendige Sprache verstümmeln lässt, handlich – doch gerade im entgegengesetzten Sinn als im Falle des »Oedipus Rex«). Unumgänglich wird aus dieser Komposition »Ein Jüdisches Requiem« – wenn Sie mir dieses bon mot, exakter: mal mot, erlauben. Gerade dass es hier einen Text gibt (in »Aventures« habe ich jeden verständlichen Text vermieden, wodurch erst der Nicht-Text verständlich geworden ist), lässt es zu, das Ideologische des Textinhaltes durch die musique irrégulière aufzuheben; der Tod, um den es sich handelt, ist ein Tod der Musik.

Nun habe ich allzuviel über meine eigene Arbeit geschrieben. Doch, so hoffe ich, ist es nicht unrichtig, wenn ich das tue. Sie wissen immer im voraus das, was im Kommen ist (das war der Fall bereits im »Altern der Neuen Musik« und das stimmt für Ihren Wiener Vortrag – Sie haben sozusagen ein absolutes Gehör für das Historische), und aus diesem Grund ist für meine eigene Arbeit von Wichtigkeit das, was Sie sagen und schreiben. Nicht weil ich mit Ihnen übereinstimmen will (das liegt mir fern, ich will nicht konziliant sein), sondern weil diese Übereinstimmung sich von selbst ergibt: Sie beruht einfach auf der Wahrheit dessen, was ist.

PS. Die Zeiten der »Blöcke« und »Flächen« und der Homophonie sind vorbei (sie waren eigentlich nie so ganz da, und falls doch, so nur in Werken von Kunstgewerblern, die musikalische Nierentische produzierten). Ich wurde doch etwas irrtümlich für einen »Klangfarbenkomponisten« gehalten – jeder nicht oberflächliche Blick in meine Partituren wird diese oberflächliche Kategorisierung ausschliessen. Im Gegenteil: In »Aventures«, »Nouvelles Aventures«, im »Requiem« ist die kompositorische Struktur polyphon. Freilich handelt es sich dabei keineswegs um ein »zurück zur« Polyphonie im althergebrachten Sinn. Ein »zurück zu« gibt es nicht – es gibt aber ungeahnte neue Wege, die mit Sicherheit alle in den Abgrund führen.

Sehr herzliche Grüsse (aus diesem oder jenem Abgrund)

Ihr

György Ligeti

ANMERKUNGEN

Józef Czapski (1896–1993), Maler, Kritiker, Erzähler, aufgewachsen in Polen und Weißrußland, Studium an der Kunstakademie Krakau, im September 1939 als Offizier eingezogen, bis 1941 sowjetische Kriegsgefangenschaft, seit 1946 in Paris, gründete dort mit Jerzy Giedroyc die Zeitschrift »Kultura«. 1967 erschien auf deutsch das Buch »Unmenschliche Erde«, in dem er seine Gefangenschaft und die spätere Suche nach seinen in der Sowjetunion verschollen geglaubten, tatsächlich aber ermordeten Kameraden schildert. Aus: »Tumult i widma«, Krakau, Znak Verlag 2017. Ein Band mit Essays erscheint im Frühjahr 2023 in der Friedenauer Presse. Siehe auch Sinn und Form 2/2007. Erläuterungen: S. 438 *Kapisten* Gruppe polnischer Künstler in den zwanziger und dreißiger Jahren, der Name leitet sich her von K. P., »Komitet Paryski« (Pariser Komitee), einer scherzhaften Bezeichnung für einen Verein, der Krakauer Kunststudenten einen Studienaufenthalt in Frankreich finanzierte; S. 442 *Abellio* Raymond Abellio (1907–1986), französischer Schriftsteller, nach der Befreiung Frankreichs in absentia wegen Kollaboration zu zwanzig Jahren Haft verurteilt, 1952 begnadigt; *»Serdeczna Matko«* An Maria gerichtetes Kirchenlied; S. 449 *»Befriedung« der Ukrainer* Euphemismus für die Repressalien der polnischen Behörden gegen die ukrainische Bevölkerung in den seit 1921 zu Polen gehörenden Landstrichen.

Andrij Lubka, geb. 1987 in Riga, ukrainischer Lyriker, Schriftsteller, Essayist und Übersetzer. Das Gedicht wurde für das ZEBRA-Festival im Haus für Poesie (Berlin) übersetzt und dort am 4. November 2022 bei einer Veranstaltung mit dem Autor vorgetragen.

Ron Mieczkowski, geb. 1992 in Gifhorn, Verlagslektor, Übersetzer, Essayist, lebt in Berlin. 2023 erschien, von ihm hg. und übersetzt, »Andrzej Bobkowski. Hinter dem Wendekreis«.

Marzanna Kielar, geb. 1963 in Gołdap/Ermland-Masuren, polnische Lyrikerin, Professorin an der Sonderpädagogischen Akademie in Warschau, wo sie auch lebt. Auf deutsch erschienen »In den Rillen eisiger Stunden« (2000) und »Laß uns die Nacht« (2020). Die Gedichte wurden aus dem Manuskript übersetzt und weichen von den im Band »Wilki« (Wölfe, 2023) veröffentlichten Fassungen ab. Siehe auch Sinn und Form 4/2017 und 3/2019.

Susanne Röckel, geb. 1953 in Darmstadt, Schriftstellerin, lebt in München. Zuletzt erschienen ihr Roman »Der Vogelgott« (2018) und »Kentauren im Stadtpark: Drei Erzählungen« (2019). Siehe auch Sinn und Form 4/2019.

Erhard Weinholz, geb. 1949 in Brandenburg/Havel, lebt in Berlin. 2013 erschien »Ortsgespräch – Erinnerung an Sandwegsheide«, 2018 »Lokaltermin – Berliner Ansichten«. Siehe auch Sinn und Form 5/2022 und 1/2023.

Mátyás Dunajcsik, geb. 1983 in Budapest, mehrsprachiger Schriftsteller und Übersetzer, lebt in Berlin. Sein erster auf deutsch verfaßter Gedichtband »Verlorene Gedichte« erscheint im August 2023. Siehe auch Sinn und Form 6/2021.

Wolfgang Hilbig (1941–2007), Dichter und Schriftsteller, Mitglied der Akademie der Künste. Eine siebenbändige Werkausgabe ist im S. Fischer Verlag erschienen, der Nachlaß liegt im im Deutschen Literaturarchiv Marbach. Mit freundlicher Genehmigung der S. Fischer Stiftung (Rechte Hilbig) und von Frau Irina Belokonewa-Hermlin. Siehe auch Sinn und Form 6/2017 und 1/2019.

Michael Opitz, geb. 1953 in Berlin, wo er auch lebt, Literaturwissenschaftler und Kritiker. 2019 erschien »Wolfgang Hilbig. Eine Biographie«. Siehe auch Sinn und Form 5/2014 und 1/2019.

Ulrich Koch, geb. 1966 in Winsen, Dichter, lebt in Hamburg. Zuletzt erschienen die Gedichtbände »Selbst in hoher Auflösung« (2017) und »Dies ist nur der Auszug aus einem viel kürzeren Text« (2021).

Volker Hage, geb. 1949 in Hamburg, Literaturkritiker und Schriftsteller. Zuletzt erschienen der Roman »Des Lebens fünfter Akt« (2018) und ein Band mit Schriftstellerporträts, »Was wir euch erzählen« (2022).

Chris Lauer, geb. 1995 in Luxemburg, wo sie auch lebt, Lyrikerin und Journalistin. Siehe auch Sinn und Form 6/2022.
Erläuterung: S. 513 *»Heiliggesetztes übergeht / Der Entwurf«* Zitat aus Friedrich Hölderlins Gedicht »Der Einzige«.

Gustav Regler (1898–1963), Romancier und Publizist. Das elfseitige Typoskript (die letzten vier Seiten sind handschriftlich) befindet sich im Archiv des Saarländischen Rundfunks. Erstausstrahlung: 28. September 1961. Transkription: Ralph Schock. Offensichtliche Schreibfehler wurden stillschweigend korrigiert. Der Schriftsteller und Silberschmied Georg K. Glaser (1910–1995), der in dem Text porträtiert wird, lebte – abgesehen von seiner Kriegsgefangenschaft in deutschen Lagern – von 1935 bis zu seinem Tod in Frankreich. Die beiden Autoren lernten sich 1934/1935 in Saarbrücken kennen. Glaser arbeitete für die unabhängige Zeitschrift »Westland«, Regler vor allem für kommunistische Zeitungen. Um 1960 trafen sie sich in Paris wieder. Eine Glaser-Werkausgabe erscheint im Ça ira Verlag, der erste Band, die 1968 erschienene Erzählung »Die Geschichte des Weh«, hg. von Ralph Schock, ist für September angekündigt. Abdruck mit freundlicher Genehmigung von Frau Annemay Regler-Repplinger. Siehe auch Sinn und Form 2/2011.
Erläuterungen: S. 516 *Korrale* Fanggehege, Pferche; S. 520 *Fers-Strang* Gemeint ist wohl die Achillesferse der Tiere, woran sie an einer Leiter aufgehängt werden.

Eugenio Montale (1896–1981), italienischer Dichter, 1975 Nobelpreis für Literatur. Aus »Ossi di seppia« (Die Knochen des Tintenfisches, 1925). Sein Werk erscheint bei Arnoldo Mondadori Editore S.p.A.

Albrecht Betz, geb. 1943 in Korbach, lebt dort und in Paris. Professor i.R. für Literaturgeschichte an der RWTH Aachen. Zahlreiche Veröffentlichungen zur Exilliteratur und den deutsch-französischen Kulturbeziehungen.
Erläuterung: S. 529 *P. O. U. M.* Partido Obrero de Unificación Marxista.

Gabriele Helen Killert, geb. 1956 in Münster, Lyrik, Essays, künstlerische Arbeiten, lebt in Berlin. Siehe auch Sinn und Form 4/2022 und 1/2023.

Richard Schroetter, geb. 1948 in Essen, lebt als Publizist, Kulturkritiker und Rundfunkautor in Berlin, Herausgeber u.a. von Alberto Savinio, »Nostradamus« (2019). Siehe auch Sinn und Form 6/2009.

Rüdiger Görner, geb. 1957 in Rottweil, Professor für Neuere deutsche Literatur und Vergleichende Literaturwissenschaft an der Queen Mary University of London. Zuletzt erschienen u.a. »Romantik. Ein europäisches Ereignis« (2021) und »Dichterlos. Frühe Gedichte (1978–1991)« (2022). Siehe auch Sinn und Form 6/2018 und 4/2022.

Gisela von Wysocki, geb. 1940 in Berlin, wo sie auch lebt. Schriftstellerin, Dramatikerin, Hörspielautorin und Essayistin. Zuletzt erschienen der Roman »Wiesengrund« (2016) und der Prosaband »Der hingestreckte Sommer« (2022). Dankesrede zur Verleihung des Italo-Svevo-Preises am 12. September 2022 im Literaturhaus Hamburg. Siehe auch Sinn und Form 2/2015 und 6/2017.

Jürgen Engler, geb. 1945 in Dresden, Literaturkritiker, Herausgeber, ehemaliger Redakteur u.a. von Sinn und Form, lebt in Berlin. Zuletzt erschien die Anthologie »Lyrische Menschenkunde« (Hg.). Siehe auch Sinn und Form 3/2009.

Cornelia Jentzsch, geb. 1958 in Torgau/Sachsen, lebt als freiberufliche Literaturkritikerin und Moderatorin in der Uckermark. Laudatio zur Verleihung des Hölty-Preises an Ulrich Koch am 24. September 2022 in Hannover. Zuletzt erschien der von ihr herausgegebene Band »Nur ein Wolkenschatten? Neue Texte zum Daedalus-Mythos« (2012). Siehe auch Sinn und Form 6/2013 und 2/2019.

Hans Joas, geb. 1948 in München, Soziologe und Ernst-Troeltsch-Honorarprofessor an der Theologischen Fakultät der Humboldt-Universität zu Berlin. Jüngste Veröffentlichungen u.a.: »Die Macht des Heiligen. Eine Alternative zur Geschichte von der Entzauberung« (2017) und »Im Bannkreis der Freiheit. Religionstheorie nach Hegel und Nietzsche« (2020). Eröffnungsvortrag der internationalen wissenschaftlichen Konferenz »Poesie im Gespräch mit der Philosophie« an der Jagiellonen-Universität Krakau (20./21. Juni 2022). Siehe auch Sinn und Form 4/2013 und 6/2015.

György Ligeti (1923–2006), Komponist. Schreibweise und Interpunktion wurden behutsam angepaßt. Der Brief befindet sich im Theodor W. Adorno Archiv, Frankfurt am Main, Signatur Br 903a/3, Abdruck mit freundlicher Genehmigung von Herrn Lukas Ligeti.

Jörn Peter Hiekel, geb. 1963 in Göttingen, Professor für Musikwissenschaft an der Hochschule für Musik Carl Maria von Weber in Dresden. Zuletzt erschien »Helmut Lachenmann und seine Zeit« (2023).

Alle Beiträge sind, soweit nicht anders angegeben,
Erstveröffentlichungen oder Erstübersetzungen.